밤의 대통령

밤의 대통령 2부 1

이원호 장편소설

초판 3쇄 찍은 날 § 2023년 3월 27일
초판 3쇄 펴낸 날 § 2023년 4월 3일

지은이 § 이원호
펴낸이 § 서경석

편집책임 § 황창선
편집 § 박현성 김범석
마케팅 § 서기원

펴낸곳 § 도서출판 청어람
등록번호 § 제387-1999-000006호
등록일자 § 1999. 5. 31
어람번호 § 제8-0063호

주소 § 경기도 부천시 원미구 부일로 483번길 40 서경B/D 3F (우) 14640
전화 § 032-656-4452 팩스 § 032-656-4453
E-mail § chungeorambook@daum.net

ISBN 979-11-04-90650-3 04810
ISBN 979-11-04-90649-7 (세트)

2부

1

밤의 대통령

이원호 장편소설

개정판

도서출판
청어
람

CONTENTS

서 장 007

제 1 장 연쇄 피습 • 011

제 2 장 그림자와의 전쟁 • 057

제 3 장 조웅남이 두 손으로 • 105

제 4 장 돌출되는 배후 • 145

제 5 장 내부 갈등 • 191

제 6 장 허물어지는 제국 • 235

제 7 장 인질 교환 • 283

제 8 장 치명타를 받다 • 335

서장

밤의
대통령

1995년.

밤의 세계가 김원국에 의해서 평정되고 난 후 이제 조직 간의 분쟁은 사라졌다. 한국은 문민 시대로 경제 부흥, 재도약을 향해 총력을 기울여야 한다. 밤의 조직은 이제 모두 양성화되어서 낮과 밤의 구분이 따로 없는 시대가 되었다. 조직은 자신들의 자금으로 기업을 세웠고, 조직원은 모두 기업에 고용되어 납세자가 되어 있는 것이다. 김원국은 아내와 함께 인도네시아의 섬에서 생활하고 있다.

조웅남, 강만철, 김칠성, 최충식은 한국의 조직을 관리하는 보스로 남았지만 이제는 기업군을 거느리는 사장이다.

극히 일부분의 지역을 제외하고는 밤의 세계에서 거두어들이는 세금이나 폭력은 없어져 가고 있다. 왜냐하면 김원국은 그것을 자신과 조직에 대한 도전으로 받아들였기 때문이다.

조직은 경찰과 협력해서 밤의 세계의 폭력과 비리를 근절시켜 왔다. 뜨내기 조직이 수없이 생겼다가 하루살이처럼 없어져 갔다.

밤의 대통령은 권력을 쥐자마자 낮의 세계에 투항해 간 것인데, 그들의 조직원은 이제 밤의 경찰로 공인을 받게 되었다.

그것이 김원국의 꿈이었던 것이다.

1995년 1월 초.

밤의 세계에서 일이 일어난다.

제1장
연쇄 피습

밤의 대통령

지금까지 부딪친 개 중에서는 가장 큰 놈이었다.

백동혁은 양쪽 어깨를 좁히듯 움찔거리면서 숨을 천천히 들이마셨다. 1미터 70센티미터의 신장에 70킬로그램 정도의 체중이었으므로 다소 왜소한 체격이었고, 두 눈 끝이 밑으로 처져 있어서 우스꽝스러운 인상인 그의 표정도 이때에는 엄숙해졌다.

지름이 5미터쯤의 판자 울타리 위에는 10여 명의 사람이 상반신을 내놓고 그를 내려다보고 있었다.

눈을 부릅뜬 백동혁은 박달나무 목검을 앞으로 겨눈 채 미끄러져 나가듯 왼발을 반걸음쯤 내뻗었다. 굳게 입을 다물고 있어서 숨을 쉬는 것 같지도 않다.

그와 정면으로 대치하고 있는 것은 누런색의 송아지만 한 도 사건이었다. 이놈은 지난주에 길 가는 아이를 물어뜯어 참혹한 꼴로 만든 놈이다.

도사견이 머리를 조금 숙이더니 그를 찬찬히 올려다보았다. 늘어진 양쪽 볼의 근육과 두툼한 턱이 보기만 해도 흉포한 짐승이었다.

백동혁이 쥐고 있던 몽둥이의 끝을 살짝 낮추면서 시선을 그곳에 주자 짐승은 양쪽 볼의 근육을 보일 듯 말 듯 올렸다. 누런 바탕에 검정색 반점이 나 있는 데다 주름이 잡혀 있어서 얼핏 보아서는 눈에 들어오지 않는 움직임이었다.

목검은 폭이 3센티미터 정도에 길이는 대략 1미터쯤 되었지만 무게는 2킬로그램이나 나가는 것으로서 검도 연습용으로 다듬어 놓은 것이다.

짐승과의 거리는 이제 2미터 반쯤 되었는데 양쪽 모두 움직이지 않았다. 두 앞발로 땅을 짚고 선 짐승은 머리를 조금 숙였으나 턱을 든 자세였고, 백동혁은 목검 끝부분에 짐승의 눈을 올려놓은 듯이 앞으로 겨눈 채였다.

백동혁은 이제 아무 소리도 들리지 않고, 조금 전까지 코를 찌르던 짐승의 배설물 냄새도 맡아지지 않았다. 오직 짐승의 두 눈만이 보일 뿐이다.

그때 갑자기 위쪽에서 두런거리는 말소리가 들리더니 누군가가 소리쳤다.

"거기 조심하시오. 우린 책임 못 져."

그러자 짐승은 한 발자국 앞으로 나섰다. 사람의 소리에 다시 흥분이 되는 모양이었다. 그러자 짐승의 볼 근육이 조금 위쪽으로 올라갔고 이제는 이가 드러났다. 새끼손가락 굵기만 한 이를 악물고 있는 것이 보였다.

백동혁은 겨누고 있던 몽둥이를 천천히 들어 올렸다. 이제 상반신은 찌르기에 완전히 노출된 자세였으나 그가 즐겨 쓰는 방법이었고 이제까지 한 번도 당해본 적이 없다. 그 순간 짐승은 땅을 박차고 달려들었다. 짐승이 노리는 곳은 이쪽의 목이었다. 2미터쯤의 거리였으니 짐승은 한 번의 도약으로 백동혁의 목줄을 물어뜯을 수가 있었다.

"어어!"

위쪽에서 여러 사람이 경악에 찬 고함을 쳤다. 그러나 백동혁에게는 아무 소리도 들려오지 않았다. 자신의 배 속에서 터져 나오는 기합을 입 끝에서 억제하면서 내려친 검의 끝부분에 육중한 충격이 온 것을 느꼈을 뿐이다.

두 손으로 검을 움켜쥔 자세 그대로 서 있던 백동혁은 자신의 발밑에 쓰러진 짐승을 보았다. 두개골이 반쯤 부서진 짐승은 네 다리를 떨고 있었다.

울타리 위쪽에서 구경하고 있던 사람들은 한동안 아무도 입을 열지 않았다.

"어이구, 참혹하구만."

누군가가 뱉듯이 말하자 백동혁이 번들거리는 시선을 들었다. 시선이 마주친 40대의 사내가 황급히 머리를 돌렸다. 울타리의 문이 바깥에서 열리더니 서너 명의 사내가 들어섰다.

"고맙수다, 우리 일을 거들어 주서서. 고기 좀 싸 드릴까?"

"아니, 그런데 또 있습니까, 저런 게?"

발밑의 짐승을 턱으로 가리키면서 백동혁이 묻자 사내들이 서로 얼굴을 마주 보았다.

"똥개 몇 마리가 있는데, 아까 문 앞에 매어 놓은 놈들 말이오. 그런데……."

그러자 다른 사내가 나섰다.

"이렇게 피를 내면 안 돼. 고기를 못 써."

백동혁이 쓴웃음을 지으며 울타리 밖으로 나오자 이강일이 다가왔다. 일부러 태연한 표정을 짓고 있었지만 그가 아주 지겨워하고 있다는 것을 백동혁은 알고 있었다.

"형님, 여기 계실 건가요?"

개를 잡아 주었으니 보신탕까지 먹고 갈 것이냐고 묻는 것이다.

"아니, 오늘은 그냥 회사로 들어가."

머리를 저은 백동혁은 휴지를 꺼내어 목검을 꼼꼼히 닦았다. 오늘은 개를 잡았지만 며칠 전에는 도살장에서 소를 때려잡던 검이다. 그리고 6년 전에는 집 안에 들어왔던 도둑을 때려잡았는데 불행히도 도둑이 사망하였기 때문에 정당방위로도 적용이 안 되어서 일 년 동안 교도소 생활을 하게 만든 역사가 깊은 검이었다.

중학교 때부터 검도를 배워 햇수로는 10년 가까이 검도를 해 왔으나 백동혁은 공인된 단수가 없다. 그것은 승급 심사를 할 때마다 번번이 실격패를 당했기 때문인데, 그의 말대로라면 이기고도 졌다는 것이다. 번번이 사타구니를 쳐올리고 발로 상대방의 다리를 걸며 팔꿈치로 머리를 쳤기 때문인데, 나중에는 8단도 더 되는 늙은 스승에게 진검승부를 해보자고 대들다가 검도를 그만두었다고 했다. 그러나 백동혁은 진검승부로는 그를 이길 자신이 있다고 지금도 믿고 있었다.

교도소에서 나와 김칠성이 관리하는 업소에 취직이 되었던 백동혁은 곧 그의 심복이 되었다. 그가 맹하게 보여도 근성이 있다는 것을 김칠성이 금방 알아보았던 것이다.

백동혁이 리즈호텔의 3층에 있는 사무실에 들어섰을 때는 오후 6시가 넘어 있었다. 리즈호텔의 사장은 조웅남이었고 김칠성은 부사장으로 되어 있었는데, 이곳은 30여 군데의 업체를 관리하는 본부 사무실이 있다.

강만철은 그들과는 별도로 백화점에 본부를 둔 20여 개의 업체를 관리하고 있었다. 이제는 그들이 그룹의 실제 경영권자인 것이다.

부사장실에 들어서려던 백동혁은 멈칫 몸을 세웠다. 안에서 문이 열리며 김칠성이 밖으로 나왔기 때문이다.

"어디 갔다 오는 거냐?"

김칠성이 무뚝뚝하게 묻자 백동혁이 머리를 숙였다.

"네, 개 잡고 옵니다, 형님."

입맛을 다신 김칠성이 스쳐 지나가자 백동혁이 뒤를 따랐다.

복도를 걷던 김칠성이 머리를 돌려 그를 바라보았다.

"네놈한테서는 피 냄새가 나, 언제나."

"네, 형님."

그에게서 자주 듣는 말이었으나 감정이 섞여 있지는 않다. 오히려 호전적인 성격의 김칠성이 자신의 그런 분위기를 즐긴다는 것을 백동혁은 알고 있었다.

"그것이 개 피나 소 피라서 다행이다, 인마."

"네, 형님."

"난 사우나에 갈 거다."

"네, 형님."

김칠성은 조웅남 그룹의 이인자로 그가 경영권을 행사하는 업체가 열 개도 넘는다. 백동혁은 자신이 그런 막강한 보스에게 파격적으로 발탁되어 5년 만에 측근이 되었다는 사실은 능력보다도 행운이 따른 것이라고 믿고 있었다. 그러나 백동혁은 자신이 그에게 아직 아무것도 보여준 것이 없다는 것이 언제나 아쉬웠다.

이윽고 그들은 아래층의 사무실로 내려갔다.

박만기는 스물아홉 살로 신장이 183센티미터에 체중이 90킬로그램이 나가는 체격이었다. 그는 체육대학 출신으로 유도가 공인 4단에다가 태권도도 2단을 따놓았는데 몸이 날렵해서 사람을 치는 데는 달인의 경지에 올라 있었다.

박만기는 넓은 어깨를 펴고 턱을 든 자세로 호텔의 현관을 나와 옆쪽의 주차장으로 들어섰다. 그리고 그런 그의 뒤를 김형문이 따르고 있다. 찬바람이 드러낸 피부를 날카롭게 스치는 1월 초의 저녁이었으나 그들은 조금도 추위를 느끼지 않는 것처럼 보였다.

주차장은 어둠에 덮여 있었다. 차량들의 몸체가 옆쪽에서 흘러 들어오는 불빛을 받아 차가운 윤기를 내었고 인적은 없다. 시멘트 바닥에 부딪치는 두 사람의 발소리만 삭막하게 들려올 뿐이다. 박만기가 주차장 안쪽에 세워 놓은 자신의 승용차에 거의 다다랐을 때 앞쪽에서 어른거리는 기척에 머리를 들었다. 검정색 코트를 입은 두 사내가 이쪽으로 다가오고 있었다.

주머니에서 자동차 열쇠를 꺼내는 박만기 앞에서 사내들은 걸음을 멈추었다.

"박만기 씨."

자신의 이름을 부르는 소리에 박만기가 몸을 굳히고는 사내의 얼굴을 바라보았다. 뒤쪽에 서 있던 김형문이 한 걸음 다가와 그의 옆에 섰다.

사내들은 30대 초반의 건장한 체격이었으나 박만기에 비하면 작다. 추위에 굳어진 듯 두 어깨를 구부리고 두 손을 코트 주머니에 찔러 넣고 있었다.

"뭡니까?"

박만기가 그들을 둘러보자 사내 한 명이 그를 향해 반걸음쯤 다가와 섰다.

"통보해 줄 것이 있어서."

가벼운 말투였고 사내의 네모난 얼굴에는 아무 변화가 없다.

"추운데 간단히 말하지. 우리는 신생 조직이야. 이제까지 너희들이 장악해 온 이곳을 우리가 접수하겠어. 그래서……"

"잠깐."

한 손을 들어 그의 말을 자른 박만기가 힐끗 주위를 둘러보았다.

주차장에 다른 인기척은 느껴지지 않는다.

"영화를 촬영하는 것은 아닌 것 같고. 몸뚱이가 얼어 있는 것 같은데, 이럴 때 맞으면 크게 다친다."

사내가 눈을 깜박이며 박만기를 바라보았다.

"요즘 세상에 이런 것들이 아직도 있나?"

박만기가 턱을 들어 사내들을 가리키고는 김형문을 향해 웃었다.

"너희들, 장난하는 거야? 보아하니 나잇살 좀 먹은 것 같은데 당장 사라지지 않으면 팔다리 한 짝씩 분질러 놓겠어."

"이번 달부터 리즈호텔에서 매월 500씩을 내놓도록 해. 이 말을 너희 사장에게 전해라."

사내의 말투가 조금도 흔들리지 않았으므로 박만기는 두 발에 힘을 주었다. 그의 예민한 육감으로 분위기가 심상치 않은 것을 느낀 것이다. 이들은 미친놈들이 아니다. 박만기의 눈에 사내들이 두 손을 찔러 넣은 코트 주머니가 들어왔다.

"너희들, 우리가 누구인지 알고 하는 소리겠지?"

이제 박만기의 목소리도 가라앉았고, 김형문은 발을 옆으로 비비듯이 움직여 반 발짝쯤 벌려 섰다.

"알고 있어, 샅샅이."

네모진 얼굴의 사내가 잠자코 머리를 끄덕였는데 옆쪽에 선 입술이 얇은 사내는 아직까지 입을 열지 않았다.

"리즈호텔뿐만이 아냐. 옆의 콘티넨털호텔도 마찬가지고 국제백화점, 그리고 영동의 유흥업소들도 포함이 돼."

추운 듯 어깨를 웅크리며 사내가 말하자 박만기가 머리를 끄덕였다.

"한국말이니까 잘 알아듣들었다. 그렇다면 마치 옛날의 밤의 세계로 돌아간다는 이야긴데, 우리가 유흥업소에서 수금 같은 걸 하지 않고 있다는 걸 알고 있겠지?"

"물론 알고 있지. 하지만 우리는 지금부터 할 것이다."

"신나는 세상이 되겠군. 그렇지, 신생 조직이라니까 말이 된다."

박만기는 두 발을 벌리고 서 있었으나 이미 중심은 한쪽 다리에 옮겨 놓고 있었다.

"매월 500만 원이라고? 그것이 상납금이란 말이지?"

이제 더 이상 묻고 답하기에 지겨워진 박만기는 우선 놈들을 때려잡고는 호텔로 끌고 들어가 캐보기로 작정을 했다. 이러한 육감은 김형문에게도 전해지고 있어서 그의 상체도 조금 앞으로 숙여졌다.

"그렇게 된다면 곧 부자가 되겠는데."

말을 마치자마자 박만기의 오른쪽 발이 곧장 위쪽으로 치솟아올라 사내의 사타구니를 찼다. 김형문이 앞에 선 사내를 향해 주먹을 휘두르는 것이 보였다. 박만기는 자신의 발길이 허공으로 뻗쳐 올라간 것을 금방 느끼고는 상체를 숙였다. 서둘러 중심을 잡으면서 주먹으로 칠 생각이었다.

그러자 껑충 뛰어 한 걸음을 물러난 사내의 손이 코트 호주머니에서 빠져나와 있는 것이 보였다. 손에 쥔 묵직하고 검은 물체가 식별되자 박만기의 가슴은 철렁 내려앉았다. 그 순간 어둠 속에서 희고 붉은 불길이 이쪽으로 뿜어지면서 모래주머니를 몽둥이로 치는 듯한 소리가 났다. 그리고 어깨에 선뜻한 물체가 쑤셔 들어오는 느낌이 왔고, 곧 타는 듯한 통증으로 바뀌었다. 충격으로 세워진 승용차에 등을 부딪친 박만기가 한 손으로 어깨를 쥐었다. 눈을 부릅뜬 얼굴이었다.

"이 새끼들."

옆쪽의 김형문은 사내에게 배를 얻어맞고는 막 한쪽 무릎을 꿇는 참이었다.

"너 이 새끼, 비겁하게."

으르렁거리듯 박만기의 말소리가 잇새로 흘러나왔다. 둔탁한 소리가 옆쪽에서 들리면서 억눌린 신음 소리와 함께 김형문이 시멘트 바닥에 머리를 차인 것이다.

"널 살려는 주마, 네 보스에게 보고를 해야 할 테니까."

이쪽으로 총구를 겨눈 채 사내가 말했다.

"매월 15일이 수금일이다. 오늘이 10일이니까 5일 남았어."

사내가 두 손을 늘어뜨리며 박만기를 바라보았다. 어깨를 감싸 안은 손바닥이 뜨거운 액체에 젖어 가고 있었고 한쪽 팔은 길게 늘어져 있었으므로 박만기는 이를 악물고 그를 노려보았다.

"다음번에는 죽인다. 가차 없이 죽일 것이다."

번쩍 손을 들어 올린 사내가 박만기의 다른 쪽 어깨를 향해 하얗고 짧은 불길을 내쏘았다. 신음 소리를 입안으로 삼킨 박만기가 온 얼굴로 땀을 쏟으며 사내를 노려보았다. 이제 두 팔을 늘어뜨리고 승용차에 기대어 선 모습이 되었다. 두 다리가 떨려 왔으나 기를 쓰고 땅을 밟고는 있다.

"이 새끼, 다음에는 여기를 쏘아라."

손을 들 수가 없었으므로 턱을 치켜든 박만기가 가을 내밀자 사내가 얼굴을 옆쪽으로 비끼면서 웃어 보였다.

김칠성이 목욕탕 안으로 들어가자 백동혁은 휴게실의 구석에 놓인 나무 평상에 앉았다. 김칠성이 목욕탕에 있는 시간은 한 시간 정도였으므로 그동안 잠이나 자둘 생각이었다.

나무 평상 위에 두 다리를 길게 뻗으며 드러눕던 그는 다시 몸을 일으켜 윗옷과 바지를 벗었다. 휴게실 안은 훈훈했고 늦은 시간이어서 손님이 한 사람도 보이지 않았다.

팬티 차림이 된 백동혁은 벽에 걸려 있는 가운을 입었다. 생각난 김에 목욕탕에 들어가고 싶었으나 보스와 함께 땀을 뺄 수는 없었다. 그는 나무 평상에 길게 드러누웠다. 목욕탕 안에서 물을 끼얹는 소리가 들려왔다. 김칠성 혼자 있는 모양이었다. 딱딱한 나무에 머리를 받치고 천장을 바라보자 온몸에 나른한 피로가 몰려왔다.

지금까지 김칠성의 심복 부하가 되어서 조직 세계에 발을 디딘 것에 후회해 본 적은 없다. 오히려 자신도 알지 못했던 새로운 능력을 발휘할 수 있다는 것이 기뻤고 요즘처럼 보람을 느끼는 나날도 없다. 눈을 껌벅이며 천장을 바라보던 백동혁은 이윽고 눈을 감았다.

그러자 옆쪽의 현관문이 열리는 소리가 들렸다. 눈을 뜬 백동혁은 들어서는 세 명의 사내를 보았다. 현관 바깥쪽의 입구에 카운터가 있지만 미스 오는 퇴근했을 터였다. 누운 채로 비스듬한 시선을 던지던 백동혁이 숨을 멈추었다.

사내들의 몸놀림이 굳어져 있는 것을 느낀 것이다. 그리고 이쪽으로 다가오는 사내들은 그냥 구둣발인 채였다.

사내들과의 거리는 이제 4미터쯤 되었다. 앞장선 사내는 곧장 이쪽으로 다가왔고 나머지 두 명은 목욕탕의 출입구 쪽으로 다가가고 있다. 앞장선 사내와 백동혁의 시선이 마주쳤다. 아직 누운 채였으므로 사내의 신장이 커다랗게 보였다. 얼굴이 크고 팔이 긴 체격이었다. 사내가 웃는 것처럼 입술 끝을 슬쩍 비틀었는데 백동혁은 사내의 한쪽 손이 뒤쪽으로 돌려졌다가 나오는 것을 보았다. 손에는 날이 흰 식칼이 들려 있었다. 사내들이 현관으로 들어선 뒤 5초도 안 되는 시간이었다.

백동혁은 몸을 굴려 나무 평상 밑으로 떨어져 내렸다. 그러고는 다시 한 번 구르면서 손을 뻗쳐 벽에 세워 놓은 대걸레 자루를 움켜쥐었다. 곧고 단단한 나무였고 길이는 1미터 50센티미터쯤 된다. 그사이 사내는 식칼을 번뜩이며 평상 위로 뛰어올랐고 곧바로 이쪽으로 뛰어내릴 때였다. 백동혁은 두 손으로 자루의 끝부분을 움켜쥐는 순간에 곧장 사내를 향해 차올렸다.

"허억!"

자루의 끝부분으로 가슴 한복판의 명치를 찍힌 사내가 휘청 상반신을 뒤로 젖히면서 멈추어 섰다. 두 다리를 오므렸던 백동혁이 다리를 펴는 반동으로 뛰어오르면서 두 손에 움켜쥔 자루로 다시 사내의 목을 곧장 찍었다.

"커억!"

정통으로 목을 찔린 사내가 입을 쩌억 벌리면서 평상 밑으로 굴러떨어졌다. 목욕탕의 문을 열고 들어서려던 사내 두 명이 이쪽으로 달려왔다. 세 걸음 정도의 거리였고 뛰는 걸음이면 두 걸음이다. 백동혁은 껑충 한 걸음 옆으로 비켜서면서 달려드는 사내 한 명의 머리끝을 내려쳤다.

따악 하는 소리와 함께 걸레 자루의 중간 부분이 비스듬하게 부러져 나갔다. 머리끝을 얻어맞은 사내는 휘청이다가 겨우 중심을 잡고 멈추어 섰다.

걸레 자루를 내던진 백동혁이 발을 들어 사내의 다리 사이를 올려찼다.

"어윽."

폐 속의 공기를 뱉으면서 얼굴이 하얗게 질린 사내가 두 다리를 X 자 형태로 만들며 허리를 숙였다. 사내 한 명이 식칼을 휘저으며 귀신 같은 얼굴로 달려들었다. 그가 옆으로 휘저은 칼을 허리를 틀어 피하면서 백동혁은 옆쪽으로 한쪽 손을 뻗었다.

뻗은 그의 손에 잡히는 것이 있었다. 단단하고 적당히 무거운 물체였다. 이제는 칼을 세워 들고 곧장 달려드는 사내를 향해 힘껏 집어 던졌다. 2미터도 안 되는 거리였다. 정통으로 콧잔등에 로션 병이 부딪쳤고 사내가 눈을 흡뜬 채 멈춰 섰다. 머리가 좌우로 흔들거렸다.

"가자!"

명치끝을 찍혀 뒹굴었던 사내가 한쪽 무릎을 세우고 일어나더니 버럭 소리를 쳤다. 얼굴에 땀을 흘리며 다리를 꼬고 있던 사내가 몸을 돌렸고 코 부분이 피범벅이 된 사내도 껑충 뛰어 한 걸음 물러났다. 그러나 모두 손에 든 식칼은 놓지 않았다. 눈을 부릅뜬 백동혁이 옆쪽으로 몸을 빼내어 옷장의 끝부분에 놓인 우산을 움켜쥐었다.

다행히 구식의 철제 양산이었다. 그러나 그 순간 사내들은 현관 쪽으로 내닫고 있었다. 현관의 유리문이 부서질 듯 열렸다가 마지막으로 몸을 뺀 사내의 엉덩이를 두들기듯 닫히더니 이윽고 조그맣게 흔들거렸다. 우산을 움켜쥔 백동혁은 현관문으로 달려가 흔들거리는 문을 밀고 바깥을 내려다보았다. 아래층으로 뛰어 내려가는 마지막 사내의 뒷모습이 보였다.

어깨를 늘어뜨린 백동혁은 입구의 구내전화를 들었다. 다이얼을 누르면서 한 손으로 이마의 땀을 닦았다.

—여보세요.

이강일의 말소리가 들려오자 그는 길게 숨을 내쉬었다.

"애들 데리고 당장 목욕탕으로 와!"

수화기를 내려놓고 몸을 돌린 백동혁은 다시 목욕탕의 현관으로 들어섰다. 자루의 조각과 부서진 로션 병이 넓은 휴게실에 흩어져 있는 것이 보였다.

목욕탕에서 물을 끼얹는 소리가 들려왔다. 김칠성이 사우나실에서 나온 모양이었다.

클럽의 현관으로 들어서던 안만덕이 몸을 돌렸다. 사내 두 명이 따라오고 있었는데 시선이 마주치자 앞장선 사내의 얼굴에 웃음이 떠올랐다.

저녁 7시 10분 전이어서 클럽에 손님이 오는 시간치고는 조금 이른 편이다.

그가 밀고 들어선 유리문 한쪽을 잡고 서자 앞장선 사내가 머리를 끄덕이며 고맙다는 시늉을 했다.

"안만덕 부장이시지요?"

안으로 들어선 사내가 묻자 안만덕이 얼굴을 폈다.

"네. 그런데 조금 일찍 오셨습니다. 아직 애들도 나오지 않은 모양인데."

클럽 안쪽의 바에서 유리잔을 닦고 있던 미스터 진이 이쪽을 바라보고 있었다.

"어디, 방으로 들어갔으면 좋겠는데. 부장님께 말씀드릴 것도 있고."

그제야 안만덕은 앞에 선 사내를 찬찬히 바라보았다. 20대 후반으로 그와 비슷한 연배로 보이는 깔끔한 차림의 사내였다. 몸에 딱 맞는 모직 정장을 차려입고 있었는데 와이셔츠와 넥타이의 색깔도 조화를 이루고 있다.

클럽의 일을 3년이 넘게 하다 보니까 이제는 옷차림만 보아도 상대방의 신분이나 주머니 사정을 짐작할 수 있는 안만덕이었다. 그의 눈에 앞에 선 두 사내는 대기업의 엘리트 사원이거나 금융기관의 직원이었다. 그러다가 자신과 할 이야기가 있다는 소리에 그들은 비자 카드 회사 사람 아니면 새로 나온 숙취용 음료를 선전하는 제약 회사의 영업사원으로 보였다.

힐튼클럽은 룸이 여섯 개 있었지만 룸 하나는 여종업원들의 대기실 겸 탈의실로 쓰여서 안만덕은 그들을 끝 쪽의 방으로 안내해 들어갔다.

"거기 앉으시지요, 안 부장님."

사내가 붉은 입술을 벌려 웃어 보이며 앞자리를 가리켰다. 사내 한 명은 방에 들어서자마자 문 옆의 화장실로 들어가 버렸다.

"그런데 무슨 일로 절 찾으셨습니까?"

자리에 앉은 안만덕이 묻자 사내의 얼굴에서 천천히 웃음기가 사라졌다.

"다름 아니라, 이번 달부터 수금을 해야 할 것 같아서요."

"무슨 말입니까?"

어리둥절해진 안만덕이 되묻자 사내가 답답하다는 듯이 입맛을 다셨다.

"앞으로는 달마다 100만 원씩 걷습니다. 날짜는 매월 15일. 보호세라고나 할까요?"

"보호세라니요?"

세무사 아닌가 하고 얼핏 생각이 들었던 안만덕의 이맛살이 찌푸려졌다. 그의 시선이 곧장 사내의 얼굴에 쏘아졌다. 그러자 화장실의 문이 열리더니 사내가 나와 문 앞에 섰다.

"너희들, 뭐야?"

안만덕이 어깨를 세우면서 물었다. 그러자 가슴이 부글부글 끓어올랐다.

"이 새끼들이 시방 장난하자는 거야, 뭐야? 바쁜 사람 불러 놓고 말이야."

"장난이 아니야, 안 부장. 길 건너의 파라다이스도, 아래쪽의 준클럽도 마찬가지야, 보호세를 내는 건."

너무나 태연한 태도와 대답이어서 입을 따악 벌렸던 안만덕이 이윽고 입을 다물고는 침을 삼켰다.

"너희들, 어디서 왔는데?"

"서울이지, 어디서 오긴."

사내가 다시 웃었고 안만덕이 튕기듯이 자리에서 일어섰다.

"씨발 놈들이 개나발을 불고 있네. 당장 분질러 놓기 전에

꺼져."

"15일이야, 안 부장."

천천히 자리에서 일어선 사내가 얼굴에 웃음을 띠었다.

"오늘은 약간 손만 대지만, 15일에 보호세를 내지 않으면 그 때는 땅속으로 가게 될 거다."

"이 새끼가!"

막 탁자 건너편의 사내에게로 상체를 굽히던 안만덕은 옆쪽의 사내가 한 걸음 다가오는 것을 느꼈다. 우선 머리만을 그쪽으로 돌린 안만덕은 사내의 흰 얼굴을 보았고 그다음 손에 쥔 희끗한 것을 보았다.

"으윽."

다음 순간 저도 모르게 허리를 굽힌 안만덕의 입에서 억눌린 비명 소리가 터져 나왔다.

배에 선뜻한 것이 박혀 있었는데 그것이 칼이라는 것을 느끼자 머리끝이 찌르르 울리며 곤두섰다.

"으으윽."

칼날이 빠져나가자 그때에는 불로 지지는 듯한 통증이 느껴졌다. 다리의 힘이 풀린 안만덕은 한 손으로 탁자를 짚고는 다른 한 손으로 배를 움켜쥐었다. 머리를 들자 사내의 얼굴이 보였다.

"이것이 처음이자 마지막 경고다. 다음에는 죽인다. 15일을 잊지 마라."

그들은 문을 열고 밖으로 나갔고 밖에서 문이 닫혔다.

안만덕은 입을 따악 벌렸다. 그러나 목구멍을 타고 앓는 소리만 뱉어질 뿐이다. 허리를 숙이고 문 쪽으로 한 걸음을 떼자 배가 갈가리 찢어지는 것 같은 통증이 왔다. 네 걸음째에야 그는 한 손으로 문고리를 잡고 비틀어 열 수 있었다. 몸이 문에 기대어져 바깥으로 비스듬히 쓰러지는 것을 느끼면서 안만덕은 의식을 잃었다.

리즈호텔의 사장실은 꽤 넓었으나 빈 공간이 많았다. 소파와 탁자 사이도 넓어서 탁자 위에 놓은 커피 잔을 집으려면 길게 손을 뻗어야만 했다. 조웅남의 체격 때문일 것이다. 커피 잔에는 손도 대지 않은 채 김칠성이 머리를 들었다.

"나도 어제 동혁이가 없었다면 목욕탕 안에서 당했을지도 모르지요. 형님들도 조심하여야 합니다."

"흥, 깨벗고 칼침 맞은 꼴 보기 좋았겠구만."

조웅남이 입을 부풀리며 웃는 모양을 만들었는데 강만철이 상체를 세웠다. 이맛살이 찌푸려져 있었다.

"농담할 때가 아니다. 어젯밤에 습격당한 업체는 이쪽이 여덟 군데, 내 쪽이 일곱 군데인데, 놈들의 인원을 보면 40명이 넘어. 그만한 인원을 한꺼번에 동원한 것을 보면 이건 계획된 것이고, 그것도 잘 훈련된 조직이야."

"더욱이 두 군데서는 권총을 썼습니다. 놈들은 우리에게 정면으로 도전을 한 것이오."

김칠성이 말을 받았다.

"놈들은 우리 사정을 정확히 파악하고 있어요. 실무자들인 중간 보스급만을 골라내어 쳤습니다."

"너도 중간 보스여? 그건 갸들이 잘못 알았는갑다. 실수했고만."

조웅남의 말에 김칠성이 입맛을 다시고는 강만철을 바라보았다.

"15일까지 보호세를 받아야겠다고 했는데, 준비를 해야 하지 않겠습니까?"

"뭐? 무신 준비?"

눈을 치켜뜬 조웅남이 부스럭거리며 상체를 세웠다.

"무신 준비를 헌단 말이냐?"

"어쨌든 놈들이 15일에는 다시 나타날 것 아닙니까?"

"아이고, 그렇다믄 문 열어 놓고 기달려야지. 몇 년 동안 책상에만 앉아 있었더니 허리가 부실혀졌는디."

"너희 애들은 어떠냐?"

회의의 분위기를 자르는 조웅남을 젖혀 두자는 듯이 강만철이 김칠성 쪽으로 몸을 돌리며 물었다. 오전 9시밖에 되지 않았으나 아침 일찍부터 서둘러 달려온 강만철과 함께 어젯밤의 사건들을 이야기하는 중이었다.

"다행히 박만기하고 안만덕이 중태지만 죽은 애들은 없어요. 하지만 모두들 중상이라 4, 5개월씩은 병원에 있어야 해요."

"우리도 그렇다. 하지만 경찰이 알면 시끄러워질 텐데. 특히 총에 맞은 애들 말이다."

"언론을 타면 시끄럽기만 할 테니까 몇 군데씩만 신고를 합시다. 총 맞은 애들은 빼구요."

"무신 소리를 허는 거여?"

다시 조웅남이 나섰다.

"우리가 무신 잘못이 있다고 신고를 안 혀? 모두 혀라. 나중에 알게 되믄 더 시끄러워질 텡게로."

강만철과 김칠성이 얼굴을 마주 보았다.

"네 말이 맞다."

강만철이 조웅남을 향해 머리를 끄덕였다.

"하지만 경찰은 틀림없이 폭력 조직 간의 싸움이라고 할 것인데 우리는 상대를 모르고 있어. 아무리 생각해도 그럴 만한 놈들이 없단 말이다."

"그러믄 귀신이 그랬단 말여? 콘티넨털의 김영식이는 한 놈 머리카락을 한 주먹 뽑았다는디, 그 시키들을 찾어야 할 것 아녀?"

"경찰보다 우리가 이쪽 사회를 잘 알고 있지 않습니까? 우리가 모르는데 그들이 알 리가 있습니까?"

김칠성이 나섰다.

"우선 몇 건만 신고합시다. 어차피 경찰은 나중에 알게 되겠지만 한꺼번에 신고하면 금방 언론을 타고 손해 보는 것은 우리밖에 없어요."

"그동안에 우리가 찾아내는 거다. 찾아서 요절을 내는 거지, 경찰보다 먼저."

강만철의 말이 마음에 맞았는지 조웅남이 조그맣게 머리를 끄덕였다.

"그것은 나한티 맡겨라. 내가 모가지를 딱딱 분질러 줄 텡게로. 나는 결재허는 것보담 그것이 성격에 맞어."

머리를 든 김칠성이 눈을 껌벅이며 조웅남을 바라보았다.

"왜?"

"아니요, 그냥."

사장실 앞을 지키고 서 있던 백동혁은 이맛살을 찌푸리며 머리를 돌렸다. 고태석이 다가오는 것을 보았기 때문이다.

복도에 몰려 서 있던 부하들이 그를 향해 머리를 숙이고 있는 사이를 고태석이 바쁘게 헤쳐 오고 있었다. 옆쪽에 서 있던 이강일이 힐끗 백동혁을 바라보았다. 고태석은 백동혁과 동급의 형님인 것이다. 언제나 단정한 신사복 차림의 그는 후줄근한 바바리 차림의 백동혁과 대조가 되었다.

"어이, 사무라이. 어제저녁에 한바탕했다면서?"

고태석이 빙글거리며 다가오더니 백동혁의 옆구리를 보고는 눈을 치켜떴다.

"이젠 정말로 사무라이가 되었구만그래. 아예 옆구리에 차고 다니는군."

"주둥아리 닥치지 않으면 개 잡듯이 때려죽일 테여."

처진 눈시울을 치켜세우면서 백동혁이 허리띠에 찌른 목검의 손잡이를 쥐자 고태석이 한 걸음 물러섰다.

그러나 겁을 먹은 것 같지는 않았다. 그는 강만철의 직속 부하로 예비역 대위 출신이다. 이목구비가 반듯하고 머리 회전이 빠르고 몸이 날렵했는데 조직에 발을 딛게 된 지 3년밖에 되지 않았지만 경력과 능력을 인정받고 있었다.

백동혁은 그에게서 시선을 돌리고는 다시 벽에 등을 기대고 섰다. 문 안쪽의 방에서는 지금까지 한 시간이 넘도록 조웅남과 강만철, 김칠성이 회의를 계속하고 있었다.

"사무라이, 내가 보고할 것이 있는데 들어가도 될까?"

고태석이 웃음을 거둔 얼굴로 물었으나 백동혁은 힐끗 시선을 주었을 뿐 대답하지 않았다.

자신이 사무라이란 말을 대단히 싫어한다는 것을 놈은 알고 있었다. 그리고 다른 사람 앞에서는 자신을 개백정이라고 부른다는 것도 안다. 언젠가는 손을 봐줘야겠다고 마음먹은 놈이다.

"이봐, 사무라이."

고태석이 다시 한 걸음 다가오자 백동혁은 검의 손잡이를 천천히 쥐었다. 그의 시선은 언제부터인가 고태석의 이마 한복판을 향해져 있다. 어제 오후에 도사견을 보던 시선이었다.

"이런 젠장, 급한 일이라는데."

주춤 멈추어 선 고태석이 몸을 굳혔다.

"놈들이 업체들한테 전화를 해온단 말이야. 보호세를 받아야겠다는 거야. 우리 조직의 업체뿐만이 아냐. 신고를 해온 곳이 벌써 오십 군데가 넘는단 말이야."

"빌어먹을 자식아, 그건 내가 보고하겠다. 이곳은 내 구역이야. 네가 들어갈 곳이 못 돼."

"마음대로 해라, 개백정 놈아."

한 걸음 물러서면서 고태석이 이를 드러내었다.

"네놈은 개인적인 감정으로 큰일을 망칠 놈이다, 역적 같은 놈."

주변의 부하들은 아까부터 긴장으로 온몸을 굳히고 있는 중이었다. 복도 저쪽의 부하들도 이쪽을 흘깃거리고 있다. 원체 소문난 개와 고양이 사이였지만 서로 특별한 원한이나 인과관계는 없다. 개성이 강한 성격들인 데다 경쟁심이 그렇게 만들어 놓은 것이다. 그때 마침 부하들을 헤치고 백동혁의 부하인 임일제가 다가왔다.

"형님, 사무실로 신고 전화가 여러 통 걸려옵니다. 모두 업체들인데 보호세를 내라는 전화를 받았답니다."

다가선 임일제가 상기된 얼굴로 말하자 백동혁의 시선이 고태석을 스쳤다.

"좋아, 같이 들어가서 보고하자."

몸을 돌린 백동혁이 고태석을 향해 말하고는 방문을 조심스럽게 두어 번 두드렸다.

고태석이 다가와 옆에 서더니 헛기침을 하고 넥타이의 매듭을 정리한 다음 재킷의 깃을 움켜쥐고는 한 번 들었다 놓았다.

방 안은 따뜻했으나 환풍이 잘되지 않아서 담배 연기로 눈이 매웠다.

유혁근 경감은 손등으로 눈을 비비면서 앞쪽에 앉은 이정환 총경을 바라보았다. 턱의 군살이 늘어진 이정환이 두툼한 입술을 버릇처럼 내밀며 서류를 읽고 있었다. 50대 후반이어서 시력이 약해진 모양이었다. 눈에서 서류를 멀리 떼었다가 다시 눈살을 좁히며 얼굴을 가져다 대는 것을 되풀이하고 있다. 이윽고 이정환 총경은 서류를 덮고 앞쪽에 앉은 유혁근 경감을 바라보았다.

"조웅남, 강만철이가 부하들을 모으고 있어. 금방 무슨 일이 일어날 상황인데 덩달아서 밤거리도 술렁거려."

"경계를 하려는 것입니다. 상대방이 누군지는 모르지만."

"그것참⋯⋯."

손가락 끝으로 턱을 쓸면서 이정환이 이맛살을 찌푸렸다.

"보고하기에도 애매하구만. 가해자의 윤곽이라도 보여야 대책을 세울 수가 있을 텐데 말이야."

"혹시 외국에서 들어온 놈들이 아닌가 하고 입국자 명단을 점검해 보았습니다만, 그것도 도무지⋯⋯."

유혁근이 입맛을 다시며 말을 멈추었다. 부하들을 시켜서 전과 기록이 있는 수백 명의 재입국자를 점검해 보았던 것이다. 그러나 성과는 없다.

"김원국의 조직에 정면으로 도전할 세력이 나타난 것은 아니겠지?"

"그건 불가능한 이야깁니다."

의자에 등을 붙이면서 유혁근이 풀썩 웃었다.

"그런 세력이 있을 수가 없습니다. 김덕수는 지금 형을 살고 있고, 고한동이는 대관령에서 목장을 하고 있지요. 박영수는 LA에서 슈퍼마켓을 하고 있고."

그러던 유혁근이 머리를 들었다. 40대 초반의 나이답지 않게 생기 있는 눈빛을 가진 사내였다.

"서창규가 중국에 있다가 근래에 한국으로 들어왔다는 소문이 있지만 이런 일을 일으킬 놈이 아닙니다."

"간부급 주먹들이 열일곱 명이나 같은 시기에 습격을 받았어. 저쪽 놈들도 조직으로 움직이고 있단 말이야. 내 생각엔 김원국의 조직 내부에서 알력이 있는 것은 아닐까? 언론은 그렇게 보던데."

이정환이 물끄러미 유혁근을 바라보았다.

"부산의 최충식이가 조직을 장악하려고 한다든지."

유혁근이 입술 끝을 추켜올리며 머리를 저었으나 입을 열지는 않는다.

"조웅남이와 강만철이가 세력 다툼을 하는 것이 아닐까?"

"과장님, 제3의 세력이 있는 것이 아닐까요? 우리들이 전혀 감지해 낼 수 없는 조직 말입니다."

정색을 한 유혁근의 시선을 받은 이정환이 입맛을 다셨다. 가능성은 그쪽이 더 있었지만 도무지 오리무중이어서 차라리 눈에 보이는 놈들을 훑어가는 것이 덜 답답했던 것이다.

"김원국은 지금도 인도네시아에 있나?"

이정환이 묻자 유혁근이 머리를 끄덕였다.

"네, 섬에서 지내고 있는 것이 확인되었습니다. 아직 움직이지 않고 있습니다."

"연락을 안 했는지도 모르지. 김원국에게까지 보고할 사건이 아니라고 생각해서."

자리에서 일어선 이정환이 서류철을 들고는 벽에 걸린 시계를 바라보았다.

"10시에 보고야. 그 빌어먹을 신문들이 먼저 때려 놓아서 신문 기사를 그대로 읽어줘 버리는 게 낫겠구만."

"할 수 없지요. 우선은 기사가 난 방향으로 수사해 가고 있다고 말씀하시는 것이 낫겠어요."

유혁근의 얼굴을 바라보던 이정환이 쓴웃음을 지었다.

"강만철 측은 이번 사건을 덮어두려고 하더군요. 협조적이지가 않습니다."

복도를 걸으면서 유혁근이 말했다.

"물론 그들의 자존심에 크게 상처를 낸 사건입니다. 하지만 언론에서 터뜨리지 않았더라면 우리도 한두 건만 알고 넘어갈 뻔했습니다."

"그것도 찜찜하단 말이야."

이정환이 걸음을 늦추면서 유혁근을 돌아보았다.

"강만철 측이나 조웅남이 경찰에 신고한 것은 다섯 건밖에 없는데, 신문은 열다섯 건이 일어났다고 알고 있었어. 놈들이 일을 저지르고 신문사에 알려준 것이 틀림없어. 그렇지 않아?"

"그럴 확률이 높습니다. 놈들은 대한일보와 국제신문에 집중적으로 정보를 준 것 같더군요."

"계획적이란 말이야, 누가 일으켰건."

생각에 잠긴 이정환은 하급자의 경례도 받지 않고 지나쳤다.

"대가리들은 이런 것 좋아하지 않아. 아마 고위층에 올라가기 전에 어느 선에서 주물러질 거야, 옛날처럼."

이정환이 혼잣말처럼 말했으나 유혁근은 똑똑히 알아들었다. 그리고 실무자급 몇 명의 목이 잘릴 것이다.

"참, 언론에도 알려지지 않은 사건이 있었습니다. 제가 말씀을 못 드렸는데……."

유혁근의 말에 이정환이 계단을 오르다가 걸음을 멈추었다. 그들은 계단의 난간 쪽으로 붙어 섰다.

"뭐야?"

짜증난 듯이 이정환이 찌푸린 얼굴로 물었다.

"김칠성이 리즈호텔 목욕탕에서 습격을 당한 사건이지요. 세 놈인가 네 놈인가 쳐들어왔는데……."

"가만, 김칠성이는 멀쩡하던데?"

"예, 그 부하로 백동혁이라는 괴물이 있어요. 심심하면 도살장에 가서 개나 소를 죽이는 놈인데, 그놈이 습격한 놈들을 쳐서 쫓았다는군요."

"병신, 한두 놈 잡아둘 것이지."

"예, 저도 소문을 듣고 백동혁에게 물어보았어요. 놈은 그런일은 없었다고 시치미를 떼었지만, 한 놈쯤 잡지 그랬냐고 하니까 아무 말도 하지 않더군요."

입맛을 다신 이정환이 발을 떼었고 유혁근이 그를 따라 계단을 올랐다. 백동혁이 한 놈쯤 잡아 놓았다면 이렇게 발걸음이 무겁지는 않을 것이라는 생각이 둘의 머릿속을 맴돌고 있었다.

사무실의 문이 열리고 들어서는 사람을 본 백동혁은 얼른 머리를 돌렸다. 그러자 옆쪽에 앉은 직원이 입을 벌리고 멍한 얼굴이 되어 들어서는 사람을 바라보는 것이 눈에 띄었다. 이제까지 관리부에 그녀가 들어온 적은 백동혁의 기억으로는 없었다. 그리고 김선주는 백동혁과 이야기를 나눈 적도 없는 여자였다. 스치는 눈빛으로 김선주가 자신을 경멸하고 있다는 것은 느끼고 있었다.

백동혁의 앞으로 김선주가 다가왔다. 검정색 투피스가 어울렸고 쭉 뻗은 몸매는 구찌클럽의 댄서들 못지않은 데다 얼굴의 윤곽이 뚜렷했다. 호텔의 홍보 업무를 맡고 있는 김선주는 외국어 실력도 뛰어나서 조웅남이 아끼는 직원이었다.

"백동혁 씨, 부탁이 있어요."

백동혁의 책상 앞에 선 김선주가 그를 내려다보면서 말했다. 그러나 부탁하는 사람의 얼굴은 아니다. 딱딱하게 굳은 표정이었다. 백동혁이 늘어진 눈시울을 들고 그녀를 올려다보았다. 주위의 직원들이 일제히 움직임을 멈추고 이쪽에 신경을 쓰고 있는 것이 느껴졌다.

"나 혼자 내버려 둘 수 없어요? 오늘부터 사람들을 떼어 주세요. 부탁이에요."

김선주의 목소리가 사무실을 울렸다. 입맛을 다신 백동혁이 주위를 둘러보자 직원들은 제각기 전화기를 집어 들거나 책상의 서랍을 열었다. 이제 김선주는 두 손으로 백동혁의 책상을 짚고 그를 내려다보았다.

"이건 사생활 침해예요. 사람들을 돌려보내지 않으면 회사를 그만두겠어요."

백동혁이 다시 입맛을 다셨다. 테러 사건이 일어난 후부터 업체의 간부급 직원에게 경호원을 붙여 놓았다. 김선주도 리즈 호텔의 홍보실 간부였으므로 두 명의 경호원이 24시간 따르고 있는 것이다.

"말씀해 주세요. 난 요즘 일어난 일하고는 상관이 없다고 생각해요. 날 보호해 주는 것은 고맙지만 견딜 수가 없다구요. 내가 꼭 경호원을 데리고 다닐 처지라면 회사를 그만두겠어요."

그녀의 말소리가 다시 사무실을 울렸다.

"안 돼."

눈시울을 들어 올리며 백동혁이 입을 열었다.

"둘 다 안 돼. 경호원을 뗄 수도, 회사를 그만둘 수도 없어."

사무실 안에 한동안 정적이 흘렀다. 김선주는 그를 노려본 채 입을 열지 않았고 직원들도 소리 내는 것을 조심하는 눈치였다.

"좋아요. 그렇다면 부사장님이나 사장님을 만나서 말씀드리겠어요."

이윽고 김선주가 허리를 세우며 말했다. 입술 끝이 보일 듯 말 듯 위쪽으로 추켜져 있는 것이 백동혁의 눈에는 똑똑히 보였다.

"그것도 안 돼. 이 일은 내가 맡았고, 내가 책임자니까."

백동혁이 그녀에게서 시선을 돌렸다.

"그놈의 사생활인지 지랄인지는 떠들어대지 말라구. 그저 잠자코 있어."

저도 모르게 아랫입술을 깨문 김선주가 그를 노려보았다. 그녀의 얼굴이 빨갛게 달아오르고 있었다.

"그리고 쓸데없이 멀리 돌아다니지 말어. 서울 근처에도 얼마든지 좋은 곳이 많은데."

그러자 김선주는 몸을 돌렸다. 몸을 꼿꼿이 세우고 문 쪽으로 걸었으나 그녀의 중심이 흔들리고 있는 것을 느낄 수 있었다. 문이 닫히자 옆쪽에서 이강일이 다가왔다.

"형님, 어제는 수원의 남수원호텔에서 두 시간 동안 뭉겠다고 합니다. 저 여자는 색골이라고 소문이 났습니다. 언젠가는 미국 놈하고 같이 다닌다고 소문이 났다니까요."

상반신을 숙인 이강일이 소곤거리듯 말했다. 그에게서 마늘 냄새가 났다.

"오입질을 제대로 못하니까 짜증이 난 겁니다."

손바닥으로 그의 가슴을 떠밀면서 백동혁은 시계를 내려다보았다. 휘청거리며 한 걸음 물러선 이강일이 그를 바라보았다.

"형님이 떠나실 시간 되었다. 준비해라."

"예, 형님."

이강일이 찌푸린 얼굴로 돌아섰다. 오후 4시가 되어 가고 있었다.

김칠성이 부둣가에 있는 수산물 도매 센터 앞에서 차에서 내렸을 때는 오후 5시가 되어 있었다. 금방 눈이라도 뿌릴 것 같은 흐린 날씨였다. 얼음 끝 같은 바닷바람이 정면에서 부딪쳐 오자 김칠성은 머리를 돌렸다. 그의 옆쪽에서 걷는 백동혁의 바바리코트가 펄럭이며 바람을 탔다. 허리에 차고 있는 검고 긴 몽둥이가 보였다. 전에는 가지고 다니는 것을 보지 못했던 개 잡는 몽둥이였다.

수산물 도매 센터는 5층의 회색 시멘트 건물이었으나 바닷바람에 시달린 탓인지 칠이 떨어져 나간 부분이 많은 데다 아래층 벽은 검게 변해 있었다.

어두워지기 시작할 무렵이어서 1층의 커다란 철제 셔터는 굳게 내려졌고 셔터 위에 매달린 두 개의 백열전구가 흔들거리면서 희미한 빛을 내었다.

생선 비린내가 진동하는 마당에는 부서진 생선 상자들이 흩어져 있다. 그들은 옆쪽의 사무실로 다가갔다. 바닷바람이 코트 자락을 앞쪽으로 날렸다.

앞장서 가던 부하가 사무실의 문을 열고 비켜서자 그들은 안으로 들어섰다. 세 명의 사내가 책상 건너편에 서 있다가 일제히 머리를 숙였다. 사무실의 한복판에 석유난로가 벌겋게 달아올라 있어서 훈훈한 열기가 그들의 피부에 닿았다.

"어디에 있어?"

그들을 향해 백동혁이 묻자 앞쪽에 선 사내가 한 걸음 다가섰다.

"옆방에 있습니다, 형님."

그들은 사내의 안내를 받아 옆방으로 들어섰다. 방 한복판의 비어 있는 공간에 의자 한 개가 놓여 있었고, 앉아 있던 사내가 놀란 듯 일어섰다.

40대 초반의 작달막한 체구의 사내였다. 이마에 굵은 주름이 잡혀져 있는 데다 가는 눈을 한껏 치켜뜨고 있었다.

"아니, 칠성이. 그렇다면 네가 나를?"

창고로 쓰이는 빈방에 난로도 없이 떨고 있었던 모양이다. 얼굴이 파랗게 질려 있었다.

"이게 오랜만에 만나는 인사냐? 네가 나한테 이럴 수 있어?"

그가 소리치듯 말하자 김칠성은 옆에 선 백동혁과 부하들을 돌아보았다.

"너희들은 나가 있어."

그 말에 부하들은 잠자코 방을 나갔다. 방에는 이제 김칠성과 백동혁, 서창규 세 명이 남게 되었다.

서창규는 건달 세계의 서열로 따지면 김칠성의 선배뻘이 된다. 아마 두어 단계 위의 형님이 될 것이다. 그러나 김칠성은 일찌감치 박종무와 손을 끊고는 김원국의 휘하에 들어갔다. 서창규는 박종무와 형님 동생 하는 사이였다.

서창규는 김칠성의 얼굴을 대하게 되자 와락 부아가 치미는 모양이었다. 자신을 잡아 끌고 온 것이 김칠성의 부하들이라는 것을 몰랐던 것이다.

"칠성이, 너……."

그가 턱을 추켜들고 다시 한 걸음 나섰을 때 백동혁이 그의 앞으로 나섰다.

"앉아라, 의자에."

그를 똑바로 바라보면서 백동혁이 말했다.

"묻는 말에만 대답하고 입 닥쳐."

"아니."

멈칫하면서 입을 벌렸던 서창규는 소스라치듯 놀라 머리를 뒤로 젖혔다. 어느새 백동혁이 빼어 든 검은 몽둥이의 끝이 그의 입을 겨누고 있었기 때문이다. 몽둥이의 끝은 칼처럼 다듬어져 있어서 금방이라도 입안으로 쑤시고 들어올 것 같았으므로 저도 모르게 서창규는 입을 닫았다.

"앉아, 이 새끼야."

백동혁의 몽둥이 끝이 앞으로 다가왔으므로 서창규는 두 걸음쯤 뒷걸음질을 하다가 의자에 걸려 엉덩이를 내려놓았다.

김칠성이 다가와 그의 앞에 섰다.

"3년 동안 무얼 하고 있다가 요즘 인천에 나타났는지 말해."

표정 없는 얼굴로 김칠성이 묻자 서창규가 눈을 부릅떴다. 악문 입술 사이로 이를 가는 소리가 들려왔다.

"나는 한가하게 소싯적 서열 찾을 시간이 없어. 말하지 않으면 바닷속에 집어넣을 테니까."

김칠성이 다그치듯 말했으나 서창규는 입을 열지 않았다.

"내가 이렇게 찾아온 것이 최소한의 예의라는 것을 모르는군. 좋아, 그렇다면 내 동생한테 맡겨 두고 갈 테니까……."

김칠성이 자세를 허물자 서창규가 머리를 들었다. 눈동자는 흔들리지 않는다.

"네 동생한테도 말할 것이 없다. 너도 내가 독한 놈인지는 알고 있을 테니까."

"할 수 없군. 그럼, 맞아 죽는 수밖에."

"설마 내가 이번 너희 업체들 습격 사건과 관계가 있다고 믿는 것은 아니겠지? 그렇다면 헛다리를 짚은 셈인데."

김칠성과 백동혁이 얼굴을 마주 보았다.

"영광이구만. 날 그런 놈으로 보았다니."

턱을 들어 올리며 서창규가 입을 벌리고 웃었다.

"그렇다면 오늘 아침에 비치호텔의 커피숍에서 우리가 당할 때가 되었다고 한 이유는 뭐냐?"

백동혁이 두 손으로 검을 겨누며 물었다.

"어젯밤에는 어디에 있었어?"

서창규의 시선이 검끝에서 백동혁의 눈으로 옮겨졌다. 둘의 시선이 마주쳤고, 이윽고 서창규가 눈을 두 번 깜박였다.

"말해라 어서. 난 형님한테서 널 맡은 몸이야. 너는 내 몫이란 말이다."

"막 죽일 것 같은 인상이군."

서창규가 혼잣소리처럼 말했다.

"끔찍한 놈을 동생으로 두었구나, 칠성이 너는."

"당신보다는 사람 보는 눈이 높지."

김칠성이 말을 받았을 때 '우욱' 하는 소리와 함께 검정색의 목검이 허공을 가르고는 서창규의 이마 위로 내려쳐졌다. 저도 모르게 김칠성이 턱을 들었고, 서창규는 목을 움츠리면서 눈을 치켜떴다. 이마 위에 목검의 날이 내려와 있었다. 있는 힘껏 내려친 검날이 이마 위에 담배 두께만큼의 틈을 두고 정지된 것이다. 서창규가 목을 세우자 차가운 검날이 이마에 닿았다.

"말해라, 어서."

백동혁의 얼굴은 땀으로 번들거렸다. 그가 잇새로 말하자 서창규가 숨을 내쉬면서 어깨를 늘어뜨렸다.

"난 중국에 가 있었다. 너도 알다시피 아편을 모으려고. 그 장사가 괜찮거든."

김칠성을 향해 그가 입을 열었다. 그러자 숨을 몰아쉬면서 백동혁이 한 걸음 물러섰다.

"한국에 오지는 않았지만 이쪽 사정은 훤했어. 왜냐하면 아편을 들여오려면 이쪽 정보에 귀를 열어 놓아야 하니까. 경찰, 기관, 그리고 모든 수사기관들도 말이야."

서창규는 팔을 들어 점퍼의 소매로 이마의 땀을 닦았다. 말하는 도중에 땀이 쏟아져 내렸기 때문이다.

"소문을 들었다. 너희 조직을 부수려는 작업이 진행되고 있다고. 그렇지만 어떤 조직인지는 나도 모른다. 알아보려고 꽤 노력도 해보았지만."

말을 그친 서창규가 숨을 들이마시더니 어깨에 힘을 주었다. 시선이 곧장 김칠성의 눈과 부딪쳤다. 서창규가 말을 이었다.

"왕년의 한국 조직치고 너희들에게 원한이 없는 사람이 없다. 네놈들은 너희 실속만 차리고는 경찰에 몸을 팔았어. 밀고자가 되었단 말이다. 그런 너희들에게 좋은 말을 할 리가 없다. 그래서 그런 거다."

"별소리를 다 듣는구만."

김칠성이 입술을 찌그러뜨리며 웃었다.

"우리가 확인할 때까지 여기서 기다려."

"좋다, 얼마든지. 그리고 여기에다 난로하고 소주 몇 병을 들여놓아라."

잠자코 서창규를 바라보던 김칠성이 몸을 돌리자 백동혁이 그 뒤를 따랐다.

"잠깐."

부르는 소리에 그들은 머리를 돌렸다. 서창규의 시선이 백동혁에게로 향해져 있다.

"너, 그 작대기로 사람 죽여 보았지?"

백동혁이 잠자코 그를 바라보았으나 김칠성이 얼굴을 펴고 웃음을 띠었다.

"그래. 거의 매일 피를 묻히는 놈이야, 이놈은."

서창규가 더 이상 입을 열지 않았으므로 그들은 다시 몸을 돌렸다.

*   *   *

강남 전철역 근처에 있는 제일 작은 빌딩은 20층짜리 흑갈색 건물이었다. 유리와 대리석으로 표면을 장식한 데다 도로에서 조금 올라간 언덕 위에 세워져 있어서 금방 눈에 띄는 빌딩이다.

대일경비용역은 빌딩의 12층에서부터 14층까지 3개 층을 사용하는 규모가 큰 회사였고 직원의 숫자만 해도 400명이 넘었다. 경비와 안전 설비를 전담하는 회사인데 요즘은 어지간한 개인 주택이나 아파트에도 경비 시스템을 설치해 놓고 경비를 용역 회사에 맡기는 실정이어서 사세가 급속히 확장되고 있었다.

아파트나 빌딩의 경비원들이 나이 든 사람으로 채워지는 반면에 경비 용역 회사는 기동력과 함께 무술에 능한 젊은이를 필요로 했는데 실제로 경찰을 대신해서 강도와 도둑을 잡는 경우도 자주 있었다. 금전만능 시대여서 경찰에 의지하지 않고 돈으로 경비를 사는 것이 가진 자에게는 더 믿음직하고 편리한 방법으로 생각되었을 것이다.

점심시간이 조금 지난 오후 2시경, 빌딩의 14층에서 엘리베이터가 멈추더니 문이 열렸다.

복도에 먼저 내려선 것은 대일경비용역의 사장인 박용근이었다. 그의 뒤를 따라 안재일 상무와 사장의 상담역인 이철우가 내렸다. 박용근은 1미터 70센티미터 정도의 신장이었으나 몸이 비대해서 드럼통에 옷을 입혀 놓은 것 같았다. 둥근 얼굴에 눈두덩이 두툼하게 솟아오른 부리부리한 눈동자를 굴려 끊임없이 사방을 둘러보며 복도를 걸어 나갔다. 지나치는 사원들이 옆쪽으로 비켜서거나 머리를 숙이며 인사를 했다.

뒤를 따르는 안재일과 이철우는 모두 30대 후반으로 건장한 체격이었다. 그들은 복도 끝에 있는 비서실의 문을 열고 안으로 들어섰다.

20평쯤 되어 보이는 방이었는데 깨끗했고 서너 명의 사내가 책상에 앉아 있다가 일제히 일어섰다.

"연락 온 곳 있나?"

안쪽의 사장실로 다가가며 박용근이 묻자 사내 한 명이 메모지를 들고 따라왔다. 그들은 사장실로 들어섰다.

"대한전기에서 연락이 왔습니다. 내일 입찰 서류를 가지고 오시라고 했습니다."

"흥, 그래. 안 상무, 그곳은 자네가 가보도록 하고."

안재일이 머리를 끄덕였다.

"보안기가 문제가 아니지요. 애프터서비스를 어떻게 해주느냐가 중요하니까요."

소파에 앉은 박용근이 튕겨 나갈 것 같은 재킷의 단추를 풀면서 웃음을 띠었다. 대한전기의 보안 시스템은 20억이 넘는 공사인 것이다.

"다른 일은 없나?"

박용근이 메모지를 든 채 서 있는 비서를 바라보았다.

"없습니다, 사장님."

"그럼 나가 있어."

비서가 방을 나가자 박용근은 앞에 앉은 안재일과 이철우를 번갈아 바라보았다.

"강만철이하고 조웅남이가 미친놈들처럼 돌아다니고 있다는 군. 놈들이 갈피를 못 잡는 모양이야."

"부하들을 소집시키고 있습니다. 이제는 유흥업소나 밤거리에 건달들이 득실거립니다."

안재일이 입가에 웃음을 띠우며 말했다. 얼굴이 길었으나 눈이 컸고 눈동자가 짙었다. 동성연애자라는 소문이 있는 인물이었다.

"기관에서도 신경을 곤두세우고 있습니다."

"그럴 테지."

박용근이 머리를 끄덕였다.

"놈들끼리의 주도권 싸움인 줄로 알 거야. 너무 오랫동안 잠잠했거든."

"천호동의 소피아호텔에는 부산에서 올라온 건달들이 100명 가까이 득실거리고 있습니다. 경찰청에서 내일 사진을 받아 볼 겁니다."

머리를 끄덕이던 박용근이 문득 이철우를 바라보았다. 그는 이제까지 입을 열지도 않고 있었던 것이다.

"다친 애들은 괜찮나?"

"네."

짧게 대답한 이철우가 상체를 세웠다. 검게 그은 얼굴에 다부진 턱을 가진 사내였다.

"걱정하실 건 없습니다. 계획에는 차질이 없도록 하겠습니다."

"김원국의 직영 업체만 해도 오십 군데가 넘어. 거기에서 새끼를 친 업체까지 합하면 150개 가까이 되고. 그리고 나머지도 모두 그의 영향력 안에 있단 말이야."

알고 있는 사실이었으므로 안재일과 이철우는 잠자코 박용근을 바라보았다.

"김원국이 나눠 주어 조웅남이나 강만철이, 김칠성이가 장악하고 있는 업체들만 우리 소유로 한다면 문제는 쉽게 풀려. 나머지는 자연히 따라오게 돼."

박용근은 눈을 부릅뜨며 그들을 둘러보았다.

"어차피 그놈들도 맨주먹으로 남의 것을 가로채 만들어 놓은 업체들이다. 힘이 있는 자가 소유하게 되는 것이 밤 세계 헌법의 전문(前文)이야."

"물론입니다, 사장님. 더욱이 지금은 시기가 좋습니다. 사장님이 선택을 잘하신 거지요."

안재일이 맞장구를 쳤다.

10년 가까이 박용근과 함께 지내 온 안재일은 자타가 공인하는 박용근의 심복이었다. 그에 비하면 이철우는 상담역으로 들어온 지 6개월밖에 되지 않는다. 이번 작전을 위하여 파견된 형식이어서 박용근도 이철우한테는 함부로 대하지 못했다.

안재일은 이철우가 특공대 출신의 예비역 소령이라는 것만 알 뿐 그에 대해서 더 이상 알고 있는 것은 없었다. 그는 이번의 테러를 직접 지휘했는데 인원도 용역 회사의 직원들은 쓰지 않았다. 아마도 박용근은 알 것이었다.

박용근이 대위로 제대한 뒤 10여 년간 군납업을 하다가 용역 회사를 차린 것은 3년 전이었다. 안재일이 알기로는 군의 친구들이 도와준 것이었는데 회사 성격상 대일경비용역의 직원들은 대부분 직업 군인 출신들로 채워져 있었다.

안재일은 박용근의 꿈이 실현되리라고 믿고 있었다. 이것은 일 년 전부터 치밀하게 계획된 것이고 배후의 지원 세력도 막강한 것이다.

박용근이 밤의 세계를 장악하게 되면 그에게는 거대한 부와 함께 명예가 안겨질 것이고, 자신은 지금의 조웅남이나 강만철, 김칠성과 같은 보스가 된다. 이철우가 머리를 들었으므로 안재일은 생각에서 깨어났다.

"업체들에게 보호세를 내라는 전화를 했습니다. 날짜는 편의에 따라 15일에서부터 간격을 두었지요. 놈들에게 공포 분위기를 심어 주고 있습니다."

"조웅남이나 강만철이가 의지할 대상이 안 된다는 것을 알게 되겠지."

"머지않아 보호세를 내게 됩니다."

"그때는 새로운 지배자가 나타나는 거지. 김원국의 기업들은 뼈만 남게 된다. 그때 휴지 값으로 인수하면 돼."

박용근이 소파에 등을 기대면서 그들을 향해 웃었다.

제2장

그림자와의 전쟁

밤의 대통령

바다는 잔잔한 물결 위에 햇살을 받아 유리 가루를 뿌려 놓은 것처럼 빛을 반사해 내었다. 바다 위에 두 척의 고기잡이배가 떠 있었는데 돛도 없는 기다랗기만 한 배였다. 두어 명의 원주민이 배 안에 앉아 물속을 들여다보고 있었다.

따스한 바람이 부드럽게 몸을 스쳐 지나자 바다 냄새가 났다. 짜고 비린 듯한 냄새였는데 한낮에는 열대의 나무 향과 흙내음이 뒤섞인, 조금은 매운 듯한 냄새가 섞여 풍겨 온다. 베란다에 앉아 바다를 내려다보던 김원국이 머리를 돌렸다.

그러자 그의 얼굴에 웃음이 떠올랐다. 세 살짜리 그의 아들 태훈이 다가온 것이다. 민소매 셔츠에 반바지를 입은 태훈이 그의 다리 한쪽에 기대고 섰다.

"아빠, 고기 잡아?"

토실토실한 팔을 들어 바다 가운데를 가리켰다. 그러고는 그를 올려다본다.

"그래, 고기 잡는다."

며칠 전에 배를 타고 바다로 나가 태훈에게 고기를 잡아 주었다.

김원국은 태훈을 들어 그의 무릎 위에 올려놓았다. 순한 아이였다. 몸은 건강하여 하루가 다르게 자라고 있었는데 김원국을 닮았다. 하지만 생김새와 성품은 장민애를 닮은 모양이었다. 눈매 하나만 김원국과 비슷할 뿐 오똑한 콧날과 도톰한 입술이 어머니를 닮았고, 아이가 온순해서 말썽을 피운다거나 떼를 쓰지도 않는다.

"아빠하고 고기 잡으러 가자."

바다를 바라보며 말하자 태훈이 머리를 끄덕였다. 앞으로 쭈욱 뻗은 두 발을 물장구를 치듯이 흔들고 있다가 머리를 들었다.

"아빠, 배 타고."

"그래, 배 타고."

장민애가 베란다로 나왔다. 아침 설거지를 마치고 나온 참이라 손에는 물기가 묻어 있었다. 긴 머리를 뒤쪽으로 둥글게 말아 올려놓아서 목덜미가 드러난 산뜻한 모습이다. 화장기가 없는 얼굴에 웃음을 띠고 있었다.

"태훈이가 또 배 타자고 그래요?"

"그래, 지난번에 재미있었나 봐."

장민애가 옆쪽의 의자에 앉았다.

그들의 저택은 섬 한복판의 숲 속에 세워져 있었으나 지대가 높아 모래사장과 바다가 한눈에 내려다보였다.

은회색의 모래사장은 깨끗하게 비워져 있었고, 파도가 부드럽게 밀려와 모래 속으로 빨려 들어가는 것처럼 물러났다.

"서울에서 꽤 큰 사건이 일어났어. 어젯밤에 강만철이한테 전화가 왔는데."

바다를 내려다보면서 김원국이 말했는데 가벼운 말투였다.

"곧 해결이 된다고 하지만 조금 꺼림칙해. 다른 때도 아니고 지금은 안정되어 가는 시기여서."

"당신이 가봐야 하나요?"

김원국의 무릎에서 미끄러져 내려온 태훈을 안으면서 장민애가 조심스레 물었다.

한국은 일 년에 한 번 정도 방문하듯이 들러 열흘쯤 묵다가 돌아오곤 했다. 인도네시아에서 생활한 지도 3년째가 되어서 이제 바다와 햇볕, 맑은 공기를 마실 수 있는 이곳은 그들의 안식처였다. 물론 태훈이가 태어난 곳이기도 했다.

만탄 섬은 둘레가 4킬로미터 정도밖에 안 되는 조그만 섬이었고 원주민은 500명쯤 되었다. 고기잡이로 살아가는 사람들이 있는데 성품이 따뜻하고 낙천적이어서 장민애는 금방 그들을 좋아하게 되었다.

김원국은 그들에게 조그만 학교와 병원, 공회당으로 사용할 수 있는 건물을 지어 주었고 어선도 두 척 사서 빌려주었다.

"나는 이제 손을 뗀 사람이야."

김원국이 햇볕에 그은 장민애의 어깨를 감싸 안았다.

"일이 잘 끝나기를 바라야지. 나도 이곳을 떠나기가 싫어."

목덜미에 놓인 그의 손가락이 간지러운지 장민애가 어깨를 추켜올렸다.

3년 동안 이 만탄이라는 섬을 위해 열심히 일해왔다. 자카르타에서 100킬로미터쯤 떨어진 이 섬을 김원국이 사들였을 때 나뭇잎이 덮인 집에 사는 원주민들은 원시인이나 다름없었다. 다 해어진 선전용 셔츠를 입고 쭈그러진 뉴욕 양키스의 야구 모자를 쓰고 있는 어부도 있었으나 문화 시설은 한 군데도 없는 섬이었다.

김원국은 자재를 들여와 원주민들과 함께 공사를 시작했고 이제는 인근에서 제일 아름답고 문화 시설이 잘 갖추어진 섬이 되었다. 돌이켜 보면 바쁘게 보낸 3년이었다. 원주민들은 대형 어선 두 척에서 잡는 수산물로 풍족한 생활을 할 수 있었다. 장민애가 손을 들어 어깨 위에 놓인 그의 손가락을 쥐었다.

"저녁에 마을에서 축제가 있어요. 참석하시겠죠?"

그를 바라보는 그녀의 얼굴에 웃음이 떠올랐다. 검은 눈동자가 또렷하게 이쪽으로 향해져 있고 물기에 젖은 입술 사이에서 가느다란 숨결이 뿜어져 나왔다. 김원국은 그녀의 이마 위에 흐트러진 머리카락을 귀 뒤로 쓸어 넘겼다.

"물론 가야지, 신년 축제인데."

"올해는 작년보다도 더 요란할 거예요. 지난번 배로 폭죽까지 들어왔다고 해요."

"당신은 여왕이 되겠군, 오늘 밤에."

"당신은 왕이구요."

태훈이 뒤치락거리더니 엄마의 팔 안에서 벗어나 나무 계단을 하나씩 내려가기 시작했다. 아래쪽은 잔디밭이다. 장민애는 태훈의 뒷모습에서 시선을 떼지 않았다. 지난번에 태훈이 계단에서 굴러떨어진 적이 있었기 때문이다.

"내버려 둬. 지난번에 떨어졌던 경험이 있어서 저놈도 조심하고 있어."

태훈의 뒷모습에 시선을 준 채 김원국이 말했다. 그녀의 어깨에 얹은 손에 가벼운 힘이 더해졌다.

"무서워하지 않고 다시 내려가고 있어. 저것 봐, 난간을 잡는군."

그의 손을 떨치면서 장민애가 의자에서 몸을 일으켰다. 태훈은 반 이상을 내려가고 있었던 것이다. 마지막 두 계단을 남겨놓았을 때 태훈이 난간을 잡고 고개를 돌려 이쪽을 올려다보았다.

웃음 띤 얼굴로 김원국이 머리를 돌려 장민애를 바라보았다. 장민애가 그를 향해 흰 이를 드러내며 웃었다.

"당신 아들이에요."

김원국이 손을 뻗어 그녀의 허리를 안았다. 장민애가 그의 무릎 위로 쓰러지듯 앉으면서 그녀의 젖가슴이 그의 얼굴을 스쳤다. 향긋하고 익숙해진 살 냄새가 났다.

* * *

눈발이 짙게 내리는 늦은 오후였다.

중부 고속도로의 곤지암 톨게이트를 빠져나온 검정색 대형
승용차가 흰 눈가루를 뒤쪽으로 흩날리며 이천 방향으로 달려
나갔다. 날씨가 영하로 내려가 있어서 도로 위에 쌓인 눈이 얼
어붙기 시작했다. 눈발이 내리는 평일 오후여서 차량의 통행은
많지가 않다.

삼 차선 도로였으나 이 차선과 삼 차선에서 서너 대의 차량
이 조심스럽게 움직이고 있을 뿐이다. 대형 승용차가 자욱한
눈보라를 휘몰고 달려갔으므로 옆쪽 차선을 달리던 차량들은
저도 모르게 속력을 줄였다.

승용차의 뒷좌석에 앉아 있던 이무섭이 팔을 들어 시계를
내려다보았다. 오후 4시 10분이었다. 5시 약속이었으니 늦지는
않을 것이다. 짙은 눈썹 밑의 눈을 돌려 힐끗 운전석을 바라보
았다. 쏘는 듯한 시선이었다. 검고 네모난 얼굴에 두툼한 입술
이 꾸욱 닫혀 있었고, 넓은 어깨의 둥근 근육이 양복을 팽팽하
게 부풀리고 있었다.

"시간이 있다. 속력을 내려."

의자에 등을 기대면서 이무섭이 짧게 말하자 운전사가 어깨
를 세우면서 곧장 브레이크에 발을 대었다. 쉴 새 없이 움직이

는 와이퍼 사이로 보이는 시야는 50미터도 안 될 것이다.

이무섭은 휘몰려 왔다가 차창에 부딪치는 눈발을 바라보며 한동안 움직이지 않았다.

비엔 호아의 전투에서도 총탄이 저렇게 쏟아져 내렸었다. 한국의 신문에는 보도되지 않았지만 1개 대대의 공격을 받은 소대원 중에서 살아남은 사람은 세 명이었다. 소대원이 전멸되었으나 구사일생으로 살아남은 이무섭은 중위에서 대위로 특진되었고 화랑무공 훈장을 받았던 것이다. 베트콩의 전사자도 200명이 넘었으니 그럴 만도 했다. 세상 물정을 몰랐던 때였다. 조국을 위해서는 언제라도 목숨을 바칠 각오가 되어 있던 시절이었다.

이무섭은 의자에 등을 기대고는 팔짱을 끼었다. 나라를 위해 목숨을 바칠 자세가 되어 있던 사람과 그렇지 않았던 사람과의 차이는 말할 필요조차 없다. 대한민국은 책임 있는 통치자가 다스려야 한다. 조국을 위해서 죽을 수 있는 자만이 책임 있는 통치를 할 수가 있다.

승용차는 속력을 떨어뜨리더니 오른쪽의 샛길로 들어서고 있었다.

대령으로 예편한 지 일 년째였다. 20년 동안의 군 생활이었으니 이제까지의 인생을 군에서 보냈다고 해도 과장된 말이 아니다. 고등학교를 졸업하고 사관학교에 들어갔을 때부터 계산하면 24년이 넘는다. 군인 이외의 직업이나 군복을 벗은 자신의 인생을 생각해 본 적이 없었는데 갑작스러운 예편은 충격이었다.

승용차는 하얗게 눈이 덮인 산길로 들어서고 있었다. 타이어에 깔리는 눈에서 빠드득거리는 소리가 났다. 길가의 나뭇가지에는 흰 눈이 두툼하게 덮여 있었고 차 소리에 놀란 장끼 한 마리가 길을 가로질러 낮게 날아갔다.

앞쪽에 흰 눈에 덮여 있는 2층 양옥집이 보였다. 샛길의 끝을 자르듯이 육중한 철문이 닫혀져 있었는데 사내 두 명이 문 옆에 서 있었다. 승용차가 다가가자 사내 한 명이 안쪽으로 문을 열어젖혔다. 문가에 서 있던 사내가 그를 향해 절도 있는 군대식 경례를 해왔다. 이무섭은 머리를 돌렸다. 양복 차림의 군대식 경례는 어색했고 그것을 보면 언짢아지기도 했던 것이다. 신발에 묻은 눈을 털고 현관으로 들어서자 사내 한 명이 서 있다가 그의 코트를 받아 들었다.

넓은 응접실은 따뜻했고 한쪽 벽에 만들어 놓은 페치카에서 장작불이 세차게 타오르고 있었다.

"어서 오십시오."

응접실의 소파에서 일어나는 것은 정장 차림의 박용근이었다. 그의 옆에는 안재일이 얼굴 근육을 굳히고 서 있었다.

"박 사장, 일찍 오신 모양이군요. 난 시간 맞추어 오느라고."

그들을 향해 머리를 끄덕여 보이면서 이무섭은 소파의 상석으로 다가가 앉았다. 박용근과 안재일이 그를 따라 앉자 이무섭이 박용근을 바라보았다.

"내일 계획은 차질이 없지요?"

"물론입니다. 차질 없습니다."

박용근이 상체를 반듯하게 세웠다.

"저쪽이 지방에서까지 애들을 불러 모았지만 갈팡질팡하고 있어서요."

"……"

"우선 내일 놈들에게 전화는 걸어보겠습니다. 하지만 놈들이 저희들의 조건을 받아들일 리는 없습니다. 받아들이겠다고 한다면 그것은 함정이지요."

잠자코 머리를 끄덕이는 이무섭을 향해 이번에는 안재일이 입을 열었다.

"경찰들이 놈들의 주변에 좌악 깔려 있어서요, 그것이 오히려 놈들에게 행동의 제약을 주고 있습니다."

"몇 명이나 되나요, 조웅남이나 강만철이가 끌어모은 애들이?"

담배를 꺼내어 입에 물면서 이무섭이 물었다.

"부산, 대구, 광주, 그리고 이곳저곳에서 모은 인원이 천 명쯤 됩니다."

라이터를 손에 쥐었던 이무섭이 다른 손으로 입에 물고 있던 담배를 빼었다.

"사흘 동안에 천 명을 모으다니 대단하군."

"변두리의 여관이 만원입니다, 그놈들 때문에요."

박용근이 그를 향해 웃었다.

"하지만 쓸데없는 곳에나 애들을 풀어놓고 있어서요, 계획에는 차질이 없을 겁니다."

이무섭이 뒤쪽에 서 있는 사내에게로 몸을 돌렸다.

"그걸 가져와라."

사내가 그들에게로 다가오는 동안 방 안에는 침묵이 흘렀다. 검정색의 묵직해 보이는 비닐 가방을 탁자 위에 올려놓은 사내가 말없이 물러갔다.

"준비된 자금이오."

턱으로 가방을 가리키면서 이무섭이 말했다.

"돈으로 부하들을 산다는 것이 마음에 들지는 않아. 하지만 기반이 굳지 않은 조직이라 어쩔 수 없어."

그의 검은 얼굴이 조금 찌푸려졌고 말투는 잘라 던지듯 딱딱했다.

"하지만 배신하지는 못할 거요. 돈으로 끌어들였지만 일단 조직원이 되고 나면 박 사장이 장악하게 될 테니까, 박 사장 손아귀에서 벗어나지 못하겠지. 그렇지 않습니까?"

박용근이 조그맣게 머리를 끄덕이며 그를 바라보았다.

"그건 불가능한 일이지요. 우리 조직은 김원국의 조직보다도 더 단단하게 구성될 겁니다. 지금도……"

"됐습니다."

그의 말을 자르듯이 이무섭이 머리를 들었다.

"내가 관심을 가지고 살펴드리고 있으니까. 하지만 날 너무 믿지는 마시고."

이무섭이 팔을 들어 시계를 내려다보았다. 눈치를 챈 박용근이 자리에서 일어섰고 안재일이 가방을 쥐었다.

*   *   *

강만철은 신문을 들고 있었으나 활자를 읽는 것은 아니었다. 입술을 굳게 다물고 있어서 네모난 턱의 근육이 단단하게 굳어진 데다 시선은 움직이지 않았다. 조웅남은 아내인 김경지의 전화를 받고 있는 중이었다.

밤 9시가 넘었지만 오늘은 아무도 집에 들어갈 수가 없다. 조직에 비상이 걸려 있었다. 김칠성은 부하들과 함께 밖에 나가 있었다. 천 명이 넘는 부하가 소집되어 있었지만 중요한 유흥업소나 음식점, 호텔 등만 해도 수백 개가 넘는다.

조웅남이 수화기를 내려놓고는 입맛을 다셨다.

"여편네가 정신없이 얘기만 허고 내 얘기는 들어야 말이지. 소릴 지르믄 울기부터 허니 참말로 답답허고만."

힐끗 그를 바라본 강만철이 시선을 내렸다.

"옛날에는 안 그렸는디 말여. 시집오고 나서 달러졌당게."

강만철이 신문을 접어 옆쪽으로 던졌다.

"여편네 타령이나 하고 있을 시간이 없어. 우린 놈들한테 당하게 되어 있다."

조웅남이 잠자코 그를 바라보았다.

"빌어먹을 놈들, 이것이 조직 간의 갈등이라고? 어느 누가 갈등을 일으킨단 말이야?"

"야, 언성 높이지 마라. 혈압 오른다."

눈을 치켜뜬 조웅남의 얼굴이 딱딱하게 굳어졌다.

"우리가 언지부터 경찰을 믿고 있었느냔 말이여? 어린애처럼 무신 일 나믄 경찰헌티 신고허고 도와달라고 허다니."

강만철이 어금니를 물었다. 경찰에게 업체들의 보호를 요청한 것은 강만철의 지시였다. 그러나 경찰 측은 각 해당 경찰서에 경계 지침만 내렸을 뿐 특별하게 순찰이나 경비를 강화시키지 않았다. 그들도 조직 내부의 싸움으로 믿는 모양이어서 오히려 이쪽의 움직임에나 신경을 곤두세우고 있는 것이다.

"씨발 놈들, 오는 거여, 안 오는 거여?"

벽에 걸린 시계를 올려다본 조웅남이 투덜거렸다. 시계는 9시 30분을 가리키고 있었다.

"도대체 우리를 만나서 어쩌겠다는 거여? 건방진 놈의 시키."

"우리가 그동안 너무 긴장을 풀고 있었어. 나사가 풀려 있었단 말이다."

낮은 목소리로 강만철이 말했다.

"애들도 눈알에 힘이 들어 있지가 않아."

"지기미, 상대방이 어떤 놈인지나 알어야 눈깔을 똑바로 뜨거나 말거나 하지."

그러자 노크 소리가 들리더니 방문이 열렸다. 부하 한 명이 들어서더니 문 옆으로 비켜섰다.

"사장님, 경찰청에서 손님이 오셨습니다."

"아이고, 어서 오시오."

어느새 찌푸린 얼굴을 편 조웅남이 커다랗게 말하면서 일어섰다. 이정환과 유혁근이 들어서고 있었다.

"밤늦게 고생허시는구만, 잉."

그들과는 구면인지라 조웅남이 넓적한 손을 내밀었고 이정환과 유혁근의 얼굴에는 웃음기가 떠올랐다.

"퇴근들도 못 하고 계시는군요."

이정환이 강만철과 조웅남을 번갈아 바라보았다. 인사를 마친 그들은 소파에 마주 보고 앉았다.

"본부에서 긴장하고 있어요. 천 명이 넘는 어깨가 몰려와서 말입니다."

두툼한 턱을 들어 올린 이정환이 앞쪽에 앉은 조웅남과 강만철을 번갈아 바라보았다.

"사회 분위기 문제로 고위층에 보고되면 시끄러워집니다, 조사장님."

"사회 분위기가 어쩐다고요?"

조웅남이 와락 이맛살을 찌푸렸다.

"우리는 피해자여. 우리 몸을 보호헐라고 이러는 것인디, 누가 어쩐다고?"

"그렇다고 사람들을 그렇게 끌어모으면 됩니까? 우리도 난처하단 말입니다."

이정환이 이맛살을 찌푸리며 입맛을 다셨다.

"경찰이 그놈들을 잡아준다면 당장에 돌려보낼 거여. 허지만 당신들은 우리 애들 뒤만 졸졸 따러댕기고 있어."

"조 사장님, 우리가 놀고 있는 줄 아십니까? 우리도 알아볼 것은 알아보았습니다."

이번에는 유혁근이 나섰다. 눈을 반짝이며 똑바로 조웅남을 쏘아보고 있다.

"일부 업체에서는 조 사장님 조직에서 세금을 걷으려는 것으로 알고 있습니다."

"어허, 이런, 지기미."

눈을 치켜뜨고 입술을 반쯤 비틀어 연 얼굴로 조웅남이 유혁근을 쏘아보았다.

"경찰에서도 언론에서 떠드는 것과 마찬가지로 우리 조직 내부에서 일으킨 일이라고 믿습니까?"

강만철이 상체를 그들 쪽으로 굽히면서 부드럽게 묻자 유혁근이 힐끗 이정환을 바라보았다.

이정환이 입맛을 다시고는 입을 열었다.

"우린 그렇게 생각하고 싶지 않아요. 하지만 우리 윗선에서는 우리하고 생각이 다른 모양입니다."

"어떻게 말입니까?"

"댁의 조직에서 다시 밤의 세계를 휘어잡겠다는 것으로 생각할 수도 있지요."

"우리가 그러려고 마음만 먹었다면 그저 말 몇 마디만 해도 될 일이었어요. 그렇게 사건을 만들지도 않았습니다. 더욱이 나나 여기 조 사장이 관리하는 업체들을 상대로요?"

"……"

"그리고 그것을 핑계로 우리가 애들을 모아서 쿠데타라도 일으킨다고 합니까?"

"어허, 심한 말씀."

이정환이 와락 이맛살을 찌푸리며 강만철을 향해 몸을 돌렸다.

"현실적으로 보아서 지금은 상대가 없는 상태요. 당신들에게 그런 짓을 할 만한 세력도 없고. 그러니 위에서 생각하는 것은 뻔해요. 당신들 내부의 갈등이거나, 또는……."

"또는? 또는 뭐여?"

이제 조웅남도 불쑥거리는 말투가 아니다. 검은 얼굴을 굳히면서 이정환을 바라보았다.

"우리가 쇼를 헌단 말이여?"

"물론 우리는 그렇게 생각하지 않습니다, 조 사장님."

유혁근이 말을 받았다.

"우리가 여기에 온 것도 그런 상황을 설명해 드리기 위함인데 그쪽에서 대뜸 반발하시니 이야기가 어색하게 되지 않았습니까?"

"어쩌건 간에 곧 놈들이 나타날 거여."

조웅남이 그들을 둘러보았다.

"그놈들이 나타나믄 잡어 쥑이기 전에 댁들헌티 먼저 안면을 보여줄 텡게. 그러믄 그 윗분인가 윗놈인가도 알게 되겠지."

이정환과 유혁근이 호텔 밖으로 나가는 것을 지켜보던 오덕호가 어깨를 추켜올리며 김영수를 바라보았다.

"개자식들, 여기 와서 뭘 하겠다고. 그놈들 잠을 생각은 하지 않고 뭘 좀 뜯으러 온 것 아니야?"

"저 앞에 가는 비계는 제법 높은 놈이야. 경찰청의 과장이라고 하던데."

김영수가 아는 체를 했다. 하품을 하고 난 오덕호가 시계를 내려다보았다.

"이거 벌써 10시가 넘었어. 교대 시간이 두 시간밖에 안 남았는데 잠을 좀 자두어야지."

호텔의 로비에 서 있던 그들은 안쪽으로 다가갔다. 빈방을 찾아 잠시라도 잠을 자둘 생각이었다. 그들이 엘리베이터 쪽으로 다가가는데 층계를 내려오던 이상석이 그들을 향해 소리쳤다.

"야, 오덕호. 거기 좀 있어."

머리를 돌린 그들은 이상석의 뒤쪽에 서 있는 사내를 보았다. 이목구비가 뚜렷한 얼굴에 단정한 신사복 차림의 고태석이었다. 자신들의 직속 형님은 아니지만 강만철의 직속 부하인 고태석을 이곳에서 모르는 사람은 없다.

고태석이 층계를 내려와 그들에게로 다가왔다. 그들을 소리쳐 부른 이상석은 도로 층계를 올라가 보이지 않았다.

"네가 오덕호냐?"

고태석이 얼굴에 웃음을 띠며 물었다.

"네, 형님."

이제까지 고태석과 이야기를 해본 적이 없었으므로 오덕호는 와락 긴장이 되었다. 온몸이 딱딱하게 굳었다. 이번 사건과 관계된 일인지도 몰랐다. 옆에 서 있던 김영수도 주춤거리며 고태석을 바라보았다. 고태석이 그것을 눈치챘는지 웃음을 띠었다.

"너, 여기 홍보실의 김선주 씨 경호를 맡고 있다면서?"

"네? 네, 형님."

오덕호가 옆의 김영수를 바라보았다.

"여기 애하고 한 팀입니다. 두 팀이 12시간씩 교대로 경비를 합니다."

"그건 알고 있어."

고태석이 그들 앞으로 한 걸음 다가섰다.

"너희들이 백동혁의 지시를 받는다는 것은 잘 알고 있다. 하지만……"

웃음 띤 얼굴로 고태석이 그들을 번갈아 바라보았다.

"내가 입장이 난처해서 그러는데, 왜냐하면 내가 김선주하고 친한 사이라서 말이다."

"아아, 네, 형님."

김영수가 먼저 머리를 커다랗게 끄덕였다.

"잘 알겠습니다, 형님."

"선주가 나한테 부탁을 하는데 동혁이 그놈은 빡빡해서 말을 할 수가 있어야지. 그래서 체면 못 차리고 너희들한테 왔는데……."

"잘 알겠습니다, 형님."

다시 김영수가 말했다.

"저희들이 어떻게 해드리면 좋겠습니까?"

"회사 업무를 볼 때는 괜찮다. 선주도 사생활이 있을 것 아니냐? 남자 친구도 있을 것이고 말이다. 까놓고 말하지만 내가 선주하고 그런 사이는 아니다."

"네, 형님."

"그러니까 걔가 지금은 사적인 일이라고 말했을 때는 비켜주란 말이다. 간단한 일이야."

"잘 알겠습니다, 형님."

맡아 놓고 대답하는 것은 김영수였고 오덕호는 잠자코 그를 바라보고만 있었다.

"내가 너희들에게 진 신세는 잊지 않겠다."

고태석이 두 손을 들어 오덕호와 김영수의 어깨를 가볍게 두드리고는 몸을 돌렸다.

"잘됐어, 잠을 실컷 잘 수 있게 되었어. 우리 순서에는 어디 사우나나 갔다 와야겠다."

김영수가 밝아진 얼굴로 말하자 오덕호는 몸을 돌렸다.

"야, 너 어디 가는 거야?"

계단 쪽으로 향하는 오덕호에게 김영수가 소리쳐 물었다.

"동혁 형님 찾으러."

"왜?"

계단에 발을 디딘 오덕호가 그를 바라보았다.

"씨발 놈아, 보고하러 간다, 왜? 이 간신 같은 놈."

"……."

"너까지 싸잡아서 보고하기 전에 냉큼 따라와, 이 새끼야."

김영수가 정신없이 두 손을 휘저으며 계단 쪽으로 다가와 따라붙었다.

"지가 뭔데 동혁 형님이 지시한 것을 하지 말라고 그러는 거야."

오덕호가 이맛살을 찌푸리며 김영수를 노려보았다.

"엄연히 우리는 소속이 다르단 말이야. 우리는 개백정 소속이라구."

김영수가 머리를 끄덕이며 침을 삼켰다.

리즈호텔의 로비에 들어선 이재영은 온몸을 부르르 떨고는 뻣뻣해진 어깨를 폈다. 밤 10시가 지난 시간이어서 로비는 서너 명의 외국인이 소파에 앉아 이야기를 나누고 있을 뿐 한산했다.

벽 쪽에 붙어 있는 대기용 의자에 두 명의 사내가 앉아 있었는데 시선이 마주치자 일제히 머리를 돌린다. 호텔의 직원같이 보였다. 이재영은 어깨에 멘 커다란 가방을 한번 추스르고는 곧장 프런트로 다가갔다. 자신의 구두가 대리석의 바닥에 부딪치며 경쾌한 소리를 내는 것이 듣기 좋았다. 어깨가 넓은, 회색 바탕에 검정 무늬가 있는 긴 모직 코트를 걸치고 검정색 바지 차림이었다. 긴 머리는 물결 모양의 웨이브를 해서 어깨

위에 늘어뜨리고 있었는데 주위의 시선을 끌 만한 차림과 미모였다.

프런트 당번은 두 명이었다. 그들은 이재영이 로비의 중간쯤에 왔을 때부터 그녀를 바라보고 있는 중이었다.

다가선 이재영이 그들을 향해 환하게 웃었다. 맑은 눈이 생기 있게 반짝이고 진홍빛 립스틱를 바른 입술 사이로 흰 이가 드러났다.

"방 있지요? 아까 저녁때 예약을 했는데, 이재영이라구요."

"이재영 씨라구요?"

둥근 얼굴의 담당 직원이 나섰다. 그는 예약 리스트를 살펴보더니 머리를 끄덕였다.

"되어 있군요. 더블 침대로 하시겠습니까? 아니면 트윈으로?"

"더블로 해주세요. 그리고 아래층이면 좋겠는데. 전 될 수 있으면 엘리베이터를 타고 싶지 않아요."

"좋습니다. 4층에 방이 있는데… 3층까지는 사무실이어서요. 괜찮으십니까?"

"고마워요."

이재영의 웃음에 만족한 듯 담당 직원은 숙박 카드를 내밀며 얼굴을 폈다.

머리를 숙이고 숙박 카드를 써 내려가는 이재영을 바라보던 직원은 그녀가 머리를 들자 시선을 돌렸다.

이재영은 열쇠를 받아 들고 몸을 돌렸다. 그녀의 뒷모습을 바라보던 둥근 얼굴의 직원에게 옆쪽에 서 있던 직원이 다가왔다.

"며칠간이야? 오늘 밤만인가?"

"아니, 일주일이야."

"저런 손가방 한 개만 덜렁 가지고 와서 일주일을 묵는단 말이야?"

"글쎄······."

"사업하는 것 같구만그래."

"그렇게 보이지는 않아, 분위기가."

그러자 턱이 긴 얼굴의 직원이 웃었다.

"이제는 그럴 분위기가 아닐 것 같은 여자가 그런단 말이야, 이 친구야."

벽 쪽에 앉아 있던 사내 한 명이 그들에게로 다가왔다. 둥근 얼굴의 직원이 잠자코 이재영의 숙박 카드를 그에게로 건네주었다.

"이재영, 스물여섯. 직업 없고, 주소가 은평구 신사동이라."

사내가 중얼거리며 숙박 카드를 읽더니 머리를 들었다. 짧은 머리에 눈이 매섭다.

"서울 사는 년이 이런 일급 호텔에 일주일이나 묵어? 더구나 혼자서 말이야."

"글쎄 말입니다. 그래서 저희들도······."

둥근 얼굴이 눈을 깜박이며 사내를 바라보았다. 조금 전의 장난기는 사라졌다.

"방으로 남자들을 끌어들이는 여자들이 간혹 있기도 합니다. 그래서······."

"그런데 왜 4층을 주었어?"

"엘리베이터를 타기 싫다고 하더군요."

짧은 머리가 찬찬히 그를 바라보았다.

"여자 손님이어서요. 그리고 다른 층은 거의 다 차 있고."

시선을 마주치지 않으려는 듯 둥근 얼굴의 직원은 이리저리 머리를 돌렸다. 짧은 머리의 사내는 잠자코 몸을 돌렸다. 벽 쪽에 앉아 있던 다른 한 사내가 이쪽을 보고 서 있었다.

목욕탕은 일급 호텔답게 장식도 훌륭했지만 넓고 잘 정돈되어 있었다. 이재영은 만족스러운 얼굴로 욕조의 더운물 스위치를 누르고는 방으로 돌아왔다. 침대 옆의 의자에 앉은 그녀는 발을 흔들어 구두를 벗어 던졌다. 스타킹에 싸인 갸름한 발이 드러났다. 발가락을 꼬물거려 발의 피로를 풀던 그녀는 손을 뻗어 전화기를 쥐었다.

다이얼을 누르자 곧 신호가 갔다. 한쪽 어깨를 올리면서 이재영은 한 손으로 코트를 벗었다.

—여보세요.

수화기에서 어머니의 목소리가 울려왔다.

"엄마, 나야."

—그래, 지금 어디냐?

"나, 리즈호텔에 있어. 412호실."

—아니, 거긴 뭐 하러? 너, 도대체……."

"엄마는 참."

이재영이 어깨를 들썩이며 입술 끝으로 웃었다.

"나, 취재하러 온 거야. 부장한테 일을 받았어. 이번 조직 사회 건을 특집 기사로 내려고."

—그런데 거기는 왜?

이재영이 이번에는 눈썹 끝을 좁혔다.

"여기가 그 사람들의 본거지란 말이야, 본부. 알겠어?"

—난 모르겠다.

"조웅남이란 거물이 바로 아래층인 3층에 있어. 요즘 분위기가 심상치 않거든. 엄마도 신문 봤지?"

—그래서 네가 어쩌겠다는 거냐?

"이곳에서 취재할 거야. 경비는 모두 신문사에서 지불하니까 걱정할 것 없어."

—언제 집에 들어와?

"예정은 일주일쯤인데, 모르겠어. 여기서 출퇴근할 테니까. 내일쯤 집에 들러서 옷가지를 가져올 거야."

—에이구, 난 모르겠다.

"걱정 마, 엄마."

전화기를 내려놓은 이재영은 서둘러 스커트와 블라우스를 벗었다. 옷가지를 방 안에 어지럽게 흩뜨려 놓은 이재영은 화장실로 들어섰다. 화장실 전면에 붙은 커다란 거울에 자신의 알몸이 비치자 그녀는 걸음을 멈추었다.

둥근 어깨와 쭈욱 뻗은 팔의 곡선과 알맞게 솟은 젖가슴이 보였다. 허리와 엉덩이의 곡선은 부드러웠고 단단하고 건강한

허벅지 안쪽에는 짙은 숲이 있었다. 그녀는 자신의 자랑스런 얼굴을 바라보았다. 생기 있는 검은 눈과 오똑한 콧날 밑의 약간 얇은 듯한 입술은 굳게 닫혀 있다. 바야흐로 부장인 안청준에게 인정받을 절호의 기회인 것이다.

신문사에 입사했을 때 그녀의 꿈은 사회부 기자였다. 그러나 문화부에서 2년을 지내다가 두 달 전에 사회부의 증원으로 행운을 잡게 된 것이다. 그리고 이번에는 조직 사회의 내막을 캐보라는 안청준의 오더를 받게 되었다.

만족한 듯 어깨를 내려뜨리면서 길게 숨을 내쉰 이재영은 욕조로 다가갔다. 물은 알맞게 따뜻했으므로 그녀는 욕조 안으로 들어가 머리를 기대고 두 다리를 길게 뻗었다. 조웅남의 일거수일투족을 감시할 것이고 필요하다면 그 주변의 사람들도 조사할 것이다. 데스크에서는 모든 협조를 해줄 테니까.

콘티넨털호텔의 오정문 사장이 탄 차가 논현동의 주택가로 들어섰을 때는 새벽 2시가 되어 있었다. 40대 후반으로 마른 몸매의 오정문은 호텔 관리만 20년 가까이 해온 전문 경영인이다.

그는 골목의 끝 쪽에 있는 자신의 2층 양옥집이 보이자 손바닥으로 입을 가리고는 하품을 했다. 리즈호텔의 조웅남은 호텔에서 밤을 새우는 모양이었다. 그러나 이쪽은 조웅남과는 입장이 다르다. 콘티넨털호텔의 실소유주는 김원국이었다. 조웅남도 10퍼센트쯤의 지분을 갖고 있었으니 그도 소유주라고 볼 수도 있을 것이다.

오정문은 무거운 눈꺼풀을 손등으로 비비면서 자리를 고쳐 앉았다. 승용차는 속력을 한껏 떨어뜨리고는 좁은 길을 지나고 있었다. 오정문은 이번 일에 대해서 크게 신경을 쓰지 않았다. 조직세계에 대해서는 잘 알지도 못했고 알 필요도 없었다.

자신이 책임을 맡은 것은 콘티넨털호텔의 경영이었고, 호텔은 2년째 흑자를 내고 있었다. 주인이 누가 되었든 자신의 입장은 떳떳했고 관리에 대한 자부심이 있었으므로 오정문은 부담을 떨어버릴 수가 있었다.

승용차가 멈추자 앞자리에 타고 있던 사내가 내렸다. 어둠 속에서 두어 명의 사내가 다가오더니 앞자리에 탔던 사내와 낮은 소리로 이야기를 한다. 모두 조웅남의 부하들이었다.

"사장님, 내리시지요."

밖에서 사내가 문을 열자 새벽의 찬바람이 와락 밀려들어 왔다.

"춥겠구만, 저 사람들."

차에서 내린 오정문이 문 옆에 서 있는 사내들을 둘러보며 말했다. 그들은 영하의 추위에 밖에서 밤을 새우는 것이다.

"이럴 것 없이 모두 집 안으로 들어가지."

차의 앞쪽에 앉아 있던 사내가 우두머리 같았으므로 그를 향해 말하자 사내가 어둠 속에서 머리를 저었다.

"안 됩니다, 저희들은 여기에서……."

입맛을 다신 오정문이 몸을 돌렸다. 기분이 언짢았다. 이렇게까지 할 필요가 있느냐는 생각이 든 것이다.

그가 막 문 위에 달린 초인종을 누르려는데 발소리가 들려왔다. 한두 사람이 아닌 여럿이 달리는 소리였고 그것은 골목의 입구 쪽에서 이쪽으로 향해 오고 있다.

"뭐야?"

키가 큰 우두머리가 짧게 소리쳤고 다른 사내들이 긴장하며 몸을 굳혔다. 오정문은 머리만을 돌린 채 소리 나는 곳을 바라보았다. 어둠 속에서 사내들의 윤곽이 보였다. 7, 8명의 사내였다. 이쪽보다 서너 명이 많다.

"놈들이다, 준비해라."

키 큰 사내가 한 손으로 오정문을 와락 뒤쪽으로 밀어 젖히면서 앞으로 나섰다.

어느새 손에는 단검이 쥐어져 있었는데 그것의 흰 날이 어둠 속에서 선뜻하게 보였다. 달려든 사내들은 조금도 망설이지도, 그렇다고 서두르지도 않았다. 좁은 골목이어서 벌려 설수는 없었으나 서너 명씩 짝을 지어 일제히 달려들었다. 그들의 손에 쥐어진 기다란 무기를 보자 오정문은 가슴이 내려앉았다.

목을 움츠리고 문기둥에 등을 붙인 채 호흡도 멈췄다. 사내들이 휘두르는 몽둥이에서 바람 소리가 났고 퍼석거리며 무엇엔가 부딪치는 소리도 났다. 억눌린 듯한 신음 소리도 들렸는데 그것이 어느 편의 것인지는 알 수가 없다. 그리고 눈을 크게 부릅뜨고 있었지만 오정문의 시야에 보이는 것은 번득이고 희끗대는 몸체들뿐이다. 시선의 초점이 잡히지 않은 탓이다. 퍽석 하는 소리와 챙강 하는 소리, 무거운 것이 던져지는 소리들로 가득 찼던 골목 안이 이윽고 조용해졌다.

오정문의 귀에 땅이 울리는 듯한 여럿의 억눌린 신음 소리가 들렸다. 눈을 깜박여 초점을 잡은 오정문에게 두어 명의 사내가 다가왔다. 이제 눈앞에 다가선 사내들의 얼굴이 보였다. 조웅남의 부하들이 아니었다.

"여, 여보쇼, 나는……."

온몸을 떨면서 오정문이 입을 열었다.

"나는 당신들하고……."

말없이 다가선 사내 한 명이 손에 들고 있던 기다란 것을 치켜들었다. 무겁게 보이는 그것은 쇠몽둥이 같았다.

"아, 이, 이것……."

그 순간에 쇠몽둥이가 그의 어깨를 부수었다. 길게 비명을 지르면서 오정문이 땅바닥에 주저앉았다. 사내는 다시 쇠몽둥이를 치켜들었다.

"사람 살려!"

골목길이 떠나갈 듯 비명을 지르던 오정문은 다시 내려쳐진 몽둥이에 반대쪽 어깨뼈를 맞고는 숨을 들이마셨다. 공포와 고통으로 두 눈을 부릅뜬 그는 땅바닥에 얼굴을 부딪치며 정신을 잃었다.

"저놈이 틀림없습니다. 제가 똑똑히 얼굴을 봤거든요."

말끝을 떨면서 진영서가 얼굴을 뻣뻣하게 굳히고 앞쪽을 바라보았다.

"두 놈이 들어왔었거든요. 저놈이 그중 한 놈입니다."

사내는 단단한 체격이었다. 오락기의 의자에 앉아 눈앞의 그림판을 쏘아보면서 레버를 부드럽게 아래쪽으로 잡아당기고 있다.

백동혁은 머리를 돌리고 레버를 힘 있게 잡아당겼다. 같은 그림이 나란히 세워진 듯하더니 철거덕거리면서 아래쪽에서 동전이 쏟아져 내렸다.

힐튼클럽의 종업원인 진영서는 빠칭코에 빠져들어서 동료들에게 빌린 돈도 많았고 월급을 달마다 가불해 가는 바람에 안만덕에게 야단도 맞았던 모양이었다. 그러나 진영서는 우연히 들른 천호동의 반달호텔의 빠칭코에서 안만덕을 습격했던 사내 한 명을 발견했다. 정신이 번쩍 든 진영서는 당장에 백동혁에게 연락을 했고 30분도 안 되어서 백동혁이 달려왔다. 지금 반달호텔의 주변은 50명이 넘는 사내에 의해서 완전히 포위되어 있었다.

백동혁은 시계를 내려다보았다. 새벽 2시 반이었고 30분 후면 빠칭코는 영업을 끝낼 것이다. 기계는 20여 대가 나란히 세워져 있었는데 사내와 그의 사이에는 기계가 열 대쯤 놓여 있다. 사내는 서두르지도, 그렇다고 느리지도 않은 손놀림으로 레버를 잡아당기고 있다. 정신을 집중한 듯 머리도 움직이지 않았다.

"나가자."

아직 스물 몇 번을 더 잡아당길 코인이 있었으나 백동혁은 밑에 쌓인 코인을 쓸어 담고 카운터로 나왔다. 진영서가 얼굴을 한쪽으로 틀고는 그를 따랐다.

그들이 밖으로 나오자 앞쪽 주차장과 빠칭코와 붙은 건물인 호텔의 현관에서 어른거리던 사내들이 긴장한 듯 그들을 바라보았다. 백동혁은 잠자코 주차장의 입구 쪽에 세워둔 자신의 승용차로 다가갔다. 그놈이 날아가는 재주가 있더라도 이제는 빠져나갈 수 없을 것이다.

승용차의 뒷좌석에 오른 백동혁은 자신에게로 몸을 돌리는 이강일에게 말했다.

"놈은 빠칭코 안에 있다. 나오면 잡을 테니까 애들 준비시켜."

이강일이 머리를 끄덕이더니 문을 열고 밖으로 나가 진영서와 함께 호텔 쪽으로 다가갔다.

백동혁은 앞쪽에 있는 카폰을 집어 들고는 다이얼을 눌렀다.

—여보세요.

김칠성의 목소리가 울려 나왔다.

"형님, 접니다."

—그래, 어떻게 되었어?

김칠성이 다그치듯 물었다.

"지금 놈은 빠칭코를 하느라 정신이 없습니다. 곧 끝날 테니까 밖으로 나오면 잡겠습니다."

—놈은 확실해?

"진영서하고 제가 들어가서 확인했어요. 혼자 온 것 같습니다."

—놓치지 마라.

"네, 형님."

—난 호텔로 돌아갈 테니까 그쪽으로 데려와.

"알겠습니다."

스위치를 끈 백동혁은 앞쪽을 쏘아보았다. 빠칭코 안에 들어가 있던 부하가 뛰쳐나오는 것이 보였다.

백동혁이 앉아 있는 곳에서 빠칭코의 입구를 중심으로 왼쪽의 호텔과 오른쪽 호텔의 사우나가 한눈에 보였다.

부하들이 일제히 움직였는데 호텔 쪽에 10여 명, 사우나 쪽에서도 10여 명이 진을 치듯 서 있고 정면으로는 20여 명이 둘러서 있다.

이쪽 주차장에도 10여 명이 서서 그쪽을 지켜보고 있으니만큼 삼국지에 나오는 장비라도 잡아챌 수 있을 것이다.

사내 두 명이 오락장을 나서다가 놀란 듯 주춤거리더니 부하들 사이로 몸을 빼고는 도망치듯 어둠 속으로 사라졌다. 그러자 사내가 문을 열고 밖으로 나왔다. 그러고는 번쩍 머리를 들고는 좌우를 둘러보았다. 부하들이 와락 그에게로 몰려가는 것이 보였고 한동안 사내의 몸은 부하들에게 가려 보이지가 않았다. 미식축구에서 무더기로 태클을 당한 형태가 되어 둥그렇게 사람의 몸뚱이들이 쌓여 있더니 곧 하나씩 위쪽에서부터 부하들이 떨어져 나왔다.

백동혁은 잠자코 앞쪽을 쏘아보았다. 떨어져 나오는 부하들 사이로 바다에 누워 몸부림을 치는 사내가 보였다. 아직 서너 명의 부하들이 놈의 팔다리를 움켜쥐고 주먹질을 하고 있다. 서 있던 부하 두어 명이 사내에게 발길질을 하자 몸놀림이 조금 둔해졌다.

오락장의 문은 바깥쪽에서 가로막고 있었으므로 안쪽의 손님들은 무슨 영문인지를 몰라 소동을 피우고 있을 것이다.

이윽고 부하들이 사내를 들고 이쪽으로 다가왔다. 사내는 아직도 몸부림치고 있었는데 팔다리가 묶이고 입에는 흰 수건이 물려져 있었다.

백동혁은 어깨를 늘어뜨리면서 길게 숨을 내쉬었다. 이제 처음으로 상대방의 실체를 보게 된 것이다. 언젠가는 드러나리라고 생각은 했었지만 놈들을 처음 잡았다는 사실에 그의 가슴은 뛰었다. 어쨌든 진영서는 칭찬받을 일을 한 것이다.

김칠성의 두 눈은 붉게 충혈되어 있었다. 그는 앞에 꿇어앉은 사내를 내려다보며 한동안 입을 열지 않았다.

사내는 20대 후반으로 건장한 체격이었다. 흐트러져 내려온 머리칼 사이로 이쪽을 쏘아보는 눈빛에는 조금의 두려운 기색도 없었다. 어금니를 물어 볼의 근육을 단단하게 굳힌 얼굴은 만만하게 보이지 않았다.

이윽고 머리를 돌린 김칠성이 옆에 서 있는 백동혁을 바라보았다.

"하는 일 없이 놀던 놈입니다. 전과도 없구요. 제대한 지 2년 되었더군요. 하사로 제대했습니다."

백동혁의 말소리가 방 안을 울렸다.

"봉천동에 전셋집을 얻어서 살고 있는데 처와 세 살 난 아이가 있습니다."

머리를 끄덕인 김칠성이 사내를 내려다보았다.

"최한성, 네가 얼마나 의리 있는 놈인가 어디 나한테 보여봐라."

사내가 눈을 부릅뜨고 김칠성을 올려다보았으나 입을 열지는 않았다. 김칠성이 머리를 들었다.

"이놈의 처자식을 잡아와라. 계집년은 너희들이 돌리다가 못 쓰게 되면 바닷속에다 넣고 애새끼는 지방의 고아원 앞에다 던져 놔."

"알았습니다, 형님."

백동혁이 몸을 돌렸다.

"이 새끼야, 이런 생활이 그렇게 쉬운 것이 아니다."

사내를 향해 김칠성이 웃음 띤 얼굴로 말했다.

"처자식이 있다면 그들의 목숨도 함께 걸어야 하는 생활이다. 네 여편네는 걸레가 되어서 사흘쯤 견디다가 죽겠지만, 네 새끼들 살려 준다는 것에는 고맙다고 생각해라."

사내가 백동혁이 나간 문 쪽으로 힐끗 시선을 주었다. 문이 열리더니 이강일과 두 명의 부하가 다가와 김칠성의 뒤쪽에 섰다.

"자, 그럼, 네 몸을 하나씩 분해하겠다. 팔과 다리의 관절과 근육을 끊을 거야. 사지는 그대로 두고 병신을 만드는 작업이지. 꽤 아플 거다."

팔짱을 끼고 앉은 김칠성이 무표정한 얼굴로 최한성을 내려다보았다.

"그리고 네 시체는 여편네와 함께 바닷속에 넣어주마. 죽기 전에 대한 독립 만세라도 몇 번 불러 보아라."

이강일과 부하들이 다가와 최한성의 어깨를 눌렀다. 이강일의 손에는 커다란 쇠집게가 쥐어져 있었는데 둥근 집게의 머리 부분은 마치 이를 악문 공룡의 이빨 같았다. 집게의 벌어진 부분은 사람의 팔목 한 개가 들어갈 수 있을 정도로 넓었다.

두 팔이 뒤로 묶여 있었으므로 최한성은 어깨를 굳히면서 머리를 들었다. 이마에서 땀이 흘러내려 피투성이가 된 얼굴을 적셨다. 김칠성과 시선이 마주치자 최한성은 아랫입술을 물었다.

"쓸데없는 말 지껄일 것 없다. 네까짓 놈의 정보에 영향을 받을 것도 없고, 그저 잡히면 잡히는 대로 일가족을 몰살시킬 뿐이야."

입술 끝으로 웃으면서 김칠성이 뒤쪽에 있는 이강일을 바라보았다.

"우선 팔부터 하나씩 관절과 힘줄을 잡아 뽑아라, 천천히."

최한성은 한쪽 팔에 집게가 물려지는 것을 느꼈다. 눈을 부릅뜬 그의 귀에 다시 김칠성의 말소리가 들려왔다.

"오랜만에 듣는 소리야. 될 수 있는 한 오래 들리도록 해라."

찌르는 듯한 아픔에 최한성은 이를 악물었다. 그러나 그것은 곧 찢어지고 갈라지는 듯한 고통으로 바뀌었다. 집게의 날이 팔의 중간 부분을 죄면서 옆으로 비틀려지고 있었다.

집게의 날이 넓었으므로 고통이 느껴지는 부분이 그만큼 넓었고 한쪽으로 비틀리기 시작한 팔은 묶여 있는 안쪽으로 곧 부러질 것이다. 최한성의 얼굴은 물을 뒤집어쓴 것처럼 땀으로 덮였다. 이윽고 그는 입을 딱 벌렸다. 두 눈을 부릅뜬 그가 떠나갈 듯한 비명을 지르자 앞에 앉은 김칠성이 빙그레 웃었다. 그것이 시선에 들어오자 최한성의 머리끝이 전기가 닿은 것처럼 쭈뼛거렸다.

"으아아악!"

이강일이 잠깐 힘을 뺐다가 다시 힘을 주었으므로 최한성은 다시 비명을 질렀다. 양쪽 어깨를 사내들이 누르고 있어서 어깨를 펼 수도 없다. 최한성이 겨우 머리를 들고 김칠성을 바라보았다.

"으아아악!"

다시 비명을 지르던 최한성은 김칠성이 자리에서 일어서는 것을 보았다. 그러자 팔목에서 뚝 소리가 났다. 날카로운 뼛조각이 팔 안의 조직 한 부분을 찔렀다. 팔이 부러졌다는 것을 의식한 최한성이 다시 비명을 질렀다.

김칠성이 머리를 끄덕였다.

"하나씩, 하나씩 팔과 다리가 끝나면 목을 부러뜨려 죽여라."

김칠성이 몸을 돌리자 최한성의 가슴이 내려앉았다.

"저, 말하겠습니다, 모든 것을. 제가 아는 모든 것을 말하겠습니다."

김칠성은 들은 것 같지도 않았다. 방을 가로질러 방문 고리를 잡은 김칠성에게 그가 다시 외쳤다.

"살려주십시오! 내 처자식이라도! 제발!"

머리만 돌린 김칠성이 무표정한 얼굴로 그를 바라보았다.

뒤쪽의 사내가 집게를 다른 쪽 팔에 물리는 것이 느껴졌다. 한쪽 팔은 이미 늘어져 있었는데 기역 자로 부러져서 뼛조각이 근육을 찌르고 있다.

"죽기 전에 말해라. 그러나 멈출 수는 없다. 쓸모 있는 말이라면 다시 생각해 보도록 하지. 너희들이 들어라."

팔에 물린 집게에 다시 힘이 들어가자 최한성은 번쩍 머리를 들고 말했다.

"내 보스는 이철우입니다. 그는 군에 있을 때 내 직속상관이었습니다. 중대장이었지요."

김칠성이 문을 열고 나가자 더욱 다급해진 최한성이 소리를 높였다. 성한 반대쪽 팔의 고통이 심해지고 있었다.

"그 사람의 명령을 받았을 뿐입니다. 나와 내 동료들에게 자금을 대주었지요. 우리는 모두 특공대 출신입니다!"

머리를 돌려 이강일을 바라보며 그가 소리쳤다. 얼굴의 땀이 피를 씻어내고 있어서 피가 흘러내리고 있는 것같이 보였다. 눈은 부릅뜨고 있었으나 먼 곳을 바라보듯 초점을 잃었고, 어깨를 누르고 있던 사내들은 그가 몸을 심하게 떨고 있는 것을 느꼈다.

"당분간 집에 들어오지 못할 것 같으니까, 그렇게 알고 있어."

넥타이를 매면서 김칠성이 한세라를 돌아보았다.

"당신도 신문 봐서 알지? 회사가 시끄러워."

"그런다고 집에 안 들어와요?"

한세라가 한 걸음 다가와 섰으므로 김칠성이 상체를 조금 젖혔다. 그녀가 눈을 치켜뜨고 있었다.

"집에서 호텔까지 40분 거리밖에 안 돼. 전철 타면 20분이야. 집에 안 들어온다고 일이 잘돼?"

"이게 정말."

두 눈을 부라리며 그녀를 내려다보았으나 그것으로 꺾일 여자가 아니라는 것을 김칠성도 잘 알고 있었다. 부드럽다가도 날카로운 가시가 돋치고, 잘 울면서도 화가 나면 물불을 가리지 않고 대드는 여자였다.

"어떤 놈들이 우리 애들을 건드렸단 말이야. 그리고 그놈들은……."

"회사 내에서 일어난 일이라고 하던데, 뭐."

"시끄러!"

넥타이를 매다 말고 옷장에서 재킷을 꺼내 들자 한세라가 그의 손에서 재킷을 빼앗아 쥐었다.

"맨날 새벽에 들어와 새벽같이 나가더니만, 이제는 집에 안 들어온다고? 난 이렇게 못 살아."

그녀의 얼굴에서 엷은 화장품 냄새가 났고 어깨는 눈에 띄게 오르내리고 있다. 본래 가무잡잡했던 얼굴색이 더 짙어진 데다 눈을 한껏 치켜뜨고 어금니를 꽉 물어서 양쪽 볼의 근육이 단단해져 있었다.

"너, 내가 놀러 다니는 줄 알아?"

마침내 김칠성도 버럭 소리를 쳤다.

"이게 아침부터 웬 잔소리야. 이걸 그냥."

"집에 안 들어올 바에는 이 집 문을 닫자구."

한세라가 맞받아 소리를 치자 안방에서 영옥이의 울음소리가 들려왔다. 두 살배기 딸이었다.

"여관 문을 닫잔 말이야! 손님 안 들어온다니까."

몸을 돌려 안방으로 향하던 한세라가 상의를 벗어 응접실의 구석으로 내동댕이쳤다. 옷이 쓰레기통 위에 걸쳐졌다.

"저 망할 년이."

어깨를 추켜올리면서 김칠성이 두 주먹을 움켜쥐었으나 어떻게 할 수는 없다. 아이의 울음소리가 그치자 다시 안방에서 한세라가 소리쳤다.

"나도 나갈 거야! 나도 영옥이 데리고 엄마한테 갈 거야!"

"갈 테면 가! 이 망할 년아!"

쓰레기통 위에 걸쳐진 옷을 집어 들면서 김칠성이 소리쳤다.

"누가 말릴 것 같아? 그래, 남편이 일 때문에 집에 못 들어온다니까 집을 나간다고?"

소리를 지르다 보니까 무럭무럭 화가 치밀어 올라 김칠성은 발길을 돌려 안방으로 다가가 와락 문을 열었다. 영옥이를 안고 선 한세라가 그를 노려보았다.

"너, 내가 무슨 일을 하는지 알지?"

그녀에게 다가가 소리치듯 묻자 한세라의 눈이 두어 번 깜박였다. 영옥이가 엄마의 목을 두 팔로 감은 채 입을 커다랗게 벌리고 하품을 했다.

"누군 나가 있고 싶어서 나가는 줄 알아? 나도 집에 있고 싶단 말이다."

"그럼 집에 있어."

한세라의 말투는 냉랭했다.

"혼자 일 다 하는 거야? 회사에 다른 사람은 없어? 다른 사람들도 모두 집에 안 들어가?"

"망할 년."

다시 화가 치밀어 오른 김칠성의 부릅뜬 눈에 영옥이의 얼굴이 들어왔다. 그러자 그는 어깨에 힘을 빼고 돌아섰다.

상황이 어떻고, 내일이 15일인데 놈들이 어떻게 이야기를 했다는 내용을 시시콜콜 늘어놓을 수도 없으려니와 그럴 만큼 자상하지도 않았기 때문이다.

"어쨌든 며칠간 못 들어온다."

방문을 나서면서 그가 내뱉듯이 말하자 한세라도 지지 않고 소리쳤다.

"나도 오늘 집에 갈 거야. 그런 줄 알고 있어."

어금니를 문 김칠성은 거칠게 현관문을 밀었다.

김칠성이 호텔의 3층에 있는 조웅남의 방에 들어서자 강만철과 조웅남이 머리를 들었다. 조웅남은 셔츠 차림이었는데 윗단추 서너 개를 풀어 놓아서 웃통이 드러나 있었다.

"놈들의 보스는 이철우라는 예비역 소령이오. 나이는 서른여섯, 작년 초에 제대를 했고 주소는 관악구 봉천동이오."

김칠성이 그들의 앞자리에 앉으며 서두르듯 말하자 조웅남이 머리를 저었다.

"그런 조무래기가 대장일 리가 없다. 그 윗놈이 있을 거여."

강만철이 머리를 끄덕였다.

"인원이 50명이 넘는데 한 사람당 활동비를 100만 원씩만 주었어도 5천이다. 그놈은 얼마를 받았다고?"

"세 번에 걸쳐서 350을 받았답니다."

"소령으로 예편한 놈이 그만한 자금이 있을 리가 없다. 우리 조직을 상대로 일을 일으킬 이유도 없고. 위에 무엇인가 있다. 애들은 보냈냐?"

김칠성이 머리를 끄덕였다. 상대방의 이름만 알면 경찰청의 컴퓨터를 이용하여 금방 주소와 가족 관계까지도 알아낼 수가 있다. 경찰과 검찰의 자료실과 통하는 선이 있는 것이다.

"소용없을 거야. 최가인가 그놈이 우리에게 잡힌 것을 놈들이 알았을 것이고, 한가하게 집구석에 박혀 있을 놈들이 아니다."

강만철의 말에 김칠성이 입술 끝을 올려 웃었다.

"없으면 처자식이라도 잡아오라고 했습니다. 처자식이 없을 때는 시흥에 그놈 에미가 살고 있으니, 시흥의 강덕배한테도 연락을 해놓았습니다."

"아니, 이 시키가."

조응남이 눈을 치켜떴다. 오전 10시였으나 잠을 자는 둥 마는 둥 해서 잔뜩 짜증이 나 있는 참이었다.

"인마, 할망구를 데려와서 어쩔라구 그러는 거여?"

버럭 소리를 치자 김칠성이 다시 웃음을 띠었다.

"할망구도 여자는 여자니까요."

입을 와락 벌렸던 조응남이 그 얼굴 그대로 옆에 앉은 강만철을 바라보았다.

강만철이 머리를 끄덕였다.

"좋다. 하지만 데려온 후에는 내가 책임을 진다. 무슨 말인지 알겠냐?"

"그건 알겠는데요, 형님. 저도 제가 하는 일에 책임을 질 만한 위치 아닙니까?"

김칠성의 시선이 똑바로 강만철의 시선과 부딪쳤다.

"형님들은 이제 옛날과 다릅니다. 앉아서 모양을 만들어주시면 움직이는 것은 접니다. 책임도 제가 질 것이고."

"웃기지 말어, 이 시키야."

조응남이 버럭 소리를 치며 상체를 세웠다.

"앉혀 놓고 빙신 만들지 말란 말여, 이놈의 시키야. 나이 사십도 안 된 나를 늙은이 취급 허는 거여?"

"형님은 그룹을 관리하는 대표자요. 형님이 움직여서 현행범으로 걸리고 싶단 말이오? 그러면 회사들은 어떻게 됩니까?"

김칠성이 얼굴을 붉히면서 따라서 소리를 치자 강만철이 손을 들어 막 일어서려는 조웅남의 어깨를 눌렀다. 그러고는 김칠성을 돌아보았다.

"네 말은 맞다. 하지만 그 어머니까지 손을 댄다는 것이 마음에 걸려서 그러는 거야."

"어머니가 없는 놈은 아버지라도, 아니면 할아버지, 할머니까지 끌어다가 족칠 겁니다."

김칠성이 핏발 선 눈으로 강만철과 조웅남을 쏘아보았다.

"어젯밤만 해도 콘티넨털의 오 사장하고 맨해튼클럽의 임 상무가 당했어요. 놈들은 이제 조건이고 뭐고 없습니다. 무조건 우리 조직을 말살시키려고 하는 겁니다."

조웅남이 그를 삼킬 듯이 노려보았으나 입을 열지는 않았다. 그런 상황에서 최한성을 잡은 것은 행운이었다.

김칠성이 말을 이었다.

"우리도 부하를 쓸 때는 월급과 의료보험, 퇴직 적금을 들어 주어야 합니다. 이제는 부하가 아니라 우리 사업체들의 직원이란 말이오. 놈들은 보수가 많은 곳이면 언제든지 옮겨 갑니다."

"……."

"그리고 예전처럼 주먹 대 주먹, 칼 대 칼이 아니란 말입니다.

등 뒤에서 찌르더라도 이긴 놈이 존중을 받는 세상이 되었어요. 놈들은 귀찮은 것을 싫어하고, 힘들고 어려운 것도 싫어합니다. 총 한 방이면 제아무리 날고뛰는 놈이라도 골로 보낼 수 있으니까요."

조웅남이 소파의 팔걸이를 움켜쥔 채 그를 노려보았으나 김칠성은 계속 말을 이었다.

"형님, 그런 놈들한테는 간이 떨어질 정도로 거칠게 닥쳐 가야 합니다. 제 어미의 젖통을 도려내어 보여주어야 한단 말입니다."

"이놈이 미쳤구만."

혼잣소리처럼 조웅남이 말했다.

"그리고 나를 빙신 만들라고 작정을 허고 있고만. 뭐, 내가 대표자니께 움직이믄 안 된다고? 야, 니가 혀라. 내가 니 일 허께."

"네가 우리 집하고 웅남이 집에 애들을 보냈냐?"

강만철의 물음에 김칠성이 머리를 돌렸다. 그의 시선과 마주친 김칠성이 잠자코 머리를 끄덕였다.

파카의 후드를 올려 머리를 덮은 한세라는 아파트의 현관을 나와 오른쪽에 있는 슈퍼마켓 쪽으로 걸음을 옮겼다.

하루 종일 눈발이 뿌리는 날이어서 저녁때가 되자 사람의 발길이 닿지 않는 구석진 곳에는 둥그렇게 눈이 쌓여 있었다. 지나치는 사람의 어깨와 머리에 눈송이가 하얗게 덮여 있는 것이 보였다. 슈퍼마켓의 입구에 붙여진 네온사인이 깜박였고 주차장 복판에 세워 놓은 보안등도 눈발 속에서 빛을 내기 시작했다.

어깨를 움츠리고 슈퍼마켓의 입구로 다가가던 한세라가 머리를 들었다. 두 명의 사내가 다가오고 있었는데 그들의 시선은 이쪽을 향하고 있었다.

"저, 사모님. 저희들이 모시러 왔습니다만."

사내 한 명이 얼굴에 웃음을 띠며 말했다.

"부사장님의 심부름을 왔습니다."

한세라가 이맛살을 찌푸리며 어깨 위에 덮인 눈가루를 털었다.

"난 안 가요. 가서 그렇게 전하세요."

"사모님."

이번에는 다른 사내가 그녀에게로 한 걸음 다가섰다.

"부사장님의 명령을 받고 왔습니다. 저희들하고 같이 가시지 않으면 저희들이 곤란해집니다."

"댁들 책임이 아녜요. 날 안 데려왔다고 댁들을 나무란다면 자기 얼굴에 흙칠하는 일이라는 것쯤은 알 거예요."

한세라는 그들 사이로 한 걸음을 내디뎠다. 당연히 그들이 한쪽으로 몸을 비켜 자신이 빠져나갈 틈을 만들어주리라고 생각했기 때문이다.

그러나 한세라는 한 사내의 가슴에 어깨를 부딪치고는 걸음을 멈추었다. 머리를 든 그녀의 얼굴이 사납게 찌푸려져 있었다.

"이봐요, 비켜서요."

그녀의 쨍쨍한 목소리에 지나치던 사람들이 몸을 돌려 이쪽을 바라보았다.

"비켜서지 못해? 안 비켜?"

사내들은 멋쩍은 웃음을 띨 뿐 움직이려 하지 않았다. 아침에 김칠성과 다투고 나서 바로 친정집인 수유리로 영옥이를 데리고 온 것이다. 사내들은 김칠성의 명령으로 자신을 집으로 데려갈 작정이겠지만 이런 식으로는 돌아가지 않을 생각이었다.

"비켜서요. 난 애에게 우유 먹여야 하니까."

한세라가 눈꼬리를 치켜세운 채 억눌린 목소리로 말했다. 그들에게 소리를 칠 일이 아니었다.

"그 사람한테 가서 말해요. 집에 돌아오면 나도 가겠다고."

"사모님이 말씀하시지요. 차 안의 카폰으로 말씀하시면 됩니다."

사내 한 명이 주차장 한쪽의 승용차를 가리키며 말했다.

"사모님께 말씀하신다고 하셨습니다. 기다리고 계시는데요."

한세라가 머리를 돌려 승용차를 바라보다가 결심한 듯 그쪽으로 걸음을 뗐다. 김칠성에게 확인해 볼 작정이었다.

사내 한 명이 빠른 걸음으로 앞장을 서서 승용차로 다가갔다. 다시 후드를 눌러쓴 한세라가 그의 뒤를 따랐다.

승용차로 다가간 사내가 뒤쪽 문을 열고 그녀를 향해 몸을 돌렸다.

주차장의 차량들은 눈을 하얗게 덮어쓰고 있었다. 두어 대의 차량이 입구로 들어서고 있을 뿐 한가했다.

승용차로 다가간 한세라가 뒤쪽의 좌석으로 들어서려다가 흠칫 몸을 굳혔다. 안쪽에 사내 한 명이 그녀를 바라보고 앉아 있었다.

"어서 오시오."

그가 굵은 음성으로 말하며 웃는 순간 한세라는 와락 차 안으로 떠밀려 들어갔다. 사내 한 명이 그녀를 밀어 넣으면서 뒤따라 탔고 다른 사래는 운전석 옆자리에 탔다. 시동을 걸어 놓은 차였다.

운전사는 익숙한 솜씨로 주차장의 입구를 향해 차를 움직였다.

"이것 봐요! 당신들!"

눈을 치켜뜬 한세라가 버럭 소리를 질렀으나 어느새 그녀의 얼굴은 딱딱하게 굳어져 있었다. 불안한 느낌이 들었는데 옆쪽에 앉은 짧은 머리의 사내가 빙그레 웃자 그 느낌은 더욱 커졌다.

"입 닥치고 있는 게 좋아. 아예 몇 대 쳐서 기절시켜 놓기 전에."

또박또박 짧게 끊어지는 사내의 말소리가 차 안을 울렸다.

"이봐요, 왜 이러는 거야? 내려줘!"

그 순간 관자놀이에 번쩍이며 충격이 왔고, 머릿속에 불꽃이 튀는 듯한 느낌을 받은 한세라의 머리가 앞으로 숙여졌다.

승용차는 천천히 아파트의 입구를 빠져나오더니 대로로 들어서서는 곧장 속력을 내었다.

제3장

조웅남이
두 손으로

밤의
대통
령

정기욱이 장안동의 시럽클럽에 도착한 건 저녁 8시가 조금 넘었을 때였다. 40대 초반의 나이였으나 짧은 머리에 어깨가 넓고 신장도 1미터 80센티미터가 넘는 건장한 체격이다.

그가 턱을 치켜들고 클럽 안으로 들어가자 안에서 김동천이 서둘러 다가왔다.

"형님, 기다리고 있었습니다."

가죽점퍼 차림의 그가 얼굴을 펴고 웃었다.

"밀실을 준비해 놓았는데요."

김동천을 따라 안쪽으로 들어가면서 정기욱은 좌우를 둘러보았다. 시장 입구에 있는 삼류 룸살롱이었으나 단골손님은 많은 편이었다. 복도의 좌우로 방들이 나란히 있었는데 안쪽에서 남녀의 웃음소리가 떠들썩하게 들려왔다.

복도의 맨 끝 쪽에 있는 밀실은 방도 컸지만 방음장치도 잘 되어 있어서 정기욱이 안으로 들어서자 주위는 갑자기 조용해 졌다. 그는 다부져 보이는 입술을 굳게 다물고 상석에 앉았다. 짙은 눈썹에 다소 작은 듯한 눈의 끝부분이 위쪽으로 추켜올려 져 있어서 강인해 보이는 얼굴이었다.

"강만철이하고 조웅남이가 독이 잔뜩 올라 있어. 볼만한 구 경거리야."

정기욱이 앞쪽에 조심스럽게 앉는 김동천을 향해 입술을 비 틀면서 웃었다. 거칠고 양철판을 긁는 듯한 목소리였다.

"하지만 놈들은 얼마 버티지 못할 거다. 두고 보면 알게 될 거야."

김동천이 머리를 끄덕였다.

"저도 형님 말씀에 동감입니다. 그리고 다른 애들도 열심입 니다."

서른여섯 살이 될 때까지 전과가 여섯 번 있었고 10년 가까 이 교도소 생활을 한 김동천은 처자식이 딸리지 않은 홀몸이 었다.

"우리는 정부의 허가를 받은 기업체야. 이름만 말하면 어린 아이도 아는 고위층들이 우리를 후원하고 있단 말이다. 서둘 것 없다."

정기욱이 가죽 소파에 깊숙이 등을 묻으며 웃었다.

"정부에서는 이제까지 말로만 떠들었지, 전과가 있는 사람들에게 일할 기회를 준 적이 언제 있었단 말이냐? 이제는 그 기회가 확실하게 온 거야."

"형님이 대단하시니까요. 모두 형님이 여러 가지로 손을 쓰셔서."

"강만철이의 조직은 이제 가만두어도 깨지게 되어 있어. 그렇게 되면 밤의 세계는 무주공산이 된다. 그때에는 우리가 나서야지."

커다랗게 머리를 끄덕이며 김동천은 정기욱을 올려다보았다. 그는 정부 실력자들의 후원을 받아 전과자들을 고용하는 조건으로 유통 회사를 설립하게 된 것이다. 유통 회사는 우선 어학 테이프를 취급하게 되겠지만 곧 모든 제품을 들여놓고 판매할 것이었다. 정기욱과 10년 가까이 형님 동생으로 지내왔지만 그가 이런 배경과 능력이 있다는 것은 뜻밖이었다.

정기욱은 주로 해결사 노릇으로 한평생을 보내 왔는데 그 일에 대해서는 단연 두각을 나타낸 인물이었다. 특히 돈을 받아내는 데는 선수여서 그를 만난 채무자들은 학질을 떼듯이 돈을 갚아 주었다. 수입도 꽤 짭짤했으나 그동안 폭력과 사기, 다시 폭력 등으로 10여 차례 교도소를 들락거리다가 최근에는 채무자가 고용한 저쪽 해결사를 때려 죽였기 때문에 3년 동안 교도소 밥을 먹고 지난여름에 출소했다.

김동천은 그가 교도소에서 막강한 범털과 교제를 맺은 것 같다는 생각이 들었다.

문민정부가 들어서면서 지난 정권 때의 세도가들이 교도소를 자주 들락거리게 된 세상이다. 자주 들락거리다 보면 범털과 우연히 친해지고 범털이 출소하여 후원자가 될 수도 있을 것이다.

방문이 열리더니 지배인과 종업원, 그리고 아가씨들이 들어섰다. 체중이 150킬로그램은 나갈 것 같은 지배인이 엎드리는 것처럼 정기욱을 향해 인사를 했다. 그는 김동천의 후배였다.

"어어, 그래."

가볍게 머리를 끄덕여 보인 정기욱이 옆에 앉은 아가씨에게로 머리를 돌렸다.

"넌 이름이 뭐냐?"

"박주현이라고 합니다."

긴 머리에 늘씬한 아가씨는 자리에서 일어서더니 허리를 굽혔다. 지배인에게서 단단히 교육을 받은 눈치였다. 미니스커트 밑으로 곧게 뻗은 다리가 정기욱의 시선을 끌었다.

"불편하신 일이 있으시면 언제든지 불러 주시면……."

입술을 우물거리면서 지배인이 정기욱을 바라보았다. 정기욱이 머리를 끄덕이자 어깨를 늘어뜨린 지배인은 몸을 돌렸다.

"오늘은 술맛이 제법 나겠군."

아가씨의 어깨에 팔을 두르며 정기욱이 눈꼬리를 추켜올리며 웃었다. 키 크고 날씬한 여자를 좋아하는 그는 여자 까탈이 심한 편이었다. 마음에 들지 않는 파트너가 들어오면 지배인이나 담당 상무에게 손찌검을 하는 것으로 소문이 났다. 오늘은 파트너가 단번에 마음에 든 모양이었다.

"형님, 요즘 바쁘셨으니까 오랜만에 회포를 푸셔야죠."

정기욱의 잔에 술을 따르면서 김동천이 말했다.

"그렇군. 빵에서 나오고 나서 오랜만에 물건을 만났구만."

어깨 위에 올려졌던 정기욱의 손이 여자의 가슴 쪽으로 미끄러져 들어갔다. 여자가 상체를 조금 일으켜 세웠지만 거부하는 몸짓은 아니었다. 정기욱은 앞에 놓인 술잔을 들어 한 모금에 입안으로 털어 넣었다.

"힘이 센 놈이 이기는 세상이다. 의리가 밥 먹여 주고 신의가 재워 주더냐?"

술잔을 소리 나도록 탁자 위에 내려놓은 정기욱이 김동천을 바라보았다.

"빵에서 나오고 나니까 다른 놈들은 모두 사장 자리에 앉아 있더구만. 더러운 놈들, 저희들이 언제부터 사장이라고."

"그럼요, 사장이 따로 있습니까?"

두 손으로 술병을 쥔 김동천이 정기욱의 잔에 술을 채웠다. 정기욱이 지금 씹고 있는 것은 강만철과 조웅남 등이었다.

청부 폭력배로 일생을 보내온 정기욱은 20대 초반부터 밤의 세계를 누비고 다녔으므로 조웅남 등과 안면이 없다고 볼 수는 없었다. 그러나 정기욱의 말대로라면 조웅남과 강만철 등은 그의 한 수 아래 동생이었고, 김원국도 초창기에는 그에게 형님 소리를 붙였다고 한다.

그것을 확인하러 조웅남에게 갔다가는 맞아죽기 십상이었으므로 김동천은 한 귀로 듣고 다른 쪽 귀로 흘려보냈었는데

요즘은 차츰 정기욱의 말에 무게가 실려져 왔다. 정기욱이 봉투 하나를 주머니에서 꺼내더니 김동천의 앞으로 던져 놓았다.

"그것, 5천만 원이다. 수표 추적을 당하지는 않을 거야. 몇 번 돌리고 바꿨으니까."

김동천이 상체를 굽혔으나 선뜻 손을 내밀지는 않았다.

"애들한테 알아서 나눠 주어라. 곧 역삼동에 자리를 잡으면 빈손으로 움직일 수는 없지. 모든 일은 자금이 든든해야 돼."

"그럼요, 형님."

"조웅남이나 강만철이를 걱정할 것 없다. 그것은 모두 내가 알아서 할 테니까."

"네, 형님."

김동천이 조심스럽게 손을 뻗어 봉투를 집고는 안주머니에 넣었다. 부하들이 좋아할 것이다. 조웅남이나 강만철은 이제 전과자들을 사람 취급하지 않았다. 저희들의 옛 시절을 까맣게 잊은 채 이제 그들이 부하로 채용하는 놈들은 정규 대학을 졸업한 멀대 같은 놈들이었다.

물론 그들이 운영하는 업체들이 그런 인력을 필요로 하기는 했다. 그러나 사기나 청부 폭력, 또는 특수 절도 등의 전과가 있는 사람들은 그들 업체의 사원으로 가능한 한 고용하려고 하지 않았던 것이다.

"염려 마십시오, 형님. 애들도 사기가 이만저만 높은 것이 아닙니다. 더욱이 이렇게 생활비까지……."

김동천은 목이 메어 침을 끌어모아 삼켰다.

휴대폰이 울렸으므로 김칠성은 스위치를 켰다. 승용차는 테헤란로를 달려가고 있는 중이었다.

"여보세요."

─김칠성 씨?

낯선 사내의 목소리였다.

"그런데, 누구시오?"

─그건 알 것 없고, 너한테 좋은 소식을 전해주려고.

김칠성이 휴대폰을 움켜쥐고는 와락 이맛살을 찌푸렸다.

"말해봐라."

직감으로 상대방이 업체들을 습격한 일당 중 한 명이라고 짐작이 갔다. 놈들은 휴대폰 번호까지 알고 있었다.

─네 마누라를 우리가 데리고 있어. 아이 이름이 영옥이라고 하던가? 걔 우유를 못 먹였다고 울고 있던데.

아랫입술을 깨문 김칠성이 앞쪽에 앉은 부하의 뒷머리를 노려보았다. 사내가 말을 이었다.

─네가 애들을 배치시켜 놓느라고 동분서주하고 있다는 건 안다. 바쁘겠지. 그리고 네 마누라의 목숨보다도 네 조직이 우선이겠고.

"잘 아는군."

가라앉은 목소리로 김칠성이 말했다. 그는 손바닥으로 이마에 배인 땀을 씻어내었다.

"쓸데없는 소리 말고, 전할 말이 그것뿐이면 끊어라."

—네 마누라를 밤새도록 돌릴 작정인데, 그래도 상관없겠지,
물론?

"그래, 맛이 괜찮을 거다."

전화를 끊은 김칠성이 어깨를 굳히고 앞쪽을 보자 시선을
느낀 모양인지 부하가 몸을 돌려 그를 바라보았다.

김칠성은 휴대폰의 스위치를 켜고는 다이얼을 눌렀다. 입술
이 말라 왔으므로 혀로 입술을 축이고는 휴대폰을 귀에 대었
으나 신호가 몇 차례 울리고 나서 저쪽은 자동으로 벨 소리가
끊겼다. 스위치를 끈 그는 다시 다이얼을 눌렀다. 이번에는 세
번 만에 저쪽에서 수화기를 든다.

"여보세요."

—아아, 김 서방. 마침 전화 잘했네.

장모의 서두르는 듯한 목소리에 김칠성은 침을 삼켰다.

—세라가 여기 왔었는데 아까 저녁때 영옥이 줄 우유 사러
간다고 나가더니 들어오지 않아서 걱정하고 있던 중이야. 자네
한테 가지 않았어?

"그게 몇 시쯤입니까?"

자신의 목소리가 떨리지 않도록 김칠성은 배에 힘을 주었다.

—그게 6시 조금 전이야. 벌써 네 시간이나 되었는데, 연락도
없고 말이야.

"별일 없겠지요."

—아니, 이 사람아, 그래도.

"곧 연락이 갈 겁니다. 친구 집에 갔는지도 모르고."

―애 우유 먹이려다가 친구한테 가?

"제가 알아보겠습니다. 염려 마시고 계십시오."

스위치를 끈 김칠성은 한동안 눈을 깜박이며 앉아 있었다. 승용차는 극장식 나이트클럽인 파타야의 정문을 들어서고 있었다. 김칠성의 승용차를 선두로 세 대의 대형 승용차가 들어서자 정장 차림의 사내 서너 명이 바쁘게 다가왔다.

"애들을 배치시켜라."

김칠성이 앞자리에 앉은 백동혁을 향해 짧게 말하자 그가 몸을 돌려 이쪽을 바라보았다.

"형님은 안 내리십니까?"

"난 여기 앉아 있겠다."

차가 멈추자 백동혁은 군말 없이 내리더니 뒤차에서 쏟아져 나온 부하들을 끌고 클럽 안으로 들어갔다.

김칠성은 휴대폰의 스위치를 켜고 다이얼을 눌렀다.

―여보셔.

조웅남의 거친 목소리가 금방 들려왔다.

"형님, 접니다."

―그려, 어딨냐?

"파타야에 있어요."

―쪼금 전에 경찰청에서 댕겨갔어. 이 총경허고 유 경감은 그렇게 생각허지 않는 것 같은디 높은 놈들은 우리를 의심허는 모냥여.

"……"

—깝깝혀서 혼났다. 좌우당간 이 일을 해결헐 사람은 우리밖에 없어. 안 그러냐?

"네."

—너, 밥 먹었냐?

"네."

—거그서 술 한 잔 먹어라.

스위치를 끈 김칠성은 다시 스위치를 켜고는 다이얼을 눌렀다. 휴대폰을 귀에 댄 그는 혀로 입술을 축였다.

—여보세요.

신호가 떨어지자 그가 소리치듯 말했다.

"영만이냐? 나다. 지금 즉시 애들을 편성해서 웅남이 형님하고 만철 형님 집으로 보내라. 증원시키란 말이다. 그리고 간부급 부인들도 마찬가지다. 인원이 닿는 대로 두어 명씩 경호원을 증원시켜."

잠시 숨을 가라앉힌 그가 말을 이었다.

—그리고 내 휴대폰을 지금부터 끊는다. 나한테 연락할 일 있으면 동혁이 휴대폰으로 하도록 모두에게 그렇게 전해라.

스위치를 끈 김칠성은 휴대폰을 옆쪽으로 내던지고는 차의 문을 열었다. 찬바람이 얼굴에 부딪쳐 왔으나 아무것도 느끼지 못하는 듯한 얼굴로 김칠성은 파타야의 현관으로 들어섰다. 옆쪽에 벌려 섰던 서너 명의 사내들이 조심스럽게 그의 뒤를 따랐다.

"여자는 보통이 아닙니다. 방에서 얌전히 있다고 합니다."

안재일이 국을 떠 입에 넣으면서 말을 이었다.

"밥도 국도 잘 먹고, 앙탈하지도 울지도 않는다고 해요. 믿는 구석이 있는 모양입니다."

박용근이 젓가락으로 장조림을 집다가 힐끗 안재일을 바라보았다. 그러고는 잠자코 음식을 씹는다.

베란다의 유리문을 통해 아침 햇살이 환하게 집 안을 비추고 있었다. 유리창 바깥으로 검고 앙상한 나무숲이 보였다. 밤 사이에 내린 흰 눈이 드문드문 가지에 얼어붙어 있었다.

"김칠성이는 보통 놈이 아닙니다. 이철우는 아무 소리 안 하지만 부하 한 놈이 잡힌 것에 신경을 쓰는 것 같았습니다."

"빠칭코를 하다가 잡혔다면서?"

밥을 삼킨 박용근이 묻자 안재일이 입맛을 다셨다.

"놈이 빠칭코에 미쳐 있었다고 하더군요. 하지만 문제는 없습니다. 그놈은 이철우와 제 동료 한 놈의 인적 사항밖에 모릅니다."

수저를 내려놓은 박용근이 숭늉 그릇을 들었다. 번들번들 윤이 나는 얼굴이었고 입술은 붉다.

"놈들의 조직은 무너지게 되어 있어. 칼자루를 쥐고 있는 것은 우리란 말이다."

숭늉 그릇을 든 채 그가 말했다.

"오늘 아침 조간신문을 보고 업체 사람들의 가슴이 선뜻해졌겠지. 이제는 조웅남이나 강만철이가 자신들의 보호자가 아나라는 것을 실감하게 되었을 거다."

숭늉을 맛있게 들이마신 박용근은 그릇을 내려놓고 수건으로 입가의 물기를 닦았다.

"그까짓 조무래기 한 놈이 잡힌 걸 가지고 신경 쓸 것 없다. 놈들이 죽이든 살리든 마음대로 하라고 해."

"저 계집도 문제입니다. 김칠성이가 마음대로 하라고 했다는데요. 아예 휴대폰도 꺼놓아서 받지를 않는답니다."

"그건 이철우더러 알아서 하라고 해."

안재일이 눈을 껌벅이며 그를 바라보다가 입을 열었다.

"이철우는 무자비한 녀석입니다, 사장님."

"알고 있어. 놈이 야망을 가지고 있다는 것도. 놈은 군대 체질이야. 보스가 되고 싶겠지. 하지만 결국 제 한계를 알겠지."

"이무섭 씨가 이철우에게 지시하고 있을지도 모릅니다."

"그럴 리가 없다."

박용근이 머리를 저으며 웃었다.

"이무섭 씨하고는 10여 년 알고 지낸 사이야. 내가 허수아비 노릇을 할 사람이 아니라는 것도 잘 알 것이다."

"……."

"네가 이철우를 견제하듯이 이철우도 마찬가지의 감정일 것이고, 너희들은 결국 좋은 콤비가 된다. 조웅남이나 강만철이처럼."

"……."

"이무섭 씨와 나와의 관계도 그렇다. 그는 명예를 중요시하는 사람이고 나는 장사꾼이어서 실리를 챙기지. 우리는 서로의 강점을 살려 나갈 것이다."

"이루고 나서 달라질 수가 있습니다."

박용근의 얼굴에 다시 웃음이 떠올랐다.

"이야기하지 않았어? 우리는 서로 잘 아는 사이라고. 우리 둘 중 하나가 없어지면 모든 것이 한순간에 무너지게 될 것이다. 그것을 이철우도 알고 있을 거야."

이철우는 군대 시절 이무섭의 부하였던 것이다. 이번 일의 계획을 세우면서 이철우는 박용근의 심복으로 보내졌었다.

"김원국의 조직이 의리와 신의로 맺어졌다면 우리는 이해와 타산으로 맺어진 조직이다."

박용근이 의자에 등을 기대면서 안재일을 찬찬히 바라보았다.

"두고 보아라, 어디에 허점이 먼저 생기는가를. 의리와 신의는 이해와 타산 때문에 깨진다. 이해가 맞고 타산이 좋은데 의리나 신의를 찾는 사람이 이 땅에 남아 있을 것 같으냐?"

박용근이 스스로의 말에 대답하듯이 머리를 저었다.

"나와 이무섭, 나와 너, 그리고 나와 이철우, 그리고 너와 이철우 등은 이해와 타산으로 꼼꼼하게 맞물려 있다. 우리처럼 철저하게, 필요에 의한 행동을 놈들이 할 것 같으냐? 나와 이무섭은 그것을 예상한 것이다."

식탁에서 일어선 박용근은 베란다로 다가가 유리창 밖을 바라보았다. 과천 근처에 있는 널찍한 2층 양옥이었고 2층에서 내려다보이는 정원은 군데군데 눈으로 덮여 있었다. 그러나 햇살이 환하게 내리쪼이고 있어서 바깥이 추워 보이지는 않았다.

*   *   *

바닷바람에 장작불이 세차게 타오르고, 불꽃이 검은 하늘 위로 살아 있는 곤충처럼 날아올랐다.

김원국은 나무 의자에 장민애와 나란히 앉아 있었다. 그들의 주위로 수백 명의 원주민이 둥그렇게 모여 앉아 있었는데 이제 막 그들의 합창이 끝난 참이다. 왼쪽에 앉은 노인 그룹에서 뭐라고 소리를 지르자 바다 쪽이 소란스러워졌고 사람들이 술렁거렸다. 그러다 북이 울리며 머리에 털 장식을 한 사내를 선두로 10여 명의 원주민이 나타났다. 모두 허리만 헝겊으로 가린 알몸이었는데 팔과 다리에는 사슬과 조개를 이은 장식물을 걸치고 있었다.

머리 장식을 한 사내는 얼굴에 흰 칠을 해서 두 눈과 입 부근만 벌겋게 드러나 있다. 북소리가 점점 빨라졌다. 나무통을 깎아서 빈 공간을 만들고 겉껍질을 두드리는 소리여서 여운은 짧으나 소리가 맑다. 여러 개의 북은 나무의 규격도 달랐지만 고수들이 두들기는 힘과 간격이 제각각이어서 처음에는 귀가 어지러울 뿐이었다.

김원국은 고수들을 눈여겨보았다. 다른 사람은 북소리에는 관심도 없는 듯 열심히 두드리는 늙은 원주민이 내는 소리와 그 옆의 고수가 내는 소리가 화합하고 있었다.

그는 머리를 들었다. 10여 명의 원주민을 이끌고 모래밭 위를 껑충껑충 뛰는 사내를 처음에는 알아보지 못했으나, 자세히 바라보니 집안일을 맡아 하는 후마였다. 정확한 나이는 모르지만 20대 중반은 되었을 것이다. 건장한 팔다리를 뽐내듯 남보다 한 뼘씩을 더 높게 뛰어오르면서 입으로는 괴성을 뱉어내고 있다.

모래밭의 한복판에는 통나무 장작을 지펴놓아서 주변을 환하게 비추었고 장작불을 중심으로 원주민들이 모여 앉아 있었다. 섬에 사는 주민들은 거의 다 모인 것 같았다. 뒤쪽 어둠 속에서는 아이들이 뛰놀고, 두어 명씩 잡담하고 있는 무리들도 보였다. 바다 쪽으로 놓여진 나무 받침 위에는 통돼지가 여러 마리 놓여 있었는데 고기를 기름에 튀기는 냄새가 바닷바람을 타고 섬 전체에 퍼져 나갔을 것이다.

김원국의 옆에 앉은 장민애를 바라보았다.

"처음에 이 사람들과의 춤과 음악은 이러지 않았어. 느리고 약했지. 기억나?"

장민애가 머리를 끄덕였다. 불빛을 받은 그녀의 옆모습이 뚜렷이 드러났다.

"어두웠어요. 그리고 조용했고."

"그땐 병들고 가난한 섬이었지. 저렇게 뛰어오를 만큼 잘 먹지도 못했어."

괴성을 질러 대던 후마가 원주민들을 이끌고 물러나 이젠 나무 지팡이를 쥔 사람들이 나타났다. 그들은 지팡이로 모래밭을 두드리며 노래를 시작했다.

원주민 여인들이 나무 그릇에 음식물을 받쳐 들고 다가왔다. 그들은 그릇을 발밑에 내려놓고는 잠자코 물러났다.

"저들의 노래는 우리들이 태양처럼 오래 살라는 내용이야."

나무 그릇을 들어 야자수로 만든 술을 한 모금 삼킨 김원국이 만족한 듯 웃었다.

"보답을 받을 생각은 아니었는데, 기분이 나쁘지는 않군."

장민애가 그에게서 시선을 떼어 옆쪽을 바라보았다. 오함마가 이쪽으로 다가오고 있는 것이 보였다. 알록달록한 셔츠 차림에 햇볕에 탄 얼굴이 원주민들처럼 반들거렸다.

일 년에 반쯤은 서울 생활을 하고 나머지 반은 이곳 만탄 섬에서 보내는 오함마는 원주민 여자들에게 대단한 인기를 끌고 있었다. 그래서인지 그는 3년 동안 한 번도 민희정을 이곳에 데려오지 않았다.

"형님, 조금 전에 칠성이한테서 연락이 왔습니다."

그렇게 말하면서 오함마가 그의 옆쪽에 섰다.

머리를 끄덕인 김원국이 장민애를 바라보았다.

"나, 잠깐만."

김원국이 앞장서서 원주민 사이를 빠져나가자 오함마가 뒤를 따랐다. 그들은 모닥불과 그 불꽃을 둘러싼 검은 무리가 저만큼 보이는 풀밭에 섰다. 근처에서 사람들의 웃음소리가 들렸지만 이제는 귀가 멍멍한 소음과는 떨어진 곳이다.

오함마가 입을 열었다.

"한 놈을 잡았는데 예비역 하사랍니다. 특공대 출신이라더군요. 시킨 놈을 알아냈는데 역시 특공대 출신의 예비역 소령입니다."

김원국이 잠자코 모닥불을 바라보았으므로 오함마가 계속 말을 이었다.

"어젯밤 또 습격을 당했습니다. 콘티넨털의 오 사장이 중상을 입었고, 세 군데의 업체 대표자와 간부들이 모두 중상입니다."

"……."

"이철우라고 합니다. 소령 출신의 이름입니다. 칠성이가 놈의 집에 사람을 보냈는데 주민등록만 그렇게 해놓고 있었답니다. 딴사람이 살고 있었다는군요. 그놈 부모의 집도 마찬가지였답니다."

노랫소리가 밤하늘로 퍼져 나가다가 이윽고 그쳤다. 그러고는 조용해졌다. 사람들이 이쪽저쪽으로 분주히 오가고 있는 것이 보였다. 음식을 먹는 것이다.

"그런데 놈들은 사건을 일으키고는 언론에 알려주는 모양입니다. 사건이 즉각 보도되고 있습니다. 여론이 뒤숭숭해지고 업체들도 모두 불안해하고 있다는군요."

"경찰은?"

김원국이 짧게 묻자 오함마가 머리를 저었다.

"아직 손을 못 쓰고 있습니다. 오히려 우리 뒤만 따라다녀서 행동에 제약을 받는다고."

"알았다."

"형님, 전화를 받아 보시지요. 만철이 형님도 형님과 통화를 하고 싶으시다고……."

입맛을 다신 김원국이 다시 모닥불 쪽으로 시선을 돌렸다.

"저희들이 해결할 수 있을 거야. 놈들의 배후가 무엇이든 우리가 정의다. 밤의 세계를 밝게 해놓은 것이 우리야. 우리가 이긴다."

김원국이 낮은 목소리로 말했다.

"괜히 날 찾는 거야. 놈들은 내 가치를 나에게 알려주고 싶은 모양인데, 착각을 하고 있어. 난 이곳에서 못질을 해서 학교를 짓고 병원을 짓는 일에 만족하고 있어. 나는 싸움이 없는 곳에서도 새로운 내 가치를 찾는단 말이다."

"형님, 만철 형님은 형님이 필요하다고 하셨습니다."

"놈들은 날 의지하는 척하는 거야. 내가 없다고 생각하고 일하라고 해."

김원국은 몸을 돌렸다.

입맛을 다신 오함마가 물끄러미 그의 뒷모습을 바라보고 서 있었다.

*   *   *

수화기를 내려놓은 강만철이 앞자리에 앉은 조웅남을 바라보았다.

"함마 이놈도 형님에게 물이 들었나 봐. 이 일에 신경 쓰는 것 같지도 않아."

"내싸둬. 거그서 깨끗고 살라고."

조웅남이 입술을 부풀리며 눈을 부릅떴다.

"경찰헌티 이철우 얘기를 했웅게 그놈은 지명수배 되었을 것이고, 인자 꼬랑지를 잡았다. 안 그러냐?"

머리를 끄덕인 강만철이 시계를 올려다보았다. 오전 11시가 되어 있었다. 어젯밤에 한숨도 자지 못했기 때문인지 머리가 무거웠고 두 눈이 쑤셔 왔다. 놈들이 오늘 일제히 무슨 일을 벌이지는 않을 것이다. 이쪽이 단단히 벼르고 있기도 하지만 경찰 또한 긴장해 있기 때문이다. 입맛을 다신 강만철이 소파에 등을 기대었다.

경찰은 유흥업소 주변은 물론이고 시내 곳곳에 깔려 있었다. 그들은 이쪽이 피해자고 놈들이 가해자라는 의식이 없다. 똑같은 폭력 조직 사이의 암투로 간주하고 있었는데 이것에 대해서 항의할 명분이 없었다.

강만철의 혼잣말에 조웅남이 머리를 들었다.

"무신 말이여? 그러면 갸들이 공무원이라도 된단 말이여?"

"아직 알 수가 없지만 어쩐지 심상치 않은 예감이 든다."

뭐라고 말을 받을 줄 알았던 조웅남이 눈을 껌벅이며 강만철을 바라볼 뿐 입을 열지 않았다. 폭력 조직의 족보를 모조리 외우다시피 하고 있는 조웅남이었다. 최한성이나 이철우는 지금

껏 그가 듣지도 보지도 못한 놈들인 것이다.

노크 소리와 함께 문이 열리더니 고태석이 들어섰다.

"형님, 대한일보에서 취재 나온 기자가 4층에 묵고 있습니다."

방 안의 분위기가 무거운 것을 느낀 고태석이 선 채로 그들을 바라보았다.

"어떻게 할까요, 형님?"

"도대체 뭘 취재하겠다는 거여?"

조웅남이 턱을 치켜들었다. 이맛살을 잔뜩 찌푸린 얼굴이다.

"골치 아프다. 무신 수단을 쓰더라도 쫓아내, 어서."

"아니, 잠깐만."

강만철이 한 손을 들어 보이면서 고태석에게 몸을 돌렸다.

"취재 기자라니? 이번 사건을 취재한단 말이냐?"

"네, 형님. 지배인한테 사장님 면회를 요청했답니다. 인터뷰를 하고 싶다구요."

"지랄허고 자빠졌네."

조웅남이 입술을 비틀면서 얼굴을 옆으로 돌렸으나 강만철이 눈살을 좁히면서 앞쪽을 바라보다가 머리를 끄덕였다.

"좋아, 그놈을 데려와라."

"무신 소리여?"

조웅남이 와락 이맛살에 주름을 잡았으나 강만철이 내쳐 말했다.

"내가 생각이 있어서 그래. 어서 그놈을 데려와."

"여잡니다, 형님. 여기자인데요."

"얼씨구."

조웅남이 코웃음을 쳤다.

"여자고 남자고 상관없다. 데려와."

강만철의 베어 던지는 듯한 말에 고태석이 몸을 돌려 방을 나갔다.

"야, 기자 데려와서 어쩔라구 그려? 그것들이 무신 쓸 디가 있다고?"

마땅찮은 듯한 얼굴로 조웅남이 투덜거렸으나 강만철은 입을 열지 않았다.

다시 문에서 노크 소리가 들렸고 고태석이 젊은 여자 한 명은 데리고 들어섰다. 여자는 조금도 망설이거나 두려워하는 기색 없이 고태석이 뒤쪽에서 성큼 나섰다.

"저, 대한일보 사회부의 이재영 기자입니다."

"아, 잘 오셨어요. 여기 앉으세요."

"고맙습니다."

강만철이 손으로 가리킨 소파에 앉은 이재영은 얼굴에 웃음을 띠고 말했다.

"조웅남 사장님이시고, 강만철 사장님이시지요?"

"그래요, 잘 아시는군."

"사진에서 뵈었어요, 신문사에서."

"허어, 그래요? 우리도 꽤 얼굴이 팔린 모양이로군."

조웅남은 그들의 수작을 바라보면서 내내 못마땅한 표정이었다.

이재영이 커다란 헝겊 가방에서 녹음기와 필기도구를 꺼내 들었다.

"시간을 내주셔서 고맙습니다. 바쁘실 텐데 될 수 있는 한 빨리 끝내겠습니다."

"아니, 우린 시간이 있으니까 서두르지 말아요."

강만철이 힐끗 옆쪽에 서 있는 고태석을 바라보았다.

"자넨 나가 봐, 여긴 우리에게 맡기고."

고태석이 힐끗 이재영을 바라보고는 몸을 돌렸다. 시선은 그쪽으로 갔지만 강만철의 행동이 어쩐지 찜찜한 모양이었다.

김칠성이 호텔에 들어온 것은 12시가 조금 지났을 때였다. 사무실의 책상에 앉자마자 전화벨이 울렸다. 교환을 통한 구내 전화였다. 한동안 벨이 울리는 전화기를 노려보던 김칠성은 마침내 수화기를 들었다.

"여보세요."

—김칠성 씨, 나 이철우인데.

김칠성이 눈을 치켜떴다.

—내 이름이 낯설지는 않을 거야.

사내가 웃음 띤 목소리로 말했다.

—휴대폰 전화를 안 받는다고 끝나는 것이 아냐, 이 사람아.

"넌 곧 잡힐 것이고, 그땐 내 손에 죽는다."

김칠성의 목소리는 가라앉아 있었다.

"네 처자식이나 네 에미를 먼저 찾는다면 그것들도 내 손에 갈기갈기 찢겨 죽을 것이다."

—대단하군. 하지만 그것이 네 뜻대로 되냐?

"너, 내 여편네를 데리고 있다고 그러는 모양인데."

김칠성이 눈을 부릅뜨고 입술에는 웃음을 머금었다.

"잘 새겨들어. 나는 여편네를 버렸고, 아울러 내 목숨도 버렸다. 네놈의 에미나 처자식을 찾아 죽일 때까지만 산다."

—세금을 입금시켜라. 그리고 내가 곧 팩스로 업체들의 명단을 보낼 테니까 그 업체들에게 세금을 내라고 지시해.

"미친놈!"

김칠성이 턱을 들고는 입안을 보이면서 웃었다.

"개수작 말고 내 여편네부터 죽여라."

—곱게 죽이지는 않을 거야.

이제 이철우의 목소리는 딱딱하게 굳어 있었다. 턱을 내린 김칠성의 얼굴도 벽돌처럼 굳어졌다.

"마음대로."

수화기를 내려놓은 김칠성은 한동안 앞쪽을 노려보았다. 빈 방이었으나 바깥의 소음이 희미하게 들려오고 있다. 전에는 웃음소리와 커다랗게 지껄이는 소리도 간간이 들려오던 바깥 사무실에서 이제는 발소리와 문을 여닫는 소리만 들려왔다.

이윽고 시선을 내린 김칠성은 수화기를 쥐었다. 다이얼을 누르면서 아랫입술을 물었다. 저쪽에서 곧 신호음이 들려왔다.

—여보세요.

"장모님, 접니다."

상체를 숙이며 김칠성이 가볍게 말했다.

─응, 그래. 영옥이 엄마는 홍콩에 도착했나?

그녀가 대뜸 물었다.

"아닙니다, 아직."

─영옥이는 잘 놀고 있어. 하지만 에미가 빨리 돌아와야 할 텐데.

"곧 돌아옵니다."

─그나저나 이 사람아, 우유 사러 나간 사람을 옷도 갈아입지 못하게 하고 홍콩에 심부름을 보내다니.

"급한 일이 있어서요."

─걔도 그렇지, 집에다 전화 한 통 안 하고 가는 애가 어디 있어?

"제가 해드린다고 했던 것이 그만……."

─어쨌든 영옥이는 걱정 말아.

"잘 부탁합니다, 장모님."

수화기를 내려놓은 김칠성은 길게 숨을 들이마셨다가 천천히 뱉어 내었다.

노크 소리와 함께 문이 벌컥 열리고는 백동혁이 들어섰다. 손에는 흰 종이가 쥐어져 있다.

"형님, 놈들한테서 팩스가 왔습니다. 업체 이름하고 금액만 적혀 있는데요."

그가 탁자 위에 내려놓은 팩스 용지에는 얼핏 보아도 백여 군데는 될 성싶은 업체 이름들이 적혀 있었다. 서울에 있는 굵

직굵직한 유흥업소와 호텔, 백화점 등이 망라되었는데 조직이 운영하는 곳은 10분지 1 정도밖에 되지 않는다.

"이걸 날더러 어쩌란 말이야?"

김칠성이 눈을 치켜뜨자 백동혁이 한 걸음 다가섰다.

"제가 놈들의 전화를 받았습니다. 팩스를 형님한테 드리면 된다던데요."

"그래, 받았으니 너는 나가봐."

백동혁이 갈매기 날개 같은 눈썹을 추켜올렸다. 표정이 나무 판자처럼 굳어 있었다.

"형님, 형수씨를……."

"들었나?"

김칠성의 시선을 받자 백동혁이 머리를 떨구었다.

"네, 형님. 앞자리에 앉아 있다가……."

"너 외에 아는 놈이 누구야?"

"없습니다."

"죽여 버리기 전에 입 다물어."

"네, 형님. 하지만……."

"입 다물라고 했다."

아랫입술을 혀로 축인 백동혁이 입을 다물고 침을 삼켰다.

"전에 비슷한 일이 있었다. 큰형님의 일이었는데."

김칠성이 앞쪽을 바라보며 말을 이었다.

"여자 때문에 조직이 흔들리면 안 돼. 설령 마누라라고 해도."

"그러니까, 놈은 제 마누라가 어떻게 되어도 상관없다는 말이로군."

박용근이 이철우를 바라보았다. 비대한 몸을 가죽 소파에 깊숙이 파묻고 앉아 있었는데 그의 흐린 눈동자는 마치 생선의 튀어나온 눈 같았다.

"그렇다면 할 수 없지. 이왕 잡아 놓은 년이니까 없애 버려. 살려서 내보낼 수는 없는 노릇이니까."

"알겠습니다."

이철우가 머리를 끄덕이며 그의 시선을 받았다.

"놈들은 오히려 업체들을 단속하고 있습니다, 사장님."

"지독한 놈이로군. 예상은 하고 있었지만 제 여편네쯤은 어떻게 되어도 상관없다니."

입술 끝만을 움직여 박용근이 말했다.

"당해보면 실감이 나겠지."

"놈들이 저에 대한 정보를 넘겨 경찰이 저를 찾고 있습니다. 면목이 없습니다, 사장님."

이철우가 다부져 보이는 얼굴을 들었다. 잠을 못 잔 탓인지 두 눈이 충혈되어 있었다.

"그 최 뭐라고 하는 놈, 빠칭코에 미쳐서 꼬리를 잡히다니. 뒈져도 할 수 없는 놈이야."

"……."

"자네, 근래에 이 대령을 만난 적 있나?"

"없습니다."

"뒤는 모두 그 사람이 봐주기로 했어. 그러니까 다른 걱정 하지 말고."

박용근이 비대한 몸을 움직여 탁자 위에 놓인 담배를 집어 들었다. 막 점심을 먹고 사무실에 들어온 참이어서 얼굴에는 기름기가 번질거렸고 입술은 붉다.

"자네하고 이무섭 씨하고는 군 시절에 직접 상하 관계였고 그 사람 추천으로 자네가 나하고 일하게 되었지만, 이제 자네의 상관은 나야."

"알고 있습니다, 사장님."

"자네는 내 지시만 받으면 돼."

"물론입니다, 사장님."

"조직의 표면에 나타나는 것은 나란 말이네. 이무섭 씨는 내 후원자일 뿐이지."

박용근이 담배 연기를 앞쪽으로 내뿜었다. 연기가 이철우의 상반신에 부딪치며 흩어졌다.

"자네는 너무 빨리 노출되었어. 그래서 일정을 앞당겨야 되겠어."

"……."

"놈들의 조직은 거대하지만 중심이 없어. 조웅남이나 강만철, 최충식 등이 있지만 이제 그놈들은 현장을 떠난 상황이야. 의욕이 남아 있을지는 몰라도 말이야. 움직일 수 있는 놈들은 몇 놈밖에 안 돼."

박용근이 한마디 한마디를 힘주어 말했다.

"우선 손발을 잘라 놓고 나면 머리는 힘을 못 쓰는 법이지. 그놈들은 정의가 무엇인지를 알게 될 거야. 이기는 것이 정의라는 사실을 말이야."

박용근이 입술을 부풀린 듯한 모습으로 웃었다.

"이것은 전쟁이야. 깡패 새끼들은 칼 대 칼, 주먹 대 주먹으로 싸우면서 상대방이 주먹이면 이쪽이 칼을 든 것을 부담스럽게 여기고 비겁하다고 할 거야. 하지만 우리는 아냐. 놈들보다 우수한 무기를 가지고 제압해야 돼. 왜냐하면 우린 전쟁을 하는 것이니까."

박용근의 방을 나온 이철우가 서초동의 좁은 골목 안에 있는 양옥집에 도착했을 때는 두 시간이 지난 오후 3시경이었다. 그가 철제 대문 앞으로 다가가자 덜커덩거리며 문이 열렸다. 안에서 부하가 바라보고 있었던 것이다.

현관으로 들어선 그는 응접실의 소파에서 일어서는 건장한 사내에게 물었다.

"별일 없나?"

"이상 없습니다."

이철우가 소파에 앉자 사내는 머릿기름을 바른 머리칼을 버릇처럼 쓸어 올리며 앞자리에 앉았다.

"형님의 사진이 각 경찰서에 배포되고 있습니다. 알고 계시겠지요?"

그가 조심스러운 표정으로 묻자 이철우가 머리를 끄덕였다.

"알고 있어. 걱정할 것 없다."

"시골에서 연락이 왔습니다. 사모님한테서요. 전화해 달라고 하시던데요."

"……."

"형님, 지하실에 있는 여자는 어떻게 할까요? 오늘로 사흘째가 됩니다만……."

머리를 든 이철우가 서대식을 찬찬히 바라보았다.

"드럼통 하나 찾아와. 거기에다 담아서 바다에 버려야지."

시선을 떨어뜨린 서대식이 머리를 끄덕였다.

"앞으로 살벌해지겠군요."

"예상했던 일이야."

"이 대령님한테서 가져온 물건, 보여드릴까요?"

이철우가 머리를 끄덕이자 서대식은 탁자 밑에 놓아둔 표면이 단단한 가방을 들어 올려놓았다. 그가 뚜껑을 열자 안에 든 내용물이 보였다.

"총번을 없앴습니다. 모두 다섯 정인데요. 실탄은 따로 받았는데 500발쯤 됩니다."

그의 말을 들으며 이철우는 권총 한 정을 손에 쥐었다. 신형 모제르였는데 탄창에는 열 발이 장전되고 연발 사격이 된다. 그의 손에 익숙한 권총이었다.

"앞으로 이 대령님은 특별한 일이 아니면 연락하지 말라고 하셨습니다."

"알고 있어."

한 눈을 감고 손에 쥔 권총으로 문 쪽을 겨누면서 이철우가 대답했다.

"박 사장도 그걸 강조하더구만. 내가 이제는 그 사람의 부하라고 말이야."

방아쇠를 당기자 찰칵하며 노리쇠가 공이를 쳤다.

"이건 특종이에요, 부장님. 강만철 씨가 고백한 조직 사회의 진상입니다."

이재영의 얼굴은 붉게 달아올라 있었다. 긴 머리칼을 뒤쪽에서 고무줄로 질끈 동여매었고, 회색 재킷과 바지 차림이었다.

"뜻밖이었어요. 그들이 이런 사실을 털어놓을 줄은 생각도 하지 못했거든요. 저는 면회도 안 될 줄 알았어요."

사회부장 안청준이 프린트된 원고에서 머리를 들었다.

"이것이 사실이라면 특종은 틀림없어. 하지만 일단 경찰 측에 연락을 해보는 게 낫겠어. 내가 경찰청에……."

"안 됩니다, 부장님."

이재영이 그의 말을 잘랐다. 두 눈을 반짝이며 안청준을 쏘아보고 있다.

"그렇게 되면 경찰이 어떻게 나올지는 뻔해요. 사실 확인이 될 때까지 보도를 삼가라고 할 거예요."

"이건 일방적으로 강만철의 입장만 보도해 주는 거야. 이철우란 사람이 범행을 저질렀다는 증거도 불충분하고."

"경찰에 알아보았어요. 그들도 이철우를 찾고 있습니다."

"용의자로 찾고 있는 거야. 이재영 씨의 기사는 강만철의 조직이 무장 폭력배의 일방적인 공격을 받아서 밤의 세계를 보호한다는 변호성 기사로 보여. 객관성이 부족하단 말이야."

"그들의 배후에 무엇인가가 있어요. 이철우는 하수인 중 하나에 지나지 않을 뿐입니다."

입맛을 다신 안청준이 이재영을 물끄러미 바라보았다. 마치 남자 같은 자세로 이재영은 어깨를 펴고 이쪽을 내려다보고 있었다.

"거기 앉아, 이 기자."

턱으로 안쪽 의자를 가리켜 보인 안청준은 자리에서 일어서서 창가에 놓은 커피포트로 다가갔다.

"커피 한잔 어때?"

"좋아요, 블랙으로 마시겠어요."

"알고 있어."

안청준이 커피 잔을 들고 와 그녀 앞에 내려놓았다.

"강만철과 조웅남은 정의의 편에 선 밤의 세계의 보호자가 되어 있더구만."

탁자 위에 엉덩이 한쪽을 걸친 안청준이 그녀를 내려다보았다.

"그리고 불의의 무리들이 밤의 세계를 어지럽히려 하고. 그렇지 않아?"

"실제로 그래요, 부장님. 지금은 업체들이 세금 명목으로 내는 돈도 없습니다. 조직 간의 싸움도 없어졌구요. 밤의 세계는 이제 양성화되었어요. 그런데 새로운 조직이 출현한 겁니다."

"세금이 없어졌다지만 그것은 표면에 나타난 부분이야. 업체들의 관리자급은 대부분 그들의 조직원이야. 무슨 말인지 알겠어? 관리자들에게 나가는 월급이 세금이란 말이지."

이재영이 커피 잔을 내려놓았다.

"이해할 수 없군요. 저는 그들이 정상적인 노동 행위와 사회 활동을 하고 받는 보수라고 생각했는데."

안청준이 머리를 저었다.

"조직원이 아닌 경우도 있겠지. 하지만 유사시에는 조직의 명령에 따라야 돼. 김원국의 지배를 받고 있단 말이야."

"김원국 씨는 지금 손을 떼고 인도네시아의 섬에 있습니다."

"원격 조정을 할 수 있어. 현대는 무선 전신의 시대야."

"불신하시는군요, 그들을."

"난 내 자신을 객관적인 사고로 단련시켜 왔다고 믿고 있었는데."

안청준이 얼굴에 주름살을 만들면서 웃음을 띠었다.

"아직 윤곽이 잡히지 않은 사건을 강만철의 말만 믿고 불의의 세력이 밤의 세계를 혼란시킨다는 식의 기사를 내보낼 수는 없어. 위에서 좋아하지도 않을 것이고."

눈썹을 추켜올린 이재영의 시선이 안청준의 이마 위에서 멈추었다. 화장기가 없는 얇은 입술이 굳게 닫혀 있었는데 이윽고 한쪽 끝부분이 비틀어 올라가더니 입이 열렸다.

"부장님의 객관성이라는 것은 정치적인 상황과 혼합된 내용이었군요. 정부 측이 이런 기사가 나가면 좋아하지 않을 것 같다고 말씀하신 것이 차라리 나왔을 건데요".

"특종은 무조건 깜짝 놀랄 만한 사건만으로 만들어지는 것이 아니야."

안청준의 잔잔한 표정은 조금도 흔들리지 않았다. 수없이 특종을 날린 시절이 있었던 그였다.

"나는 5대 신문사의 하나인 대한일보의 사회부장이야. 무조건 보도만 하는 것으로 그칠 수는 없어. 책임을 져야 하고 때로는 독자들을 이끌어가야 할 의무도 있어. 나는 독자들을 불안하게 하고, 정권을 불신하게 할 수는 없어."

"독자들은 알 권리가 있고, 판단은 스스로 할 거예요."

이재영의 말투에 기력이 떨어져 가는 것이 드러났다. 이제 시선은 그의 어깨 옆쪽으로 비켜나 있었다. 이런 화제로 그를 당할 수 없다는 선입견도 있는 데다 가슴이 이미 실망감으로 가득 찼기 때문이다.

"밤의 세계에 대혼란이 오고 있다. 주도권을 탈취하려는 새로운 조직의 실체는 무엇인가? 배경은 누구인가? 20여 건의 테러 모두 강만철과 조웅남의 그룹을 목표로 한 계획적인 공격이었다."

안청준이 원고를 들고 천천히 읽어 내려가기 시작했다.

"이것은 배후에 거대한 음모와 조직이 존재한다는 것을 의미한다. 이제 그 일부분이 드러났다. 이철우는 누구인가?"

읽어 내려가던 안청준이 힐끗 이재영을 바라보았다.

"예비역 소령, 특공대장 경력의 그는 왜 이 일에 뛰어들었는가?"

읽다 만 원고를 탁자 위에 던져 놓은 안청준이 가늘게 숨을 내쉬었다.

"이건 군을 상대로 한 폭발성 보도야. 작년만 해도 별이 50개가 넘게 떨어져 나갔어. 그들을 공공연한 반정부 세력으로 몰아붙이는 분위기가 있어, 당신 기사에는."

"……."

"어쨌든 경찰청의 높은 사람하고 상의를 해봐야겠어. 그때까지 참아, 이 기자."

"알겠어요."

머리를 끄덕인 이재영이 자리에서 일어나 안청준을 바라보았다. 맑고 평온한 얼굴이었다.

"어쨌든 계속 취재는 하겠습니다."

"물론이지."

안청준이 다시 얼굴을 펴고 웃었다.

"당신은 가능성이 있는 사람이야. 곧 내 자리에 여자가 앉게 될지도 모르겠구만."

조웅남의 승용차가 청산빌라의 입구로 들어서자 경비실 주위에 서 있던 서너 명의 사내가 일제히 몸을 굽혔다. 모두 짙은 색 양복 차림이었고 20대의 건장한 체격이었다. 조웅남이 입맛을 다시면서 그들을 둘러보았다. 모두 처음 보는 얼굴이었다.

"쟈들, 어디 아들이여?"

앞쪽에 앉아 있던 오덕수가 몸을 돌렸다.

"제가 부산에서 데려온 애들입니다."

"고생 많이 헌다."

처음에는 부하들이 경호하는 것에 대해서 화를 냈던 조응남도 이제는 그들에게 수고한다고 말할 정도가 되었다.

저녁 7시가 되어서 주변은 어두웠으나 활기찼다. 남편들의 퇴근 시간인 것이다. 외출했던 주부들도 서둘러 차 옆을 스쳐 지나갔다.

"이것, 받아라. 애들헌티 나눠 주든지, 술을 먹든지 니 맘대로 허고."

승용차에서 내린 조응남이 오덕수에게 두툼한 봉투 한 개를 건네주었다.

"아닙니다, 형님. 저희들은……."

질색을 한 오덕수가 한 걸음 물러섰으나 조응남은 내민 손을 거두지 않았다.

"글씨, 알어. 느그들이 칠성이헌티 활동비 받는 거. 이건 내 성의여."

"칠성 형님한테 혼납니다."

"그러믄 내가 그 시키를 혼낼 팅게."

오덕수가 납작한 콧날을 들어 조응남을 바라보았다. 이제까지 두 번쯤 먼발치에서 보기만 했던 조응남이었다. 그러나 이제는 조응남의 측근 경호원으로 선택되었다.

"고맙습니다, 사장님."

두 손으로 봉투를 받은 오덕수가 허리를 굽혔다.

"인마, 무신 사장. 나는 니 형님여."

이맛살을 찌푸린 조웅남이 그를 스쳐 현관으로 다가갔다.

현관의 좌우에 서 있던 오덕수의 부하들이 주춤거리다가 몸을 굳혔다. 주민들의 시선을 끌지 않으려는 듯 허리를 굽히지는 않는다. 장바구니를 든 아래층 부인이 서두르듯 다가오다가 조웅남을 보고는 웃음을 띠었다. 남편이 무역 회사 사장인 40대의 밝은 분위기의 여자였다.

계단을 올라 빌라의 현관으로 들어서던 조웅남은 엘리베이터에서 내려오는 작업복 차림의 두 사내를 보았다. 사내 한 명은 한 손에 커다란 철제 연장통을 들고 있었다.

옆에서 걷던 오덕수의 시선도 그쪽으로 향해 있었다. 장바구니를 든 부인이 그들을 먼저 스쳐 지나갔다. 오덕수가 걸음을 크게 떼어서 조웅남의 옆쪽을 반걸음쯤 앞장섰다.

작업복 사내들이 그들을 스쳐 지나갔다. 허름한 작업복에 기름이 묻어 있었고 얼굴도 마찬가지였다. 두어 걸음 걷던 오덕수가 걸음을 늦추면서 머리를 돌렸다. 얼굴의 기름칠이 마치 야간 전투를 할 때처럼 주욱 바른 것 같은 느낌이 들었기 때문이다. 심하지는 않았으나 일부러 그린 것 같았다. 그러자 오덕수의 눈이 크게 치켜 떠졌다. 사내들이 몸을 돌리고 있었다. 그리고 그들의 손에 쥐어진 것이 보였다. 권총이었다.

"형님!"

현관이 떠나갈 듯 고함을 지르면서 오덕수는 두 팔을 활짝 벌렸다. 그러고는 와락 그들에게로 덮쳐 들어갔다. 시야를 가로막으려는 본능적인 동작이다. 그러나 그가 한 걸음 앞으로 내딛는 순간 무딘 총소리가 들렸다.

"이 새끼들!"

배에 격렬한 충격을 받았으나 두 팔을 벌린 오덕수가 악을 쓰듯 소리쳤다. 엘리베이터 앞에 서 있던 부인이 째질 듯한 비명을 질렀다.

조웅남은 오덕수의 고함 소리를 듣는 순간 몸을 돌렸고, 이미 이쪽으로 두 걸음쯤 다가오는 중이었다.

사내들의 시야에 오덕수의 몸통에 가린 조웅남의 머리통과 옆구리의 한쪽이 어른거렸으나 다시 쏜 두 발의 총탄은 한 발이 오덕수의 어깨에 맞았고 다른 한 발은 옆쪽으로 흘렀다.

"이 새끼들 잡아라!"

악을 쓰듯 소리치던 오덕수는 머릿속이 하얗게 변하는 것을 느꼈다. 그리고 그의 시야에 사내들의 뒤쪽으로 달려드는 부하들의 모습이 보였다.

"이누무 시키들!"

입과 콧구멍으로 뜨거운 증기를 뿜으면서 조웅남이 무릎을 땅에 대는 오덕수를 스쳐 지나갔다. 두 손으로 막 움켜쥐려는 순간이다. 뒤쪽에서 다시 째질 듯한 부인의 비명이 들려왔고 사내들의 대여섯 발짝 뒤쪽으로 부하들이 미친 듯이 달려들고 있었다.

조웅남은 배와 가슴을 꼬챙이로 쑤시는 듯한 충격을 받으면서 사내들의 목을 두 손으로 하나씩 쥐었다. 다시 아랫배에 충격이 왔으나 두 손아귀에 온 힘을 쏟으면서 사내들과 함께 넘어졌다.

사내들이 발버둥을 쳤다. 부하들이 달려와 사내들을 어지럽게 쳤다. 조웅남은 눈앞이 캄캄해지는 것을 느꼈다. 몸에 통증은 없다.

"병원! 구급차를 불러라!"

누군가가 악을 썼고, 형님 하면서 누군가가 자신의 어깨를 흔들었다. 어지러운 발소리도 났고 부인이 흐느끼는 소리도 들렸다. 조웅남은 엎드린 자세로 다시 진저리를 치듯이 두 손아귀에 힘을 주었다. 온몸으로 힘이 뻗쳐 나갔고 그것은 상쾌한 기분이었다. 그러자 손에 쥐었던 두 사내의 목뼈가 부러지는 진동이 손바닥에 전달되었다.

"형님!"

누군가가 다시 자신의 어깨를 흔들었으나 길게 숨을 내쉰 조웅남은 한쪽 뺨을 시멘트 바닥에 대었다. 차가웠으나 기분 좋은 느낌이 들었다.

제4장

돌출되는 배후

밤의
대통령

"두 놈 모두 목뼈가 부러져 현장에서 즉사했습니다, 형님."

고태석이 다가와 옆에 섰다. 병원 특유의 소독약 냄새가 코를 찔러 갑자기 구역질이 난 강만철은 이를 악물고 침을 삼켰다.

"소지품은 없었습니다만, 어떻게든 신원을 알아내겠습니다."

고태석의 목소리는 낮았고 끝부분이 떨려 나왔다. 그답지 않게 흥분하고 있는 것이다.

강만철은 잠자코 앞쪽을 바라보았다. 오덕수는 다섯 발의 총알을 맞고 현장에서 병원으로 옮기는 도중에 숨을 거두었다. 조웅남은 네 발의 총알을 맞았는데 가슴에 박힌 총알이 0.5센티미터만 옆으로 비켜 맞았어도 현장에서 죽었을 것이다. 그는 지금 세 시간째 수술을 받고 있었다.

강만철이 머리를 들었다. 이쪽으로 다가오는 이정환과 유혁근의 모습이 보였다. 출입이 통제되고 있는 빈 복도에서 그들의 발소리가 커다랗게 들려왔다.

"이것 참, 유감입니다."

인사고 뭐고 생략한 이정환이 그의 옆에 털썩 주저앉으며 말했다. 바깥의 찬바람이 그의 옷깃에서 뿜어졌다.

"놈들이 총기를 사용하고 있는데, 정말 야단이오. 망할 자식들."

투덜거리면서 이정환이 호주머니에서 담배를 꺼내 들었다가 금연 표시를 보고는 도로 집어넣었다.

"아직 확실한 건 아니지만, 총번이 지워져 있는 것이 외국에서 들여온 총기류 같은데……."

강만철이 머리를 돌려 그를 바라보았다.

"이번 일도 언론에 보도 금지를 요청할 생각이오?"

"아니, 아직 그런 지시는……."

그러다가 이정환이 말을 멈추고 입맛을 다셨다.

"당신의 상관, 그리고 그 상관의 상관, 도대체 어느 선까지 이 사건의 진상을 알고 있는 거요?"

강만철이 다그치듯 묻자 이정환의 옆에 서 있던 유혁근이 초조한 듯 눈을 깜박였다.

"그래, 당신들이 말하는 통치권자, 대통령은 요즘 밤의 세계가 정체 모를 조직들에게 습격을 당해 폭발할지도 모르는데,

이 사실을 알고나 있는 겁니까?"

"그건 내 소관이 아니오, 강 사장님."

이정환이 피로한 얼굴을 뒤로 젖히면서 길게 숨을 내쉬었다. 그러나 선뜻 입을 열지는 않는다.

강만철이 말을 이었다.

"이제까지 몇 년 동안은 밤과 낮의 밀월 기간이었지요. 우리의 보스는 밤의 세계를 낮으로 바꿔 놓았다고 믿었는지 지금은 섬에서 살고 있고, 당신들의 대통령은 우리 세계까지 통치하게 되었습니다."

말을 멈춘 강만철이 입술 끝으로 웃었다.

"그런데 우린 오해했어. 당신들은 아직도 우리를 따로 구분하고 있어."

"나는 사실 그대로만을 보고합니다. 결정을 내리는 것은 윗사람들이오. 난 총경일 뿐이오, 저 친구는 경감이고."

"태평성대라고 위장하고 있는데, 그래서 그 알량한 감투들을 다만 몇 개월이라도 더 쓰고 싶어서 말이야."

"강 사장, 말씀 삼가시오."

이정환이 두툼한 턱을 세우고 눈살을 좁혔다.

"위에서는 나름대로의 생각이 있을 거요. 그걸 내가 가타부타 말할 수는 없어."

"시내 한복판에서 권총을 난사하고 있단 말이야. 유흥업소들은 모두 공포에 떨고 있어."

강만철이 수술실 쪽을 바라보면서 잇새로 말을 뱉었다.

"내 생각엔 반정부 세력이 움직이고 있어. 현 정권에 불만을 품고 있는 세력이 배후에 있어."

"이봐요, 강 사장."

유혁근이 초조한 듯 상체를 움직였고 그에 따라 고태석도 몸을 굳혔다.

힐끗 이정환의 얼굴을 바라본 강만철이 말을 이었다.

"그리고 정부 내에서도 그놈들과 동조하는 세력이 있는 것 같은데, 그것이 당신일지도 모르지."

"이것 보십시오, 강 사장님."

유혁근이 한 걸음 강만철 쪽으로 다가서자 그의 앞을 가로막 듯이 고태석이 한 걸음 다가왔다.

"어른들 말씀하시는데 우린 삼갑시다."

유혁근이 와락 얼굴을 찌푸리면서 고태석을 바라보았다. 둘의 시선이 마주치고 이윽고 제각기 다른 쪽으로 흩어졌다.

"난 며칠 전에 어느 신문사 기자에게 정보를 주었어요. 특종 감이었는데 기사가 나가지를 않더구만."

강만철의 목소리가 복도를 메웠다.

"당신들은 우리 뒤만 쫓아다니고 있는데 그것이 놈들에게 우리 위치와 움직임을 알려 주는 수작이지. 그렇지 않습니까?"

이정환이 어깨를 한번 흔들더니 머리를 돌렸다. 얼굴이 잔뜩 찌푸려져 있었다.

"만일 조웅남이가 어떻게 된다면, 물론 그럴 리는 없겠지만······."

강만철이 말을 멈추고 조그맣게 헛기침을 했다.

"그때는 밤의 세계가 피바다가 될 거요. 우리는 놈들을 찾을 것이고, 형벌은 우리가 내립니다. 당신들과의 밀월은 끝나게 됩니다."

이정환이 자리에서 일어섰으므로 고태석이 긴장으로 어깨를 굳혔다. 강만철은 수술실을 응시한 채 눈 한번 깜박이지 않는다.

"내가 다시 연락을 드리지요."

던지듯이 말한 이정환이 몸을 돌렸고 찌푸린 얼굴의 유혁근이 뒤를 따랐다. 강만철은 시선을 고정시킨 채 수술실을 바라보고 앉아 있었다.

병원의 7층에서 엘리베이터가 멈추고 내린 사람은 이재영 혼자였다. 엘리베이터의 문이 뒤쪽에서 닫히자 그녀 앞으로 정복 차림의 경찰관이 다가왔다.

"이곳은 출입 금지 지역입니다. 돌아가세요."

긴 복도에 드문드문 서 있는 사람들은 대부분 경찰관 제복을 입었거나 형사들처럼 보였다. 이재영의 재빠른 시선이 끝 쪽의 나무 의자에 앉아 있는 강만철에게 가서 닿았다.

"저는 저기, 강 사장님을 찾아왔는데요. 가서 여쭈어 보셔도 좋아요."

경찰은 강만철과 이재영을 번갈아 바라보다가 머리를 끄덕였다.

"좋습니다. 여기서 기다리세요."

경찰이 복도의 끝 쪽으로 걸어가서 강만철에게 상반신을 숙이며 이야기를 하자 강만철의 얼굴이 이쪽으로 돌려졌다. 이윽고 경찰이 다가왔다.

"오시랍니다."

강만철의 곧은 시선이 한 번도 깜박이거나 흔들리지도 않았으므로 다가가던 이재영은 발끝에 힘을 주었다. 그러자 더욱 발길이 어지러워졌다. 그와의 거리가 10미터만 더 멀었더라도 이재영은 걸음을 멈추고 쉬어야만 했을 것이다.

"기자가 글을 쓰지 못하면 그짓을 그만둬야 돼. 실리지 못할 기사도 마찬가지야."

그의 앞에 멈추어 서자 강만철이 낮은 목소리로 말했다.

"내가 전해준 정보는 사실이야. 상대방에 대한 것은 싣지 않아도 되었어. 난 우리가 어떻게 당하고 있는지만이라도 기사화되기를 바랐어."

이재영이 아랫입술을 깨물며 시선을 내렸다.

"기사가 나가고 안 나가고는 제가 결정할 일이 아니었어요."

"어떤 경찰도 그러더군. 너희들은 모두 꼭두각시란 말인가, 그저 상급자의 명령에만 복종하는?"

"우리도 사장님 같은 조직이에요. 어쩌면 그쪽보다 더 체계와 질서가 명확한……."

"개수작하지 말아라."

강만철의 얼굴이 쓰디쓴 한약을 삼킨 것처럼 찌푸려졌다.

"우리는 조직의 제일 말단에 있는 애들도 명령을 받으면 목숨을 버린다. 너희들은 양지에 있다고 뻐기면서도 책임질 일에는 모두 꽁무니를 빼지. 비열한 조직이다, 네가 속해 있는 곳은."

"사장님, 데스크에서는 이 사건이 사회에 불안한 분위기를 증폭시킬까 봐 우려했습니다. 단지 이유는 그것뿐입니다."

"우리는 일이 터지면 처음부터 끝까지 모두 위에까지 보고가 된다. 판단을 하는 사람은 너희처럼 하나지만."

강만철이 손바닥으로 얼굴을 쓸었다.

"중간에서 차단하는 벽이 있어. 그것이 무엇인가를 알아내는 것이 내 책임이야. 나는 그것에 목숨을 걸겠다."

이재영이 눈을 깜박이며 그를 내려다보았다. 그는 그것을 위해 죽을 수 있는 사람이었다. 강만철이 머리를 들었다. 의외로 잔잔한 시선이었다.

"너희 대통령이 우리의 형님, 그렇지, 밤의 대통령인 우리 형님과 다른 점이 있다면 이런 것이겠지. 조직을 위해서 목숨을 바칠 나 같은 보스급이 없다는 것."

강만철이 입술 끝을 올리면서 웃었다.

"지금 우리 앞에서 얼씬거리는 놈, 그놈의 목표가 무엇인지는 아직 모른다. 하지만 곧 알게 될 거야. 그동안 너희 낮은 조직은 점점 더 무너져 내릴 것 같은 예감이 들어, 우리보다 더."

고태석이 발소리를 내며 다가왔다.

"형님, 수술이 두어 시간 더 걸리겠다는데요. 그동안 잠시 쉬시는 것이……."

그러던 그가 강만철의 시선을 한번 받고 나더니 몸을 굳히고
는 입을 다물었다. 나무 의자는 길었고 강만철의 옆자리는 비
어 있었다. 그러나 고태석은 말할 것도 없고 이재영도 앉을 생
각을 하지 못했다. 그들의 뒤쪽으로 가운을 입은 의사와 간호
사가 바쁘게 수술실로 들어가고 있었다. 간호사 한 명이 미는
손수레 위에 수술 도구와 약품들이 놓인 것이 보였다.

강만철은 어깨를 추켜올리면서 길게 숨을 들이마셨다. 병원
의 약품 냄새가 폐에 차오르는 것에 대해서는 이제 신경을 쓰
지 않는 모양이었다.

복도 끝의 방 앞에서 발을 멈춘 이정환은 자신의 옷차림을
내려다보았다. 폐에 남아 있던 공기를 뱉어내면서 넥타이의 매
듭을 올리던 그의 시선이 문에 붙여진 팻말에 닿았다. 검정색
아크릴 판에 흰 글씨로 치안감 박동호라고 쓰인 팻말이다.

어깨를 올려 숨을 들이마신 이정환은 조심스럽게 문을 두드
렸다. 이틀에 한 번쯤은 이곳에 들르고 있지만 언제나 긴장이
된다.

방문을 열고 들어선 이정환은 벽에 붙여진 책상에서 머리를
드는 사내를 향해 허리를 굽혔다.

"국장님, 부르셔서 왔습니다."

사내가 반백의 머리를 끄덕이며 턱으로 책상 앞에 놓인 의자
를 가리켰다.

"거기 앉아."

마른 얼굴에 비해 굵은 목청이었다. 그의 목소리에는 권위와 관록이 들어차 있었는데 목소리만으로 서열을 매기라면 경찰청장이 되고도 남을 것이다.

이정환은 조심스럽게 그의 앞자리에 앉았다. 박동호는 올해 말에 정년을 맞게 된다. 지금의 경찰청장인 하석재가 그와 고시 동기였는데 지방에서 오래 근무해 왔기 때문인지 박동호의 승진은 언제나 느렸다. 그러나 소탈하고 담백한 성품의 박동호는 부하 직원들의 신망을 얻고 있는 몇 안 되는 고위직 중의 하나였다.

"조웅남이는 아직 중태인가?"

그가 묻자 이정환이 허리를 세웠다.

"네, 국장님. 수술은 끝났지만 아직 의식은 돌아오지 않았습니다. 워낙 건강한 체질이어서 겨우……."

"조웅남에게 원한을 가진 놈들이 많을 텐데, 그렇지 않나?"

이정환이 머리를 끄덕였다. 관료 조직에서 이러한 긍정 요구형의 질문을 상사로부터 받았을 때 대답하는 요령은 이미 터득하고 있었다.

"물론 많겠지요. 그런 사회에서는 적이 아니면 동지니까요. 지금은 동지이지만 전에는 적이었던 경우도……."

"수사는 그쪽에 초점을 맞춰야겠군."

"그렇습니다, 국장님."

"하지만 총기가 문제야."

"경찰이나 군에서 유출된 것은 아닙니다. 모두 해당되지 않았습니다."

머리를 끄덕인 박동호가 한 손으로 턱을 괴었다. 입술 끝이 늘어졌고 입술 양쪽의 주름이 더욱 깊어졌다.

"이 서류를 보면 오재식이와 최진우는 아무런 인적 교류가 없는 관계인데. 한 놈은 경기도가 고향이고, 다른 놈은 충청도란 말이야."

박동호가 한쪽 손끝으로 책상 위에 펼쳐져 있는 서류를 가볍게 두드렸다.

"학교도 다르고 살던 곳, 하던 일도 달라. 하다못해 군 복무도 말이야."

이정환이 잠자코 머리를 끄덕였다.

오재식은 수원 출신으로 고향에서 고등학교를 졸업하고 보병으로 춘천에서 군 생활을 했고, 제대 후에는 고향에서 가구점의 점원 노릇을 하다가 두 달 전에 그만두었다. 주위의 이야기를 들으면 다른 장사를 하겠다고 떠들고 다녔다는 것이다.

최진우는 청주 출신이다. 그도 고향에서 고등학교를 나와 의정부에서 제대한 뒤에 고향으로 돌아왔다. 철물점의 점원이 되었던 최진우는 갑자기 총잡이로 변신했다가 목뼈가 부러져 죽은 것이다.

"어쨌든 놈들이 고용된 것만은 틀림없는데. 그놈들과 조웅남과는 인연이 없었으니까 말이야."

"그렇습니다, 국장님. 두 사람은 고용되었습니다. 제가 보고서에 썼다시피 그들을 조종한 배후가 있습니다.

그들의 배후는 폭력 조직일 가능성이 높았다. 그런데 그럴 만한 용의자는 좀처럼 떠오르지 않는다. 보고서의 내용도 앞으로 철저히 용의자를 색출해 내겠다는 애매한 것이었다.

"내가 언론사에는 협조를 요청해 놓았어. 오늘 조간에 간단히 실렸더군. 자네도 보았지?"

"네, 국장님."

총기 난동 사건치고는 너무 작은 지면이었다. 언론들은 조웅남과 원한이 있는 다른 폭력 조직의 복수극이라고 규정짓듯이 보고하고 있었다.

"하지만 가끔 엉뚱한 녀석들이 있어. 괜히 독자들의 시선을 끌어보려고 이야기를 만드는 놈들이 있단 말이야. 위에서도 그것이 신경 쓰이는 모양이야."

이정환이 긍정하듯이 머리를 끄덕여 보였다. 그의 위라면 치안총감인 경찰청장과 내무부 장관 등인데 더 이상 위쪽은 그가 생각할 필요가 없다.

"폭력 조직 간의 분쟁으로 정국이 흐트러지면 곤란해. 문민정부가 들어서고 나서 기가 꺾인 불만 세력이 분위기를 부채질할 수도 있어."

박동호가 상체를 똑바로 세우고는 이정환을 바라보았다.

"위에서는 그것을 걱정하고 있어. 불만 세력은 여론에 눌려 기를 펴지 못하고 있지만, 불씨만 있으면 얼마든지 세력을 모을 수 있는 능력이 있단 말이야."

"옳으신 말씀입니다, 국장님."

이정환이 머리를 똑바로 세웠다.

"그 불만 세력이라는 것이 애매하지만 심상치가 않습니다. 저는 이번 일의 원인과 배경에 수사력을 집중시키려고……."

"폭력 조직 간의 싸움이야."

선뜻 그의 말을 자르면서 박동호가 찬찬히 이정환을 바라보았다.

"조웅남과 강만철, 그리고 최충식이나 김칠성, 이 사람들이 놈들의 목표 아닌가? 원인은 확실하네. 밤의 세계에서 주도권을 잡겠다는 것이지."

"이제까지 그들은 저희들에게 협조적이었습니다. 김원국이 장악하고 나서부터 밤의 조직은 대부분 양성화되었지요. 그들은 세금을 내는 시민이 되었습니다."

박동호는 턱을 내민 자세로 이정환을 바라보고 있었다. 이정환이 말을 이었다.

"국장님, 그들은 습격하는 놈들과 같은 부류로 취급되는 것에 대해서 반발하고 있습니다."

"어쩔 수 없는 일이야. 들개가 집 안에 들어왔다고 집개가 될 수는 없어."

"강만철 씨는 우리가 오히려 놈들을 돕고 있다고 하더군요."

"말도 안 되는 소리."

박동호가 온 얼굴을 찌푸리며 입맛을 다셨다.

"우리가 그나마 보호해 주었으니 망정이지 그러지 않았다면 그 친구도 지금쯤 조웅남 같은 신세가 되었을지도 몰라."

"어쨌든 놈들의 배후를 캐내는 것이 급선무입니다, 국장님."

"내가 자네를 부른 이유가 그것이야."

손바닥으로 책상 위를 가볍게 두드리면서 박동호는 말을 이었다.

"배후를 조사하게. 하지만 첫째, 앞으로 사건이 일어나면 조직 간의 싸움인 것으로 언론이나 관계자들한테 알려주도록. 둘째, 이 일은 비밀리에 진행할 것. 사건의 진상은 나에게만 직접 보고해 주도록 하고, 자네도 직속 부하만을 쓰게. 나는 자네에게 수사와 집행에 대한 전권을 주겠네. 이건 윗사람과 합의한 거야."

눈썹 사이를 모으고 눈까지 치켜뜬 얼굴로 이정환이 그를 바라보았다. 그는 자신이 얼마나 중요한 일을 맡았는가를 금방 알아차린 것이다.

이 일은 목표를 달성했더라도 얼마만큼 공적을 평가받을지 알 수 없었다. 그러나 실패했을 경우에는 변명의 여지도 없이 매장당하게 된다. 제물이 되는 것이다. 박동호가 서류를 덮으며 머리를 끄덕여 보였으므로 이정환은 의자에서 몸을 일으켰다. 가벼운 현기증이 느껴졌다.

＊　　　　＊　　　　＊

손바닥에 배어 있는 땀을 바지에 문질러 닦은 김칠성은 귀와 어깨 사이에 끼워 넣은 전화기를 쥐었다. 아직도 위잉 하는 소리만 들릴 뿐 저쪽은 사람이 나타나지 않았다. 침을 끌어모아 삼킨 그는 침이 넘어가는 소리가 의외로 크게 들리자 전화기를 귀에서 조금 떼어내었다. 그러자 저쪽에서 말소리가 들렸다.

—여보세요.

"형님, 접니다. 김칠성입니다."

버럭 소리치듯 말하던 김칠성이 어깨를 올렸다. 자신의 사무실에 혼자 앉아 있어서 듣는 사람은 없다.

—아아, 네가 웬일이냐?

김원국의 목소리는 반가운 듯 밝았다. 그에게 직접 통화를 하는 것은 처음이었다. 이제까지는 오함마를 통해 중요한 일을 보고해 왔던 것이다.

"형님, 서울에 일이 생겼습니다."

얼른 본론으로 들어가기로 결심한 김칠성이 문 쪽을 노려보았다. 김원국은 잠자코 기다리고 있다.

—형님, 웅남 형님이 총에 맞았습니다. 지금 병원에 계시는데 중태입니다.

김칠성이 한쪽 팔을 들어 소매로 이마의 땀을 닦았다.

"놈들의 배후는 아직 모릅니다. 웅남 형님이 총을 쏜 두 놈을 현장에서 죽여 버렸기 때문에. 그런데 언론은 그것이 폭력 조직 간의 싸움이라고……"

—만철이는 어디 있는 거냐?

이제 김원국의 목소리는 딱딱해져 있었다. 그의 얼굴을 떠올린 김칠성이 상체를 반듯하게 세웠다.

"형님은 지금 백화점의 사장실에 계십니다. 제가 조금 전에 통화를……."

—그놈은 지금 뭘 하고 있어?

튕겨 나오는 듯한 김원국의 목소리에 김칠성은 몸을 굳혔다.

"네, 형님. 만철 형님은 형님한테 알리지 말라고 하셨습니다. 당신이 책임지고 처리하겠다고. 그런데 저는……."

—그 자식, 건방지게.

눈을 치켜뜬 김원국의 모습이 떠올랐다. 김칠성은 눈을 깜박여 눈에 들어간 땀방울을 떨어내었다.

—웅남이가 어떻다고? 자세히 말해라.

한층 가라앉힌 말투로 김원국이 물어 왔으므로 김칠성이 어깨를 내렸다.

"네, 총을 네 방 맞았습니다. 같이 있던 오덕수는 웅남 형님을 보호하다가 다섯 방을 맞고 죽었습니다."

—…….

"형님, 놈들은 폭력 조직이 아닙니다. 이번에 웅남 형님한테 죽은 놈들도 엉뚱한 놈들입니다. 전과도 없고, 철물점과 가구 공장에서 일하던……."

—함마한테서 들었는데, 이 뭐라고 하는 놈은 잡았냐?

"아닙니다, 아직. 경찰도 찾고 있습니다만, 어디로 숨었는지 가족들도……."

—…….

"형님, 언론에서도 폭력 조직 간의 싸움으로만 보도가 되어서 오히려 저희들만 압박을 받습니다. 경찰들이 따라다니고."

─……

"몇 개 업체에서는 저희들 모르게 놈들이 지시한 구좌로 세금을 내었습니다."

─이 뭐라고 하는 놈이 예비역 소령이었다고 했지? 특공대 출신이고?

김원국의 가라앉은 목소리가 들려오자 김칠성이 머리를 끄덕였다.

"네, 형님. 작년 초에 제대를 했습니다. 그 후로 특별한 직업이 없었는데……"

─그놈의 가족도 모두 사라졌다고?

"네, 형님."

한동안 잠자코 있던 김원국이 다시 입을 열었다.

─너희들도 가족들을 조심해라. 애들을 풀어서 철저하게 보호시켜.

"네, 형님."

다시 소매를 들어 올린 김칠성이 이마와 눈 부분을 한꺼번에 닦아내었다.

─내가 곧 가겠다.

"네, 형님."

─이건 너만 알고 있도록 해라.

"네, 형님."

김칠성은 소매로 다시 한 번 얼굴을 닦았다.

김칠성이 방으로 들어서자 자리에 앉아 있던 백동혁이 일어섰다. 그의 옆에 앉아 있던 사내가 소스라치듯 놀라 따라 일어섰는데 처음 보는 얼굴이었다. 조직에서 운영하고 있는 업체 중의 하나인 맨해튼클럽의 밀실이었다. 환풍기가 돌아가는 소리가 희미하게 들려왔다.

"그래, 무슨 일이냐?"

자리에 앉으면서 김칠성이 백동혁을 바라보았다.

"우선, 거기들 앉아."

백동혁이 자리에 앉자 사내가 주춤거리며 옆자리에 앉았다.

밤 11시가 넘어 있었다. 하루 종일 업체를 돌아다닌 터라 김칠성은 피곤하기도 했다. 더욱이 김원국에게 보고를 마치고는 바로 이쪽으로 달려온 것이다. 아직도 온몸의 긴장이 풀어지지 않았다.

백동혁이 입을 열었다.

"형님, 얘는 장안동의 차이나살롱이라는 데서 지배인으로 일하고 있습니다."

사내가 벌떡 일어서더니 다시 허리를 기역자로 꺾었다. 그는 스물일곱이나 스물여덟쯤으로 보였고, 좁은 어깨에 허리가 긴 체격이었다. 얼굴은 몸에 비해 조그마했는데 눈이 작은 데다 입술과 코가 두툼했다. 나이 든 여자들이 좋아하는 외모였다.

"저는 이성용이라고 합니다. 이렇게 뵙게 되어서 저는 영광입니다."

사내가 긴장한 탓인지 더듬거렸고 어깨를 굳힌 채 이쪽을 노려보았다. 입맛을 다신 김칠성이 머리를 끄덕였다.

"그래, 자리에 앉아라. 앉아서 나한테만 하겠다는 이야기를 해봐."

"예, 형님."

자리에 앉은 이성용이 허리를 세우고는 침을 삼켰다.

그는 안면이 있는 백동혁을 찾아와 김칠성에게만 말해줄 정보가 있다고 했던 것이다. 목숨을 걸고 정보를 가져왔다고도 하였으므로 할 수 없이 백동혁은 김칠성에게 연락을 했다. 이성용은 조직에 소속된 부하가 아니었다.

그가 입을 열었다.

"형님 제가 이번 사건의 주모자를 압니다."

김칠성이 잠자코 그를 바라보았다.

"그 사람은 저, 정기욱이라고, 전에 북창동에서 놀았다는……."

"정기욱?"

이맛살을 찌푸린 김칠성의 시선이 그에게서 백동혁 쪽으로 옮겨졌다. 백동혁이 눈을 껌벅이며 그를 마주 보았다.

"저, 옛날에는 조웅남 형님도 동생으로 데리고 있었다고 했습니다."

"그래? 그런데?"

"그 정기욱 씨가 이번 일을 저질렀습니다."

이성용이 손바닥으로 이마의 땀을 닦았다.

"제 귀로 확실하게 들었습니다."

"누구한테 말이냐? 그 정기욱이라는 사람한테 말이냐?"

"아닙니다. 김동천이라고, 정기욱 씨의 직속한테 들었습니다. 김동천 씨는 제 선배의 선배가 됩니다. 그래서……"

백동혁이 입맛을 다시면서 힐끗 김칠성을 바라보았다.

"조웅남 형님이 습격당하시기 전날 밤에, 동천이 형님이 술 마시다가 지나가는 말로 그랬습니다, 내일 조웅남 형님이 죽는 다고."

이성용의 얼굴은 붉게 달아올라 있었고, 조그만 눈은 번들거렸는데 김칠성의 얼굴에서 그의 시선이 떨어지지 않았다. 눈을 치켜뜬 김칠성이 그를 쏘아보았다.

"전날 밤에 말이냐?"

"네, 형님."

"그 동찬인가 하는 놈이 일을 한다고 그랬어?"

"동천입니다, 형님. 아니, 그 동천 형님이 아니라 다른 사람이 할 것이라고 했는데, 그것은 저도 잘……"

"……"

"저희들은 역삼동 대양빌딩에 100평짜리 사무실을 얻어놓고 있습니다. 자금이 잘 빠져서 빵에 갔다 온 사람들한테 인기가 좋습니다, 형님. 벌써 조직원만 200명 가까이 되었습니다, 형님."

굳어진 얼굴로 김칠성이 그를 바라보았다. 정기욱이라는 이름을 들어본 것 같기도 하고 모르는 것 같기도 했다.

그러나 사무실을 얻어놓고 전과자들을 200명이나 모아 놓았다면 예삿일은 아니다. 더욱이 조웅남의 습격을 전날에 이야기했다는 것이다.

"그렇다면 이번의 습격 사건, 콘티넨털호텔의 오 사장이나 또 클럽의 영업부장들도 정기욱이가 한 일이란 말이냐?"

답답했는지 상체를 부스럭거리던 백동혁이 불쑥 물었다.

"네, 형님."

백동혁과 김칠성이 서로 얼굴을 마주 보았다.

"우리들은 모두 그렇게 알고 있습니다."

"너도 조직원이지? 너도 그 일을 했어?"

다그치듯 백동혁이 묻자 그는 머리를 저었다.

"아닙니다, 일을 하는 조직은 따로 있습니다. 우리들이 아닙니다."

"누구야? 전과자 집단인가?"

"그건 모릅니다. 정기욱 형님만 알고 있는 것 같습니다."

"네가 나한테 털어놓는 이유는 뭐냐?"

문득 김칠성이 머리를 들며 물었다.

"네 조직을 배신하는 이유를 대라."

"전과자들만 대접하고 저 같은 사람은 무시합니다. 이번에도 활동비를 나눠 주었는데 저한테는 30만 원밖에 주지 않았습니다. 전과자 놈들은 100만 원에서 200만 원 받은 놈도 있습니다."

"……."

"저는 이제까지 동천 형님 모시면서 궂은일은 다했습니다. 솔직히 저는 더 이상 동천 형님하고 같이 일할 생각이 없습니다."

"역삼동 사무실에서 하는 일은 뭐냐?

"업체들의 인수 준비를 합니다. 저는 그곳에 가보지 않았지만 구역별로 책임자를 정해놓고 있다고 합니다."

"수고했다."

머리를 끄덕인 김칠성이 백동혁을 바라보았다.

"얘한테 500만 원만 줘서 보내라. 그건 내가 주는 활동비다. 무슨 일이 있으면 동혁이 네가 연락을 받고."

백동혁이 머리를 끄덕이자 자리에서 일어선 김칠성이 이성용을 향해 손을 내밀었다. 멍한 얼굴로 앉아 있던 이성용이 황급히 일어나 그의 손을 두 손으로 쥐었다.

"지금까지는 계획대로 진행되고 있어. 다소 착오는 있었지만 말이야."

이무섭이 앞에 앉은 이철우를 향해 말했다. 이천의 산속에 있는 이무섭의 별장 안이다. 그들 옆쪽의 페치카에서는 장작불이 기세 좋게 타오르고 있었다.

"김칠성이와 고태석이가 발광하고 있지만 곧 정리가 될 거야."

훈훈한 열기를 쏘인 이무섭의 얼굴은 반들거렸다. 본래가 검은 얼굴에 열기가 섞여 더욱 검게 빛나고 있다.

"조웅남이가 깨어났다고 합니다. 하지만 아직 말을 하지는 못한다는데요."

이철우가 입을 열었다.

"앞으로 3개월은 지나야 움직일 수 있다고 합니다."

"멍청한 놈."

불쑥 던져진 이무섭의 말에 이철우의 눈이 분주히 깜박였다.

"자네더러 한 소리는 아냐. 조웅남이한테야."

이무섭이 눈가에 주름을 잡으면서 웃었다.

"우리 일을 덜어 주었지만 곰 같은 놈이야. 총을 그렇게 맞고도 두 명의 목뼈를 부러뜨려 죽이다니."

"도무지 기회를 잡을 수가 없었습니다. 그래서 수도관 수리공으로 위장시켜서 빌라로 보냈는데……."

이철우가 손을 들어 뒷머리를 어루만졌다.

"작전은 실패했습니다. 조웅남이를 제거하지 못했으니."

"운이 좋은 거야. 아무리 기회가 좋다고 하더라도 운이 나쁘면 안 돼. 우린 놈을 당분간 움직이지 못하게 했고, 꼬투리를 잡힐 수도 있는 두 녀석이 그놈에게 죽었어. 우리의 목적은 달성되어 가는 거야, 이 소령."

"어제까지 스물일곱 군데의 업체가 세금을 냈습니다. 조웅남이가 그렇게 되고 나서 효과를 본 것이지요."

이무섭의 분위기가 좋았기 때문인지 이철우는 저도 모르게 자화자찬을 하고 있었다.

"그들은 분위기에 민감합니다. 누가 힘이 있는가를 금방 알아내지요."

"박 사장을 잘 받들어, 이 소령."

선뜻 말을 바꾼 이무섭이 눈을 깜박이고 있는 이철우를 향해 빙긋 웃었다.

"자네한테는 그가 보스야. 그가 자네를 의식하게 하면 안돼. 나와의 접촉은 절대 비밀로 하고."

"그건 철저하게 지켜오고 있습니다."

"박 사장이 흥이 나서 움직여야 된단 말이야."

"염려 마십시오, 단장님."

이철우의 자세는 깍듯했고 조금도 흐트러지지 않았다. 가끔 이무섭을 군대 시절의 직함인 단장이라고 부르는 것도 스스로 어색하게 느끼지 않았다. 이무섭은 특공 단장으로 자신의 직속 상관이었던 것이다.

한동안 그들은 타오르는 장작불을 바라보며 앉아 있었다. 밖은 짙은 어둠에 싸인 밤이었고, 나뭇가지를 스치는 바람 소리가 그들의 귀에 들려왔다.

"경찰과 놈들의 조직에서 자네를 찾고 있는데."

정적을 깨고 이무섭의 말소리가 응접실을 울렸다. 그의 얼굴을 희미한 웃음기가 스치고 지났다.

"특히 김칠성이가 눈에 불을 켜고 돌아다니고 있어. 놈을 얕볼 수가 없어. 생각보다 조직의 기반이 넓어."

"제 가족까지 찾고 다닙니다."

이철우가 얼굴을 찌푸리며 웃음을 띠었다.

"제 어머니를 찾으러 고향으로 똘마니를 보냈더군요."

"그놈 마누라는 어떻게 되었나?"

"아직 제가 데리고 있습니다."

"김칠성이는 마누라가 죽은 줄 알겠군."

"아마 그렇겠지요."

머리를 끄덕인 이무섭이 한동안 불꽃을 바라보다가 입을 열었다.

"놈의 마누라를 미끼로 놈들의 지휘 체제를 흔들어 보려고 했던 방법도 잘못 생각한 거였어. 놈들의 정신력은 보기보다 강하더구만."

"피도 눈물도 없는 자식입니다."

이철우가 뱉듯이 말했다.

"놈은 제 마누라가 납치당했다는 이야기를 아무한테도 하지 않은 모양입니다. 하다못해 언론에도 알리지 않았습니다."

"그야 도움될 일이 없으니까. 언론이야 시끄럽게 보도만 해줄 뿐이지, 그런 일에 도움이 되지는 않아."

"박 사장한테는 그 여자를 드럼통에 넣어 바다에 던졌다고 했습니다만."

"박 사장은 너무 과격하기만 해서 후유증이 염려가 돼. 그건 내가 잘 보완을 하고 있기는 한데……."

이무섭이 머리를 들고는 이철우를 찬찬히 바라보았다.

"이제는 김칠성이 조웅남을 대신해서 힘을 쥐겠구만. 그렇지?"

"그야, 조웅남이 병원에 있으니까요."

"그놈한테는 굴러 들어온 자리지."

이철우가 눈을 껌벅이며 그를 바라보았다.

"그놈들 세계에서는 형님이 죽거나 없어져야 형님 자리에 올라서게 되지. 형님은 끝까지 형님이니까. 우리처럼 능력이나 수단으로 진급하지 않는단 말이야."

나직한 목소리로 말하고 난 이무섭이 어깨를 추켜올렸다.

"우리는 군대에서 작전을 배웠고, 갖가지의 전투 방식을 익혀놓았어. 우리는 병사들의 사기를 올리는 방법과 적군의 사기를 떨어뜨리는 방법도 배웠어. 전쟁은 우리의 일이었어."

시선이 마주치자 이무섭이 흰 이를 드러내며 웃었다.

"나는 요즘처럼 피가 끓어오른 적이 없었어, 이 소령. 내 일생에서 말이야."

엘리베이터를 기다리며 서 있던 이재영은 왼쪽의 계단으로 몰려가는 한 무리의 사내들 쪽으로 몸을 돌렸다.

앞장서서 계단을 오르는 사내는 김칠성이었다. 조웅남만큼은 못 되지만 1미터 80센티미터가 훨씬 넘는 신장에 체중도 100킬로그램 이상이 될 것이다. 입을 꾹 다물고 턱을 치켜든 그의 표정은 살벌했다. 그래서인지 그의 뒤를 따르는 10여 명의 사내도 얼굴을 굳히고 있었다.

엘리베이터 문이 열렸으므로 이재영은 안으로 들어섰다. 그녀의 뒤쪽에 몰려 서 있던 외국인 투숙객들이 뒤를 따랐다.

조웅남이 습격을 받아 병원에 누워 있으니 이인자인 김칠성이 관리하는 것은 당연한 일이다.

무의식중에 머리를 든 이재영은 이맛살을 찌푸렸다. 엘리베이터는 어느덧 5층을 지나고 있었던 것이다. 4층의 단추를 누른다는 것을 깜빡 잊고 있었다.

방으로 들어선 이재영이 가방을 의자 위에 집어 던지고는 발을 흔들어 구두도 벗어 던졌다. 호텔 생활을 일주일째 하고 있어서 잠자리에 익숙해지기는 했지만 2, 3일 더 머물고 체크아웃할 작정이었다. 기사화되지 않는 취재를 백번 해봐야 소용없는 일이었고 부장인 안청준도 할 말이 없을 것이다.

재킷의 단추를 끄르던 이재영은 전화벨 소리에 몸을 돌렸다. 탁자 위에 놓인 흰색의 전화기에서 램프가 깜박이며 벨이 울리고 있었다. 젖가슴을 반쯤 내놓은 모습으로 이재영은 수화기를 들었다.

"여보세요."

─거기, 대한일보 기자인 이재영 씨 맞습니까?

대뜸 사내가 물어 왔다.

"네, 그런데요."

이런 전화에 익숙한 그녀였지만 이제까지 호텔로 이런 식의 전화가 온 적은 없다. 이재영은 의자에 앉아 수화기를 고쳐 쥐었다.

"그런데 왜 그러시죠?"

─수고하시는군요. 그런데 정보를 드릴 것이 있어서요.

사내의 목소리는 부드러웠다.

—이번 조직 간의 전쟁에 관한 정보입니다. 흥미 있으십니까?

"댁이 누군지를 말씀해 주시면 그 정보의 신빙성이 더 있겠는데요, 무슨 정보인지는 모르지만."

처음 생각 같아서는 그냥 듣기만 하고 싶었으나 이재영은 요즘 들어 무력감에 사로잡혀 있었다. 아무리 좋은 정보, 특종이라도 기사화되지 않으면 쓰레기인 것이다.

사내의 가볍게 웃는 목소리가 들려왔다.

—난 조직의 일원입니다. 그렇다고 김원국의 조직도, 그 반대의 세력도 아닙니다. 요즘의 전쟁을 방관하고 있는 조직이지요. 그러면 됐습니까?

"계속 말씀해 보세요."

짜증이 난 목소리를 애써 억누르며 이재영은 한 손으로 나머지 재킷의 단추를 풀어 내렸다. 그러고는 전화기를 귀와 어깨 사이에 끼고는 재킷을 벌렸다.

—김칠성 씨의 부인이 일주일 전에 납치당했어요. 그것을 내 눈으로 보았습니다.

재킷은 양쪽 어깨 밑으로 벌어진 참이었는데 이재영이 몸을 움츠리면서 수화기를 쥐자 다시 입혀졌다. 사내가 말을 이었다.

—저쪽 조직에서는 김칠성을 협박하려고 했던 것 같습니다. 내가 그들이 숨어 있는 곳을 알려드릴 수도 있습니다만.

"그것을 어떻게 증명할 수 있지요? 김칠성 씨의 부인이 납치당했다는 사실을 말이에요."

될 수 있는 한 천천히 그리고 또박또박 이재영이 물었다.

─김칠성 씨의 집에 연락을 해보시고, 그다음에 김칠성 씨의 주변을 조사해 보세요. 아마 그쪽은 철저히 감추려고 들겠지만 이재영 씨는 기자 아닙니까? 사실을 알아내실 수 있겠지요.

"왜 나한테 연락하셨지요?"

─당연하죠. 돈입니다.

"얼마나?"

─200만 원. 이런 정보 값치고는 헐값이죠. 특종이거든. 당신의 이름이 날릴 겁니다.

이재영이 혀를 내밀어 아랫입술을 축였다.

"나를 선택한 이유를 말씀해 주실 수 있어요? 다른 신문사도 많은데 말이에요."

─당신이 김칠성 씨와 제일 가까이 있지 않습니까? 위아래 층에 있기 때문이지. 그리고 당신만큼 이번 사건에 대해서 관심을 가지고 있는 기자도 없고, 특종 한 번 못 내는 당신이 안돼 보이기도 해서.

모조리 맞는 말이었으므로 이재영은 아랫입술을 깨물었다. 사내가 말을 이었다.

─어서 확인해 봐요, 시간이 없으니까. 하지만 은밀히 진행해야 할 거요. 난 패거리들이 몰려오는 것을 바라지 않아. 오직 당신한테만, 그렇지, 기자한테만 정보를 주고 싶어. 김칠성이가 제 마누라를 구하러 오는 것을 원하지 않는단 말이오. 왜냐하

면 나는 중립이니까.

"시간을 주세요, 생각할 시간을."

손목시계는 저녁 8시 반을 가리키고 있었다. 안청준은 아직 신문사에 있을 것이다.

—한 시간을 주겠소, 딱 한 시간.

사내의 목소리가 다른 사람으로 변한 듯 딱딱하게 들렸다.

—확인이 끝나면 현금 200만 원을 준비해 놓아요. 그러면 그 여자가 감금당하고 있는 곳을 알려줄 테니까.

"그건 어떻게 믿죠? 당신이 돈만 가져가고……."

—못 믿으면 할 수 없어.

사내가 소리치듯 말했다.

—그따위로 망설이다가 늙어 자빠지겠다! 서둘러! 할 거면 말이야!

전화가 끊겼으나 한동안 수화기를 내려다본 채 이재영은 움직이지 않았다. 조금 전에 아래층에서 보았던 김칠성의 험악한 얼굴이 떠올랐다. 그들의 조직 내부에서는 그의 부인이 납치당했다는 것을 알고 있을 것이다. 상대방은 그의 부인을 납치해서 협박하고 있는 중이다.

이재영은 자리에서 일어났다. 그러고는 재킷의 단추를 다시 채우기 시작했다.

홀에는 은은한 음악이 흐르고 있었다. 200평이 넘는 대형 클럽이었고 밤 10시여서 가장 손님이 들끓는 시간이었다. 김칠성은 홀의 통로 쪽 구석 자리에 앉아 플로어 쪽을 바라보았다. 빈 탁자를 찾을 수 없을 정도로 홀 안은 손님으로 가득 차 있었다. 무대 위의 밴드는 미국식 컨트리송을 연주하고 있는 중이었고 플로어에는 대여섯 쌍의 남녀가 흐린 조명 밑에서 흐느적거리듯 춤을 추고 있다.

위스키를 대여섯 잔 마시고 난 참이라 얼굴에서 열기를 느낀 김칠성은 손바닥으로 얼굴을 쓸었다. 그의 옆을 스치고 지나는 30대의 사내에게서 옅은 향수 냄새가 났다. 그를 따라 플로어로 나가는 여자의 정장 차림에서 장신구가 번쩍였다.

영동에 있는 블루힐클럽은 이제 30, 40대 장년층의 명소가 되어 있었다. 나이트클럽의 열기에 위축되고 카바레의 혼탁함에 식상한 사람들에게는 양쪽의 장점을 갖춘 데다 고급스런 분위기로 꾸며진 새로운 형태의 클럽이었다.

옆쪽의 통로에서 백동혁의 모습이 나타나더니 이쪽으로 다가왔다. 어깨를 늘어뜨린 그는 말없이 김칠성의 옆자리에 앉았다.

"형님, 별일은 없을 것 같습니다. 바깥에 애들을 대기시켜 놓았습니다만."

그는 물컵을 들어 한 모금을 삼켰다.

"저놈들은 클럽을 둘러보려고 온 모양인데요."

백동혁의 시선이 향하는 곳은 무대 옆쪽의 탁자였다. 사내네 명이 둘러앉아 있었는데 탁자 위에는 이미 술병과 안주가 가득했다.

"여기야 저희들이 직접 운영하니까 그렇지만, 다른 곳에서는 아마……."

말을 멈춘 백동혁이 힐끗 김칠성을 바라보았다. 다른 업소에서는 공짜로 술을 마시고 나갈지도 모른다는 이야기였다.

"이성용인가 그놈은 아직도 장안동에 있는 거냐?"

홀 안을 둘러보며 김칠성이 물었다.

"예, 형님. 그놈은 이쪽 역삼동의 조직에 들어오지 못했습니다. 그래서 정보가 정확하지 못합니다."

"돈에 매수되는 놈은 믿을 수가 없어. 언젠가는 또 배신하게 돼."

"예, 형님."

김칠성은 그의 스승이자 형님이기도 했다. 백동혁은 그의 언행을 교과서처럼 따르고 있었는데, 운동 신경이 뛰어난 데다 머리 회전도 빨랐으므로 이제는 김칠성의 표정만 보아도 그의 기분을 대충은 짐작할 수 있었다.

"하지만 지금은 쓸모가 많습니다, 형님. 어제도 열 명 정도의 전과자를 조직에 가입시켰다고 하더군요. 이성용이가 있는 클럽에서 술을 마셨답니다."

백동혁이 낮게 말하자 김칠성은 머리를 끄덕였다. 정기욱이란 존재는 그야말로 뜻밖의 인물이었다. 정기욱에 대해서 신경을 쓴 지 며칠 되지 않았으므로 그들이 언제부터 이쪽의 업소를 들락거렸는지 알 수가 없다.

정기욱의 부하들이 블루힐에 나타났다는 신고를 받고 부랴 부랴 달려왔으나 김칠성은 어쩐지 맥이 빠진 기분이 들었다. 뒤늦게 알아보았지만 정기욱은 독불장군이었다. 성격이 독하고 차가워서 후배들도 없었고 겨우 따른다는 것이 김동천과 차우석이라는 폭력 사기 출신 두어 명밖에 없다. 그가 조직을 이끌어 이쪽을 넘본다는 것은 아무리 생각해도 이해가 되지 않았던 것이다.

김칠성은 술잔을 내려놓고 머리를 들었다.

"저것들이 영동 바닥을 언제부터 휘젓고 다녔는지를 알아보아야겠다."

"알아보지요, 형님."

백동혁이 눈을 치켜떴다.

"지금 데리고 나갈까요?"

"술 마시고 나갈 때까지 기다려. 그리고 또 물어볼 것이 있는데."

"제가 물어보지요, 형님."

두 눈을 껌벅이며 김칠성이 그를 바라보다가 이윽고 머리를 끄덕였다.

"저놈들이 저렇게 노골적으로 이곳에 나타난 것을 보면 뭔가 믿는 구석이 있는지도 모른다. 조심해서 다뤄."

"아직 우리가 모르고 있다고 생각하는 것 같은데요."

"제정신이 박힌 놈 같으면 부하들을 저렇게 풀어놓지 않는다."

사내들을 바라보던 백동혁의 얼굴이 굳어졌다.

"잘 알겠습니다, 형님."

"배후에 누군가가 있어. 하다못해 자금을 대는 놈이라도."

김칠성이 턱으로 사내들을 가리켰다.

"저것들은 미끼인지도 모른다."

사내들이 술잔을 들고 건배를 하는 모양이었다. 미끼치고는 꽤 팔팔하다는 생각이 든 백동혁이 머리를 돌렸다.

박한일은 연립주택의 정문 안으로 들어서서는 머리를 돌려 뒤쪽을 바라보았다. 영하 10도가 넘는 추위였고 회초리로 때리는 것 같은 바람이 얼굴에 부딪쳐 왔다. 짙은 어둠에 싸인 상가 건물과 골목길이 보였다. 이태원의 해방촌이라고 하는 산등성이의 주택가였다. 밤 12시가 넘은 시간인 데다 추위가 심하기 때문인지 인적은 없다.

어깨를 움츠린 박한일은 점퍼 호주머니에 두 손을 찌르고는 연립주택의 현관으로 다가갔다. 현관의 유리문이 바람에 떨어져 나갈 듯이 덜컹이며 흔들리고 있었다. 현관문을 어깨로 밀고 들어선 박한일은 아래쪽으로 내려가는 계단으로 다가갔다. 그의 집은 연립주택의 지하였다. 서너 걸음에 계단을 뛰어 내려가 주머니에서 열쇠를 꺼내 드는데 뒤쪽의 계단에서 인기척이 났다. 사내 한 명이 계단을 내려오고 있었다.

박한일은 아래에서 올려다보는 상황이었고, 내려오는 사내는 왜소한 데다 한 걸음씩 내려올 때마다 허리가 앞뒤로 건들거렸다. 그의 뒤쪽에는 아무도 없었다.

"당신, 누구요?"

박한일이 거칠게 물었다. 우선 짚이는 것은 강만철이나 김칠성의 조직이었으나 아무래도 이놈은 낯이 설다. 사내는 계단 중간에서 멈추어 섰는데 둘 사이의 거리는 2미터쯤 되었다.

"혼자 살고 있으면 같이 들어가는 것이 낫겠는데. 꽤 춥구만."

사내가 찌그러진 눈시울을 더욱 굽히면서 그를 향해 웃었다.

"이런 빌어먹을, 넌 누구야?"

박한일이 어깨를 폈다. 계단의 입구를 막고 서 있는 상태라 문이 닫힌 집 안으로 들어가거나 놈을 치고 나가야 한다. 그는 계단 쪽으로 발을 내디뎠다.

"널 잡으려고 두 시간을 떨었어, 클럽에서부터. 네놈들 중에서 네가 제일 센 놈같이 보이더군."

오히려 위쪽에서 한 계단을 내려왔으므로 박한일은 내밀었던 발을 거두어들였다.

"자아, 여기."

갑자기 한 손을 등 뒤로 가져가더니 50센티쯤 되어 보이는 경찰봉과 비슷한 것을 꺼내어 들었다.

"네가 순순히 따를 놈이 아니라고 생각해서. 맨손으로 싸울 놈도 아니겠고."

사내가 한 계단을 더 내려오자 박한일은 허리춤에 찔러 넣은 단검을 꺼내어 들었다. 흰 날이 섬뜩하게 보였다.

"그까짓 나무토막으로 뭘 어쩌려고, 자식아. 내가 회를 쳐주마."

박한일은 우선 단검을 좌우로 휘둘러 사내와의 간격을 만들고 난 다음 이를 드러내며 웃었다.

"강만철이의 똘마니로군. 사람 잘못 찾아왔다."

입으로는 지껄이면서도 단검의 흰 날이 전후좌우로 휘둘러져 왔으므로 백동혁은 서너 계단을 뒤로 물러났다. 칼날이 시멘트벽에 부딪치는 날카로운 소리가 났다. 박한일은 필사적이었다. 계단을 올라가 연립주택의 밖으로 뛰쳐나갈 생각인 듯했다.

그는 곧장 다가왔다. 곤봉쯤으로는 한두 대 맞더라도 이쪽에서 찌르고 보겠다는 얼굴이었다. 좌우로 휘두르던 칼의 방향을 바꾸면서 박한일이 그의 배를 향해 깊게 팔을 뻗자 휘청 몸을 기울였던 백동혁이 쥐고 있던 곤봉으로 박한일의 정수리를 쳤다.

따악 하는 소리가 경쾌하게 울렸고 그 순간 박한일은 머리를 흔들며 멈추어 섰다. 초점이 없는 멍한 시선으로 앞쪽을 바라보았는데 입은 반쯤 벌어져 있다.

다시 백동혁의 곤봉이 아래에서부터 솟구쳐 올라가 턱을 찍자 박한일은 계단 밑으로 굴러떨어졌다. 백동혁은 계단을 내려가 바닥에 구겨지듯 널브러져 있는 그의 주머니에서 열쇠를 꺼내어 들었다.

"형님, 거들어 드릴까요?"

계단 위쪽에서 이강일의 목소리가 들렸다.

"이 자식은 약을 먹은 놈 같군요. 머리만 건들거리고 있는 걸 보니."

계단을 내려온 이강일이 박한일의 겨드랑이를 뒤쪽에서 꼈
다. 백동혁은 문의 손잡이 구멍에 열쇠를 끼워 넣었다.

백동혁이 계단을 오르는데 뒤쪽에서 따르던 이강일이 투덜
거렸다.

"지기미, 저 여우같은 년은 언제까지 여기 있을 거여? 이거
신경 쓰여서 정말."

머리를 돌린 백동혁은 엘리베이터 쪽에서 이쪽으로 다가오
는 이재영을 보았다. 시선이 마주치는 순간 머리를 돌렸는데 그
녀도 이쪽 계단을 이용할 모양이었다. 서너 걸음을 더 올라 2층
으로 향하는 꼬부라진 계단으로 향하는데 뒤쪽에서 부르는 그
녀의 목소리가 들렸다.

"저 좀 보세요, 잠깐만요."

"지기미."

이강일이 투덜거리며 돌아섰고, 백동혁은 걸음을 멈추지 않
았다.

"저, 말씀드릴 것이 있는데요, 저분한테."

뒤쪽에서 이재영의 말소리가 들려왔다

그녀가 대한일보의 사회부 기자이고 강만철과 조웅남의 허
락하에 사건을 취재하고 있다는 것은 알고 있다. 그렇지 않았
다면 매일 눈앞에서 어른거리는 그녀를 어떻게든 몰아내었을
것이다.

몸을 돌린 백동혁이 찌푸린 얼굴로 그녀를 내려다보았다. 머리가 마치 들풀처럼 어지럽고 풍성하게 흐트러져 있었고, 흰 얼굴의 검은 눈동자가 똑바로 이쪽으로 향해져 있다.

"무슨 일입니까?"

그렇게 묻는 사이에 그녀는 이강일의 옆을 지나 계단을 올라왔다. 이제는 그녀의 입가에 있는 조그만 점까지도 보였다.

"중요한 일이에요. 선생님한테만 여쭈어 볼 일인데요."

"이런 지기미."

따라 올라온 이강일이 다부져 보이는 머리를 치켜들었다. 눈을 잔뜩 치켜뜬 표정이었다.

"어이, 기자. 우리 형님은 바빠. 할 말이 있으면 나한테 하라구."

"까불지 말어."

얼음 덩어리가 떨어져 내리는 듯한 분위기의 백동혁이 늘어진 눈시울을 치켜떴다. 이강일은 입을 따악 벌리고 있다.

"난 당신들 형님의 형님을 직접 만나서 허락을 받은 사람이야. 내가 중요한 일로 도움을 줄지도 모르는 판에."

이재영의 시선이 백동혁에게 곧장 쏟아져 왔다.

"백동혁 씨, 시간이 없어요. 무엇인가를 확인하고 결정해야할 일이에요. 그것이 당신의 형님에 관한 일이란 말이에요."

두어 번 눈을 깜박이며 그녀를 바라보던 백동혁이 머리를 끄덕였다.

"좋시다, 저리로 갑시다."

그가 턱으로 가리킨 곳은 2층 복도 끝에 있는 사무실이었다.
전에는 여행사의 사무실이었는데 옮겨 가는 바람에 잠시 비어
있는 곳이다. 이강일이 찌푸린 얼굴로 문 앞을 지켜 섰고 백동
혁과 이재영은 안으로 들어가 빈 의자에 앉았다.

"뭡니까, 중요한 일이란?"

턱을 들며 백동혁이 묻자 이재영은 숨을 들이마셨다가 천천
히 뱉어냈다.

"저, 김칠성 부사장님의 집안 문제인데요, 사모님이 홍콩에
계세요?"

백동혁의 얼굴에서 시선을 떼지 않고 이재영이 물었다. 백동
혁이 늘어진 눈시울을 치켜뜨는 대신 턱을 들었다. 그러나 표정
에는 변화가 없다.

"댁에 연락을 해보니까 전화를 받는 사람이 없고, 혹시나 해
서 친정집에 해보았더니 갑자기 홍콩에 가셨다고 해서요."

"그럼 홍콩에 가신 모양이구만."

백동혁이 그녀의 시선을 맞받으며 조그맣게 머리를 끄덕였
다.

"그래서 사모님이 연락이 없으셨구만."

"회사 일로 가셨다던데."

"그래요? 그럼 그러신 모양이구만."

눈썹 사이를 좁힌 이재영이 그를 빤히 바라보았다.

"회사 일로 가셨는데도 모르고 계셨단 말이에요?"

"네."

"백동혁 씨가 도와주시지 않으면 저 제 마음대로 기사를 쓰겠어요. 그래도 좋아요?"

백동혁이 머리를 끄덕였다.

"그거야 당신 마음이지요. 하지만 엉뚱한 이야기 쓰셨다가는 큰일을 당하실 텐데."

"엉뚱한 이야기가 아녜요. 근거가 있는 이야기니까."

이재영이 의자를 끌어당겨 다가앉았으므로 백동혁은 상체를 뒤로 젖혔다.

"제보가 들어온 일이니까 그저 사실만 말씀해 주세요. 다행히 제가 받게 되었으니까 이렇게 확인하는 것이지, 다른 사람이 그랬다면 보도부터 하고 볼 거예요."

"제보라니, 무슨 제보란 말이오?"

백동혁의 목소리는 억양은 변함이 없었으나 조금 느렸다.

"김 부사장님의 부인이 납치당했다는 제보예요."

"누구한테서 그 말을 들었습니까?"

"그건 모르겠어요. 그 말만 하고 전화가 끊겼으니까."

"어떤 미친놈인지도 모르는데 그 말을 믿는단 말이오?"

"이쪽도 분명한 것이 없어요. 홍콩에 갔다는 것도 확실하지 않고."

"더럽군."

문득 백동혁이 입술을 비틀면서 머리를 한쪽으로 돌렸다.

"기삿거리 찾으려고 하는 수작이. 이건 아주 재미있는 모양이야."

"말씀해 주시면 저는 못 들은 것으로 하겠어요. 그건 약속할 게요."

이재영이 눈을 치켜뜨고 백동혁을 바라보았다. 긴장한 얼굴이었다.

"백동혁 씨는 사실을 알고 계신다고 믿어요. 그러니까 사실만 말해주세요. 그렇지 않으면 저는 추측 기사를 쓸 수밖에 없어요. 백동혁 씨 말대로 책임 없는 기사를 말이에요."

"내가 당신을 어떻게 믿어?"

"약속할게요."

이재영이 다시 바짝 다가앉았다.

강한석 장관은 승용차의 뒷자리에 등을 묻고는 무심한 시선으로 창밖을 바라보았다. 신선한 가죽 냄새가 코에 스며들었고 대형 승용차는 약간의 진동만 느껴질 뿐 엔진 소리도 들려오지 않았다. 차는 한남대교를 건너가고 있는 중이었다. 강변을 따라 번쩍이는 등불을 보고 외국에 있는 것처럼 느끼는 사람도 있다고 한다.

강한석은 길게 숨을 내쉬었다. 대한민국도 이제는 선진국의 문턱에 들어섰다. 20년 전의 한강은 오물과 쓰레기가 떠다니던 하수구와 마찬가지였다. 그러나 지금은 환경 문제에도 각별히 신경을 쓰는 선진국인 것이다. 불덩이 하나가 강심에 떠 있는 것이 보였다. 유람선이었다.

강한석은 허리를 세우고는 조그맣게 트림을 했다. 대통령과의 식사가 끝나면 언제나 소화가 잘되지 않는다. 긴장해 있기 때문인데 어떤 때에는 무엇을 먹었는지 기억이 나지 않을 때도 있다.

목을 세운 강한석은 낮게 헛기침을 했다. 대통령과 독대한 만찬이었다. 비공식으로 이루어진 자리였지만 이 소문은 이미 주요 관료들과 집권 여당의 주요 당직자들, 군의 고위 장성들과 정부 기관의 고위급 임원들에게 알려져 있을 것이다. 적어도 내일 오전이면 지방의 관리들, 그리고 대부분의 국민들까지도 알게 된다. 그것이 어떤 내용인지는 그들에게 그다지 중요하지 않다. 대통령과 독대하여 저녁을 먹었다는 사실만으로 강한석은 다시 한 번 단단히 기반을 굳힌 셈이 되었다.

가죽 등받이에서 머리를 뗀 강한석은 앞쪽에 꽂혀 있는 카폰을 빼내어 들었다. 다이얼을 누르면서 손목시계를 내려다보자 밤 9시가 반이 되어 있었다. 그러나 하석재는 기다리고 있을 것이다. 전화가 오지 않았을 때가 더 불안한 밤이 될 것이라는 것을 강한석은 경험으로 알고 있었다.

─여보세요.

신호가 두 번쯤 울렸을 때 대뜸 하석재의 목소리가 들려왔다.

"하 청장, 납니다."

─아, 장관님. 기다리고 있었습니다.

하석재의 굳어진 얼굴이 눈앞에 보이는 것 같았으므로 강한석은 턱을 들었다.

—잘 끝나셨습니까?

"잘 끝나고 말고가 없지요. 그저 말씀만 듣고 나온 참이니까."

—아아, 네.

그 말씀이 무엇이었느냐고 묻고 싶은 마음이 굴뚝같을 것이다. 그러나 하석재는 잠자코 기다리고 있었다.

"이번의 폭력배 사건, 보고를 드렸습니다. 각하께서는 대단히 걱정하고 계셨어요. 더욱이 올해가 관광 진흥에 더욱 신경을 써야 하는 해이고, 경제 부흥에 더욱 박차를 가해야 하기에."

—아아, 네, 그렇습니다. 제가 보고드린 것도 그것이…….

강한석은 머리를 돌려 창밖을 바라보았다. 승용차는 쭉 뻗은 강남대로를 내려가고 있는 참이다. 앞쪽에서 달리고 있는 검정색 승용차는 경찰청 소속의 경호차이다. 거기에서 무전으로 지시하는 모양이라고 강한석은 짐작하고 있었다. 승용차는 몇 개의 사거리를 신호 한 번 걸리지 않고 통과하고 있었다.

강한석이 말을 이었다.

"총기 사건은 밀수해 들어온 것 같다고 말씀드렸어요."

—밀수업자를 단속하겠습니다. 항구와 공항을 철저하게 검문 검색하겠습니다.

"이런 일이 재발되지 않아야 합니다. 내가 말하고 싶은 것은 그것뿐입니다."

—물론입니다, 장관님.

하석재의 말투는 한숨 돌렸다는 기색이 역력했다. 그가 밝은 음성으로 다시 말했다.

―염려하지 마십시오. 전 경찰력을 동원해서라도 조직폭력배들이 더 이상 사회를 불안하게 만들지 못하도록 하겠습니다.

수화기를 내려놓은 강한석은 다시 어깨를 등받이에 대고는 창밖을 바라보았다.

대통령과는 학교의 선후배 간이었고, 그가 정치인으로 성장하는 동안 이쪽은 학자의 길을 걸어 왔다. 강한석은 이중섭 대통령이 사심이 없고 국가와 민족을 위해서는 목숨까지도 버릴 사람임을 믿고 존경해 왔던 것이다. 작년 말에 갑자기 대통령의 전화를 받고 내무부 장관으로 일해 줄 것을 부탁받았을 때 강한석은 서슴지 않고 한국대학의 사회학과 주임교수 자리를 내던졌다. 그도 이중섭의 밑에서 국가와 민족을 위해 봉사하고 싶었기 때문이다. 그러기 위해서 이중섭이 대통령 후보에 입후보할 때부터 도왔고, 대통령에 당선되고 나서는 사회문제연구소를 차려 그에게 자문을 해주었다.

강한석은 자신의 꿈을 이중섭이 뚜렷하게 읽고 있다고 믿었다. 그것은 통일과 번영, 그리고 안정의 영광을 모두 이중섭에게 증정하고 싶다는 것이다.

승용차는 강남대로를 직진해 가더니 과천 방향으로 방향을 틀었다. 그의 뒤쪽을 갖가지 형태의 승용차들이 속력을 내며 따라붙고 있었는데 오늘따라 잘 뚫리는 길에 모두 신바람이 나 있는 것처럼 보였다.

제5장
내부 갈등

밤의 대통령

안기부장 이찬형이 상황실로 들어서자 제3차장인 고성섭과 서너 명의 간부 직원들이 일제히 자리에서 일어섰다. 머리를 가볍게 끄덕여 보인 이찬형은 원탁의 끝부분에 앉았다. 고성섭과 간부들이 잠자코 따라 앉자 이찬형이 서두르듯 입을 열었다.

"고 차장, 시작하세요."

"네."

고성섭이 앞에 놓인 서류를 펼쳤다.

"김원국의 조직은 이제 조직이라고 말할 것이 못 됩니다. 4년 동안 그들 밤의 조직은 대부분이 기업체로 양성화되었고 조직원은 대부분이 월급에서 세금을 떼는 직장인이 되었습니다."

상황실은 20명이 한꺼번에 회의를 진행할 수 있도록 스피커

장치에다가 각자의 의자 옆쪽에는 컴퓨터의 모니터가 놓여 있었다. 고성섭의 말소리가 다시 방 안을 울렸다.

"따라서 밤의 세계는 양성화되었고 정화되었다고 볼 수도 있었습니다. 극히 일부분의 지역을 제외하고는 폭력배들의 금품 갈취나 조직 간의 영역 다툼이 없어졌던 것입니다. 김원국의 조직은 양성화되었지만 자신들이 운영하는 업체들뿐만 아니라 주변의 모든 업체를 보호해 주는 상황이었습니다."

"잠깐."

이찬형이 머리를 들었다.

"그렇다면 무보수로 보호해 주었단 말이오?"

"그렇다고 볼 수도 있습니다. 어떤 조직이 그들의 업체에 금품을 요구한다면 그것은 김원국의 권위에 대한 도전으로 간주됩니다. 그런 일은 일어날 수 없습니다."

이찬형이 계속해 보라는 듯 머리를 끄덕였다. 고성섭이 말을 이었다.

"이번에 일어난 일련의 사건들은 김원국의 조직에 대한 정면 도전입니다. 다시 밤의 세계를 혼란 상태로 빠뜨려서 패권을 쥐겠다는 음모로 보입니다."

고성섭이 앞에 놓인 물컵을 들어 한 모금 마신 다음 말을 이었다.

"그들은 조직적으로 김원국 세력의 중간 간부들을 공격했는데, 지난 1월 초에 일제히 기습해서 미처 방지할 틈을 주지 않았습니다. 그러고는 종적을 감추었지요."

상황실에는 서류를 넘기는 소리만 들려왔다.

"그들은 또 300여 개의 주요 유흥업소와 서비스 업체에게 그들 조직으로 세금을 내라는 통보를 했습니다. 시한은 제각기였습니다만, 대부분이 일주일에서 열흘 사이였고 계좌번호도 모두 다릅니다. 업체들이 말해 주지 않으면 추적이 불가능합니다."

"……"

"그 후로 콘티넨털호텔의 오정문 사장 피습 사건, 조웅남 사장의 총격 사건 등으로 김원국의 조직은 극도로 혼란 상태에 빠져들었습니다. 이대로 가다가는 조직이 붕괴될 것입니다. 지금까지는 상황 설명을 드렸습니다."

머리를 끄덕인 이찬형이 서류를 넘겼다. 고성섭이 말을 이었다.

"다음에는 공격자의 정체에 대한 보고를 드리겠습니다. 피해자의 증언을 듣거나 상황을 조사해 보면 공격자는 잘 훈련된 집단이라는 것을 알 수 있었습니다. 부상당한 동료를 재빠르게 수송하고, 증거를 남기지 않았습니다. 이제까지 조사해 본 결과 공격자는 조직폭력배이거나 예전에 밤의 세계에서 활동했던 사람들이 아닙니다."

"그 이철우라는 사람, 여기 적혀 있소?"

서류를 넘겨 보면서 이찬형이 묻자 고성섭이 머리를 끄덕였다.

"네, 그 부분은 사정상 구두로 말씀드리겠습니다. 이철우는 특공대 출신의 예비역 소령이었고, 작년 초에 전역을 했는데 군에서의 인과관계는 기무사에서 조사하고 있습니다. 전역 동기는 개인 사업을 하겠다는 것이었습니다만, 저희들이 조사한 바로는 군 생활에 희망이 없다고도 했다는군요."

이찬형이 서류에서 눈을 떼고는 잠자코 고성섭을 바라보았다. 그들의 시선이 잠깐 마주쳤고 곧 제각기 머리를 돌렸다. 가슴을 편 고성섭이 다시 말을 이었다.

"경찰에서 그를 찾고 있고, 김원국의 조직에서도 맹렬히 찾고 있습니다. 그를 잡으면 곧 드러나리라고 생각합니다."

"여기 적혀 있는 정기욱이라는 인물, 알리바이가 없습니까?"

고성섭이 읽는 속도보다 빠르게 이찬형은 서류를 읽은 모양이었다. 그가 서류의 아랫부분을 짚었다. 그것은 고성섭을 힘들지 않게 하려는 배려였다.

"네, 부장님. 정기욱과 주변의 주요 인물들의 알리바이는 확실합니다. 그들은 사건들과 관련이 없었습니다."

"하필 이 상황에서 역삼동에 전과자들을 모으다니, 그것도 200명씩이나."

"취업의 길이 막혀서 생활고에 시달리는 전과자들에게 건전한 직장을 주겠다는 취지였습니다. 해당 기관의 좋은 선전 자료가 되고 있습니다."

"어학 테이프를 판매하는 유통 회사란 말이오?"

"네, 테이프를 도매로 넘겨받아 전화나 가정 방문을 통해 소매로 팝니다만 실적은 부진합니다."

"언제든지 조직 집단으로 변할 수가 있는 놈들이군."

"약삭빠른 놈들입니다. 정부의 시책에 발을 맞추었고 사회적으로도 명분이 있는 입장이라 저희들은 감시만 하고 있습니다."

입맛을 다신 이찬형이 서류에서 머리를 들었다. 의자에 등을 기대고 앉자 고성섭이 말을 이었다.

"저희들의 활동 계획과 대책을 말씀드리겠습니다. 우선 첫째로 김원국의 조직에 대한 경계를 더욱 강화시키는 것이 바람직합니다. 아직 공격자의 정체가 파악되지 않는 시점이어서 그것이 그들을 보호해 주는 역할도 될 것입니다."

"……."

"둘째로 정기욱을 비롯한 범죄 예정자들의 목록을 작성하여 감시시키겠습니다. 이것은 검경의 수사 방향과 같으므로 상호 공조 체제를 유지하겠습니다."

머리를 끄덕인 이찬형이 서류를 덮었다.

"어젯밤에 내무부 장관이 각하께 이 사건을 보고했어요. 우선 경찰의 수사 상황만을 보고한다고 했는데……"

고성섭과 시선이 마주친 이찬형이 입술 끝을 올리며 얼굴에 웃음을 띠었다.

"내 생각엔 우리보다 더 깊은 상황 보고는 아닌 것 같아요. 그리고 각하께서 나까지 부르실 일이라고는 생각지 않으신 것 같고."

"부장님, 죄송합니다만 각하께서는 생각지 않으실 것 같다고 하셨습니다만."

고성섭이 똑바로 머리를 들고 그를 바라보았다. 그는 군 출신으로 정보부에 파견되었다가 눌러앉게 되었는데 업무 능력이 뛰어나 부장이 바뀔 때마다 승진을 거듭하여 지금은 국내 범죄를 담당하는 제3차장이 되어 있었다. 대통령 비서관 출신으로 국회의원이 되었다가 안기부장으로 임명된 이찬형이 정치인의 기질이 있다면 그는 행정가 타입이었다.

"부장님의 의견은 어떠신지 듣고 싶습니다."

고성섭의 말에 옆쪽에 앉은 과장급 간부들이 몸을 굳히며 긴장하는 것이 보였다.

이찬형이 눈꼬리를 내리면서 입술 끝을 올렸다. 입만 벌리지 않았을 뿐 활짝 웃는 얼굴이 되었다.

"고 차장은 이 문제를 정치적인 잣대로 재려고 하는데, 아직 상황도 막연하고 따라서 대책도 확실하지 않아요. 이런 상황에서 그런 분위기로 보고를 드릴 수가 없어요. 각하께서도 같은 생각이실 것이고."

"……."

"나는 고 차장을 믿어요. 전권을 맡길 테니 수사해 주세요. 내가 필요할 때는 언제든지 도와드릴 테니까 수시로 보고해 주시고."

"알겠습니다, 부장님."

고성섭이 앉은 채로 깊숙하게 머리를 숙였다. 비슷한 나이였으나 이찬형은 갖은 곡절을 겪은 사람이다. 곧고 맑은 일만 파고들었던 고성섭을 다루는 데 여유가 있었고, 그것이 고성섭을 편안하게 만드는 모양이었다. 머리를 든 고성섭의 얼굴은 풀려 있었다.

*   *   *

아파트의 문은 잠겨 있지 않았다. 두어 번 두드려 보다가 슬쩍 밀어 보자 소리 없이 열렸는데, 인기척도 없는 데다 불이 환하게 켜져 있어서 불이 꺼져 있을 때보다도 으스스한 기분이 들었다.

"잠깐, 내가 먼저."

한수영이 나지막하게 말하고는 어깨로 문을 밀고 아파트 안으로 들어섰다. 어디선가 아이의 울음소리가 났고 어른들의 웃음소리도 들렸다. 20평형의 서민 아파트인 것이다.

"이것, 빈집 아냐? 쥐새끼 한 마리 없구만그래?"

한수영의 목소리가 아파트를 쩌렁 울렸다.

"어쩐지 일이 쉽게 풀린다고 생각했어. 이런, 제기랄."

긴장이 풀린 탓도 있을 것이다. 커다란 카메라를 목에 걸고 다른 한 개는 비스듬히 걸쳐 메고 있는 그는 사진기자였다. 40대 중반으로 전쟁터를 수십 군데 거쳐 온 백전노장이었는데 안청준이 이재영에게 붙여 준 사람이었다. 이재영은 아파트 안으로 들어섰다. 손바닥만 한 아파트여서 둘러보고 말 것도 없다. 구둣발인 채로 한수영은 안방에서 이쪽으로 다가오는 중이었다.

"없어, 아무것도."

그의 말대로 빈 아파트였다. 응접실에 소파 세트만 놓여 있을 뿐 가구 하나 없는 깨끗하게 비어 있는 집이었다.

"돈만 떼였어, 200만 원. 이런, 젠장."

낡은 가죽 소파에 털썩 앉으면서 한수영이 이재영을 바라보았다. 의외로 밝은 얼굴이어서 이재영이 눈을 껌벅이며 그의 시선을 받았다.

"내 돈 떼인 것은 아니니까. 어쨌든 스릴은 있구만, 오랜만에."

아랫입술을 깨문 이재영은 응접실을 건너 닫힌 베란다의 유리문을 열었다. 겨울밤의 찬바람이 응접실로 몰려 들어왔다. 백동혁에게 한세라의 납치 사실을 아느냐고 대뜸 묻자 그는 와락 덤벼들 듯한 자세를 보였다. 그러고는 자신은 모른다는 것이었다. 그는 아예 문을 가로막고는 그런 이야기를 어디에서 들었느냐고 오히려 이쪽을 심문하기 시작했다. 눈에 불을 켜고 있었는데 그것을 바라보던 이재영은 전화의 내용을 이야기해 주었다. 아무래도 털어놓고 협조를 구하는 것이 낫다고 믿었던 것이다. 한세라는 집에도 없었고 친정에도 없었다. 친정어머니는 한세라의 친구라고 자신을 소개한 이재영에게 갑자기 홍콩에 가더니 전화 한 통 없다고 푸념을 늘어놓았던 것이다.

백동혁은 결국 한세라가 납치당했다는 사실을 털어놓았고 김칠성이 입을 다물고 있으라고 해서 괴롭다고까지 했다. 전화의 내용을 들은 그가 자신도 오겠다는 것을 겨우 진정시켜 놓왔다. 김칠성 일당이 시끄럽게 굴면 불행한 일이 일어날 거라는 전화상의 말을 전해준 것이 효과가 있었던 것이다.

"이 집에 감금시켜 놓았다면 무슨 흔적이 있을 텐데."

뒤쪽에서 한수영의 말소리가 들려왔다.

"이건 뭐야?"

튀는 듯한 그의 말소리에 이재영이 몸을 돌렸다. 한수영이 한 손에 구겨진 노란색 봉투를 쥐고 있었다. 응접실의 구석에 팽개친 듯 놓여진 봉투였고 이재영도 지나치며 보았던 것이다.

한수영은 봉투의 안을 들여다보고 있었는데 시선을 떼지도 않고 움직이지도 않는다. 이재영이 두어 걸음 그에게로 다가가자 한수영은 봉투를 거꾸로 들었다. 그러자 봉투 속에 든 내용물이 응접실 바닥으로 쏟아져 내렸다.

이재영의 눈에 띈 것은 길고 검은 한 움큼의 머리카락이었다. 가슴이 내려앉는 느낌이 든 이재영은 걸음을 멈추었다. 머리카락은 여자의 것이었다. 머리카락과 함께 서너 장의 폴라로이드 사진이 떨어져 내렸고, 흰 종이가 맨 나중에 떨어져 내렸다. 한수영이 응접실 바닥에 한쪽 무릎을 꿇고 앉아 사진을 집어 들었다.

"이 여자인 모양이군."

걸음을 떼어 그의 어깨 뒤로 다가선 이재영은 한세라의 모습을 보았다. 긴 머리가 헝클어져 있었고 지친 듯한 눈으로 이쪽을 보고 있었는데 미인이었다.

"여기에 있었던 거야, 이 여자가."

사진을 들여다보면서 한수영이 말했다.

"여기서 찍은 거야. 한 장은 안방에서, 그렇지, 이것은 저기 응접실의 구석에 앉혀 놓고 찍었군."

이재영은 편지지를 집어 들었다. 예상했던 대로 무엇인가가 적혀 있다. 흘려 쓴 글씨였는데 한눈에도 꾸며 쓴 것이라는 걸 알아볼 수 있었다.

"사진과 머리칼을 놓고 간다. 김칠성과의 계약 이행이 아직 끝나지 않았기 때문에 이 여자를 돌려줄 수는 없다."

몸을 틀어 그녀가 쥔 편지지를 들여다본 한수영이 머리를 끄덕였다.

"어쨌든 특종감이야. 사진과 머리카락, 그리고 편지까지 증거는 확실하게 확보되었어."

"그 사람은 우리를 속였어요. 이곳에 한세라 씨가 있다고 했는데."

김칠성에게는 말할 것도 없고 경찰에 신고를 한다면 한세라는 그 순간 시체가 될 것이라고 그 사내는 경고를 했던 것이다.

"이재영 씨는 아직 순진하군."

자리에서 일어선 한수영이 손바닥으로 엉덩이를 두드려 털었다.

"놈들의 의도를 생각할 필요가 없어. 우리가 경찰에 신고를 했다면 수십 개의 신문사가 몰려왔을 것이고, 김칠성 씨한테 알렸다면 아마 우리가 찾은 이것들을 가로채고는 보도하지 못하게 했을 거야. 오늘은 우리의 날이야. 대한일보가 특종을 때리고 이재영 씨가 이름을 날리는 날이야."

아파트에는 더 이상 미련이 없다는 듯 한수영이 현관 쪽으로 발을 떼었다.

그의 뒷모습을 보자 등이 으스스해진 이재영이 뒤를 따랐다. 그러자 문득 안청준이 이번 기사를 보도해 줄 것이라는 생각이 났다.

방으로 들어서는 김칠성의 얼굴에 시선을 준 채로 강만철은 움직이지 않았다. 각이 진 얼굴이 더욱 두드러져 보였고 입술은 굳게 다물어져 있었다. 강만철의 옆쪽에 앉아 있던 고태석이 엉거주춤 엉덩이를 들면서 상체를 반쯤 세웠다.

다가온 김칠성이 온몸을 던지듯이 소파에 앉자 삐거덕거리는 소리가 들렸다.

강만철이 턱을 들었다.

"얼마나 되었어?"

억눌린 듯한 음성이었다. 김칠성이 머리를 돌려 옆쪽의 책상 모서리를 바라보았다.

"오늘까지 열흘째요."

그의 말소리는 허공에 떠 있는 것처럼 들렸다. 고태석이 침을 끌어모아 삼켰다.

"왜 우리한테, 아니 나한테만이라도 이야기하지 않았어?"

"이야기해서 뭘 해요? 우리가 이런 일 한두 번 당해 보나?"

흐트러진 머리칼을 손가락으로 쓸어 넘기면서 김칠성이 입술을 비틀었다.

"그까짓 놈들, 날 잘못 생각한 거지."

"이 신문 좀 봐라."

강만철이 탁자 위에 펼쳐진 신문을 턱으로 가리키자 김칠성이 다시 머리를 다른 쪽으로 틀었다.

"읽었수."

"네가 계약 이행할 것이 남아 있어서 풀어주지 못한다는데."

"개소리요, 계약은 무슨."

"놈들이 연락은 해왔겠지?"

"한 번 왔는데, 죽이든 살리든 마음대로 하라고 하고는 끊었어요."

그러던 김칠성이 머리를 들었다. 광대뼈의 튀어나온 부분에 검은빛이 돌고 두 눈의 흰자위가 실핏줄로 덮여 있었다.

"형님, 더 이상 묻지 마시오. 이 개 같은 신문기자 년이 특종이랍시고 무작정 신문에 낸 거요. 내 이야기는 들어 보지도 않고."

강만철을 쏘아보면서 그가 말을 이었다.

"놈들의 모략이오. 그래서 우리 조직을 내부에서 흔들어 보려는."

"물론 그건 나도 알아."

"알면 되었습니다."

"신문사와 인터뷰를 해라, 거절하지 말고."

"못 합니다."

김칠성이 머리를 저었다.

"할 말도 없고."

"네가 그럴수록 그놈들이 좋아할 거다. 언론도 마찬가지고. 넌 놈들과 계속 연락을 하는 것으로 되어 있어, 신문에."

강만철이 상체를 세우고는 손가락으로 신문의 한 귀퉁이를 짚었다. 한세라의 사진이 커다랗게 실려 있는 옆 부분이다.

"추측 기사라고는 하지만 넌 이제까지 놈들의 요구 조건을 들어주고 있었던 것으로 되어 있단 말이다."

"4층에 있던 년이오. 찾았더니 없어졌던데, 잡으면 두 손을 잘라 버릴 거요."

"부하들이나 다른 사람들이 오해할 수도 있다."

"그럴 리가 없습니다, 형님."

김칠성이 머리를 들고 똑바로 강만철을 바라보았다.

"적어도 저를 아는 사람들이라면 오해하지 않습니다."

어깨를 늘어뜨린 강만철이 기다랗게 숨을 내쉬었다.

"정기욱인가 하는 그놈, 그놈이 한 짓일까?"

"한 놈을 잡아 족쳐 보았는데, 그놈은 모르고 있었습니다. 하지만 곧 알게 됩니다."

"그놈들이 수상하기는 하지만 어설프게 건드리지는 마라. 경찰이 신경을 곤두세우고 있어."

갑자기 김칠성이 주먹으로 의자의 손잡이를 내려쳤으므로 강만철과 고태석이 눈을 치켜떴다.

"그놈의 자식들은 우리들 뒤만 쫓아다니면서 신경을 곤두세우고 있단 말이오? 신문사도 그렇고, 우리는 그것들 눈치만 살피다가 볼 장을 다 보겠구만!"

김칠성의 목소리가 방 안을 울렸다. 눈을 부릅뜬 김칠성이 강만철과 고태석을 번갈아 바라보았다.

"난 가차 없이 잡아서 족칠 겁니다. 수상한 놈들이 있다면 말이오. 웅남 형도 병원에 누워 있고 부하들의 사기는 땅바닥에 떨어져 있단 말입니다. 이대로 앉아 있을 수는 없어요."

자리에서 일어선 김칠성의 얼굴은 붉게 달아올라 있었다. 그가 거친 동작으로 방을 가로질러 걷자 고태석이 힐끗 강만철을 바라보았다. 강만철은 눈을 치켜뜬 채 그의 뒷모습을 바라볼 뿐 입을 열지는 않았다.

이윽고 김칠성이 방을 나가고 문이 닫히자 강만철이 머리를 돌렸다.

"너, 칠성이를 따라다녀."

갈라진 목소리로 그가 말하자 고태석이 허리를 번쩍 세웠다.

"네, 형님."

"눈에 띄지 않게. 감시받는다는 생각이 들지 않도록 해라."

"알겠습니다, 형님."

"보호하려는 것이니까."

강만철이 어깨를 늘어뜨리며 가늘게 숨을 내쉬었다.

"놈이 무슨 짓을 할지 모른다."

                    *   *   *

　앞쪽으로 '大君(대군)'이라고 한자로 커다랗게 쓰인 대형 아크
릴 간판이 환하게 비추고 있었다. 흰 바탕에 붉은색 글씨였으
나 바탕의 흰색이 너무 환해서 어둠 속에 선뜻한 느낌이 들었
다. 간판의 불빛이 30미터쯤 떨어진 이곳 주차장까지 흘러 들어
와 차량들의 철판에 희미한 빛살을 던져 주고 있었다. 200평쯤
되는 넓은 주차장이었고 차량들이 빼곡하게 들어차 있다. 주차
장의 담 너머로 차도가 있었으므로 차량들이 질주하는 소리가
끊임없이 들려왔다.

　이철우는 점퍼의 주머니에 두 손을 찌르고는 두어 걸음 옆
쪽의 나무 밑으로 다가갔다. 이제는 갈비집이 정면으로 보였
다. 그러나 차에서 나온 지 5분도 되지 않았는데도 얼굴을 스
치는 밤바람에 피부가 금방 딱딱하게 굳어졌다.

　옆에 서 있던 서대식이 두 발로 번갈아서 땅을 밟다가 힐끗
그를 보고는 움직임을 멈추었다. 상사 출신으로 육박전 교관을
하던 사내이다. 고등학교를 졸업하고 장기 복무를 지원해서 10년
동안 군 생활을 하다가 작년 여름에 제대한 서대식은 아직도 군
생활이 몸에 배어 있었다. 이철우와는 5년 가까이 같은 특공단
밥을 먹은 사이였다.

　주차장의 어두운 그늘에서 부스럭거리는 소리가 들렸으므
로 이철우는 이맛살을 찌푸리고 그쪽으로 머리를 돌렸다. 담
그늘에 서 있던 두어 명의 사내는 일시에 몸을 굳히고 움직이

지 않았다. 차 안에서 기다리다가 밖으로 나오자 추위를 참기 힘든 것 같았다.

이철우는 입맛을 다시면서 다시 음식점 쪽으로 머리를 돌렸다. 이따위 추위도 견디지 못하는 놈이라면 쓸모가 없다. 군대 시절처럼 철저한 훈련과 통제를 할 수는 없겠지만 규율을 다시 잡아야겠다는 생각이 들었다. 음식점에서 사내 한 명이 나와서 곧장 다가오고 있다. 부하였다.

"형님, 놈들이 나옵니다."

다가온 그의 입에서 하얗게 입김이 뿜어져 나왔다.

"모두 다섯 놈인데 그중 한 놈은 제가 안면이 있습니다. 신설동에서 닭 장수를 하던 놈입니다."

이철우가 쓴웃음을 지으며 머리를 끄덕였다. 닭 장수도 있고, 특수절도를 한 놈도 있고, 폭력과 사기 등 전과자들의 집단인 것이다. 밤 10시밖에 안 되어서인지 바쁜 듯 오가는 종업원들의 모습이 유리창을 통해 보였다.

이윽고 둘씩 셋씩 무리를 지은 사내 일행이 현관문을 젖히고 밖으로 나왔다. 떠들썩한 소리로 무언가를 이야기하며 사내두어 명이 소리 내어 웃었다.

"형님."

옆에 서 있던 서대식이 한 걸음 다가왔다.

"저쪽, 오른쪽을 보십시오. 옆문으로 사람들이 나옵니다."

시선을 돌린 이철우는 '대군'의 옆쪽 문으로 나오는 세 명의 사내들을 보았다. 그들은 문 앞에 멈춰서 승용차를 기다리는 것 같았다. 이철우가 머리를 돌려 음식점에서 나온 부하를 바라보았다.

"저놈들은 일행이 아닙니다. 구석에서 고기를 먹고 있었는데."

다섯 명의 사내는 이쪽으로 다가오는 중이었다. 서대식이 힐끗 그를 바라보았다.

"모두 차에 타라. 기다려, 내가 나갈 때까지."

짧게 말한 이철우는 몸을 돌려 재빠르게 승용차로 다가갔다. 이쪽은 어두워서 저쪽의 시선에 잡힐 염려는 없다. 부하들이 뛰듯이 움직였고 이철우가 승용차에 올라 문을 닫자마자 사내들이 주차장의 입구로 들어섰다.

사내들이 떠들썩하게 지껄이는 소리가 닫힌 차 안으로 흘러들어왔다. 이철우는 머리를 들어 '대군'의 옆문을 바라보았다. 차를 기다리는 것같이 옆쪽을 바라보던 사내들이 이쪽으로 다가오고 있었다.

"일행은 아닙니다, 형님."

뒷자리에 올라탄 부하가 머리를 내밀고 수군거리며 말했다. 그의 몸에서 심하게 고기 냄새가 풍겨 왔다. 당황한 모양이었다.

"경찰 같지도 않은데요."

서대식이 혼잣소리처럼 말했다. 그렇다면 두말할 것도 없이 강만철이나 김칠성의 부하인 것이다. 놈들의 조직원은 방대해서 두목급들 외에는 얼굴을 외울 재주가 없다. 부산의 최충식이 100명이 넘는 졸개를 보냈으므로 부산 똘마니들인지도 몰랐다. 다섯 명은 이제 모두 승용차에 탔고 후진 등이 켜졌다.

세 명의 사내는 추위에 쫓기듯 서두르며 주차장의 출구 근처에 있는 승용차에 오르고 있었다. 출구에서 가까운 순서대로 하면 세 명의 차, 다음에 다섯 명, 그리고 이쪽의 순서였다.

"형님."

서대식이 그를 바라보았다.

"따라가, 저놈들을."

턱으로 앞쪽을 가리켰으나 그 턱 앞에는 승용차가 두 종류가 있다. 운전석에 앉은 부하가 눈을 깜박이며 그를 바라보았다.

"세 놈이 탄 차 말이다."

"네, 형님."

후진했던 승용차가 핸들을 꺾더니 주차장의 출입구로 머리를 돌렸다. 그리고 그들의 차가 출입구를 빠져나가자 세 명이 탄 차의 미등이 켜졌다. 그러자 이쪽의 차에도 시동이 걸렸다. 이철우가 머리를 돌려 주위를 둘러보았다. 덩달아 둘러보는 서대식과 시선이 마주치자 그가 풀썩 웃었다.

"설마 우리를 따라오는 놈들은 없겠지?"

"여기는 없습니다. 모두 확인했으니까요."

승용차가 움직이기 시작하자 이철우는 입을 다물고 앞쪽을 바라보았다. 세 명이 강만철의 부하라면 그들도 정기욱의 조직을 경계하고 있는 것이 분명했다. 하긴 떠들썩하게 전과자들을

모아 유통 회사를 차리고 그들이 유흥업소를 돌아다니는 판이
니 긴장을 안 할 리가 없을 것이다.

"흥."

어깨를 불쑥 추켜올리면서 이철우가 풀썩 웃었다. 오늘 밤
에는 정기욱의 일당 몇 놈을 쳐서 그것을 강만철이나 김칠성의
부하들이 한 것처럼 만들 작정이었다. 그런데 이제는 그럴 필요
가 없게 되었다.

이재영이 주차장에 차를 주차시킨 것은 밤 11시가 되었을 때
였다. 눈발이 흩날리는 차가운 날씨어서 코트 깃을 올린 이재
영은 빠른 걸음으로 아파트의 현관으로 다가갔다. 아파트 단지
안은 짙은 어둠에 잠겨 있었는데 현관 입구의 희미한 불빛 주
변으로 눈발이 여름철의 벌레 떼처럼 맴돌고 있었다. 언 땅바
닥에 부딪치는 자신의 구둣발 소리가 정적을 깼다.

늦은 시간이어서 주위에는 인적이 없다. 현관 근처의 놀이터
를 지나던 이재영이 문득 걸음을 멈추고는 머리를 들었다. 놀
이터의 그늘진 곳에서 이쪽을 바라보고 선 사내를 보았던 것이
다.

"누구세요?"

이렇게 물었으나 한 걸음 밖으로 나선 사내의 얼굴을 바라
본 이재영이 숨을 들이마셨다. 백동혁이었다.

"전화를 받지 않으시더구만. 연락도 안 하시고."

그의 입에서 하얀 김이 뿜어져 나왔다.

"한 시간이 넘게 기다리고 있었소. 나하고 잠깐 갑시다. 이쪽에 차가 있으니까."

그가 턱으로 가리키는 쪽으로 머리를 돌린 이재영은 담가에 주차시킨 차량들 사이에 서 있는 서너 명의 사내들을 보았다.

"이것 보세요, 늦은 시간이에요. 하실 말씀 있으면 내일 하세요."

이재영이 백동혁을 똑바로 쏘아보았다.

"난 댁들을 따라갈 수 없어요."

한 걸음 앞으로 발을 내디뎠으나 가로막고 선 백동혁의 몸 때문에 금방 반걸음쯤 뒤로 물러섰다.

"비키지 않으면 경찰을 부르겠어요."

이재영의 목소리가 밤공기를 울렸다.

"경찰?"

어둠 속에서 백동혁의 흰 이가 드러났다.

"아마 사건이 끝나고 나서야 오게 될 거요, 이 기자."

백동혁이 바짝 다가섰으므로 그의 늘어진 눈시울이 보였다. 바람에 섞여 그에게서 담배 냄새가 풍겨 왔다.

"난 명령을 받았어. 당신을 모셔 오라고. 따라오지 않으면 강제로라도 모셔 가야 돼."

이재영은 뒤쪽에서 다가오는 발소리들을 들었다.

"누가 그러던가요? 김칠성 씨? 당신들은 날……"

목소리가 제법 컸으므로 이재영은 자신의 목소리를 듣고 아파트 안의 사람들이 나서 주기를 바랐다. 그러나 여름날이면 몰라도 꽁꽁 닫힌 유리창을 뚫고 집 안으로 소리가 전달되지는 않았다.

"갑시다. 돌아올 수는 있을 거요. 당신을 어떻게 하지는 않을 것 같으니까."

백동혁이 한 손을 그녀의 어깨에 올려놓았다. 어깨를 흔들어 그의 팔을 뿌리친 이재영은 몸을 돌렸다.

"좋아요, 가요. 나도 그 사람한테 따져야겠어요, 이렇게 해도 되는지."

"시원시원해서 좋군. 과연 특종을 뽑아낸 기자다우셔."

백동혁이 던지듯 말했으나 빈정대는 것 같지는 않았다. 놀이터 옆에 주차해 있던 차량 한 대가 갑자기 라이트를 켜더니 이쪽으로 다가왔다. 사내들이 이재영을 둘러싸듯이 차 쪽으로 안내했고, 뒷자리에 그녀가 오르자 승용차는 아파트를 천천히 빠져나갔다.

"미안하지만, 눈을 좀 가리셔야겠는데."

차가 대로로 나가자 옆에 앉은 백동혁이 손에 든 헝겊을 들어 보였다.

"또 특종 기사를 줄 수는 없으니까 말이오. 조금 갑갑하시겠지만 이걸 둘러쓰고 계시지요."

이재영이 힐끗 그를 바라보고는 헝겊을 받아 쥐었다. 가벼운 천으로 만든 자루였으므로 머리에 덮어쓰자 아무것도 보이지 않았다. 이재영은 눈을 감고 의자의 시트에 머리를 기대었다.

차의 엔진 소리와 부드러운 진동이 느껴질 뿐 차 안에 탄 사내들은 이제 입을 열지 않았다. 차는 아직도 직진하고 있었으므로 종합 운동장 쪽으로 달리고 있을 것이다.

이재영은 온몸으로 나른하게 번져 나가는 피로감을 느꼈다. 그들에게 강제로 끌려가는 상황이었지만 가슴이 조금 두근거릴 뿐 불안하지는 않았다. 아마 김칠성이 기다리고 있을 것이다. 그는 어제의 기사로 단번에 매스컴의 주목을 받게 되었으므로 화가 치밀어 올랐을 것이다. 더욱이 신문에 실린 납치범들의 메모는 그가 납치범들과 협상을 한 것이 아닌가 하는 의혹을 받기에도 충분했다.

이재영은 어깨를 늘어뜨리고 가늘게 긴 한숨을 뱉어냈다. 언젠가는 그와 만나리라고 생각은 하고 있었다. 그것이 생각보다 조금 빨리 닥쳐 온 것이다. 그리고 이쪽은 있는 그대로 사실을 보도했을 뿐이었다.

한 시간이 아니면 한 시간 반쯤 지났을 때 승용차는 언덕길을 오르는 것 같더니 속력을 떨어뜨리며 멈추었다. 30분쯤 잠이 들었던 이재영은 문이 열리는 소리를 들었다. 승용차가 조금 더 앞으로 나아가다가 다시 멈추었다.

"자, 이제 내립시다."

백동혁이 자루를 벗겨 내리면서 말했다.

"배짱이 대단하신 분이야. 코까지 골면서 주무시더구만."

차에서 내린 이재영은 어둠 속에 짙게 파묻혀 있는 것같이 보이는 회색빛 건물을 보았다.

2층 양옥이었는데 커튼 사이로 희미한 불빛이 새어 나오고 있었다. 몸을 돌리자 흰 눈에 덮인 넓은 뜰과 나무 그늘에 가려진 대문의 윤곽이 보였다. 대문의 건너편은 마냥 새까만 어둠 속이었는데 아무래도 산 같았다. 아직도 눈바람이 휘날렸고 바람결에 흙과 나무의 냄새가 풍겨 왔다.

"자, 이쪽으로."

백동혁이 앞장을 서서 현관문을 열고 들어서자 이재영은 코트 자락을 펴면서 뒤를 따랐다.

현관 안으로 들어선 이재영은 밝은 불빛에 눈살을 찌푸리며 주위를 둘러보았다. 넓은 홀이 눈앞에 보였다. 홀 안은 난방 장치가 잘되어 있어서 훈훈한 공기가 피부에 와 닿았다. 홀의 중앙에는 벽의 색깔과 같은 흙색의 소파가 놓여 있었지만 다른 장식물이 없었으므로 30평쯤 되는 홀은 더욱 커 보였다.

"앉아 계세요, 곧 나오실 테니까."

백동혁이 턱으로 소파를 가리켜 보이고는 옆쪽에 있는 문으로 들어갔다.

잠시 주위를 둘러보던 이재영은 소파에 다가가 앉았다. 벽에 걸린 시계가 새벽 1시를 가리키고 있었다. 두 시간이 지난 것이다. 벽과 마루는 반들반들하게 니스 칠을 한 나무로 되어 있었는데 나무 냄새가 심하게 났다. 지은 지 얼마 되지 않은 모양이었다.

"대한일보 기자이신가?"

갑자기 뒤쪽에서 들리는 말소리에 이재영은 소스라치며 머리를 돌렸다.

장신의 사내가 이쪽을 바라보고 서 있었다. 짙은 눈썹 밑의 날카로운 시선이 이쪽을 향하고 있었는데 단정한 입술의 끝은 약간 추켜올라가 있다. 베이지 색의 카디건에 같은 색깔의 바지를 입고 있었는데 햇볕에 그은 얼굴과 잘 어울렸다. 처음 보는 사람이었다.

이재영은 자리에서 일어섰으나 선뜻 입을 열지 않았다. 다가온 사내는 그녀의 앞에 섰다.

"난 김원국이라고 해요."

"아아."

저도 모르게 입이 벌어진 이재영이 그를 바라보았다. 김원국의 시선은 흔들리지 않았고 표정에도 변화가 없다.

"날 모르시지는 않을 텐데."

그의 목소리는 낮았고 곧은 시선은 이쪽을 향한 채 움직이지 않았다. 깜박이지도 않는 뱀의 눈빛이었다.

온몸을 굳힌 이재영이 입을 다물고 침을 삼켰다. 조직과 손을 끊고 인도네시아의 어느 섬에 살고 있다는 그가 언젠가는 나타나리라고 생각은 했었다. 잔인하고 냉혹하며 그의 적이 되어서 이제까지 살아 있는 사람은 없다고 들어 왔다.

"거기 앉아요."

소파에 앉은 김원국이 손으로 앞쪽 자리를 가리켰다.

"내가 몇 가지 물어볼 것이 있어서 모셔 오라고 했는데."

끌리듯 자리에 앉은 이재영이 눈을 깜박이며 숨을 들이마셨다. 이제 조금 진정은 되었으나 가슴의 고동이 세차게 뛰는 것이 느껴졌다. 이것은 엄청난 특종이다. 그러나 이곳에서 살아나갈지는 아직 알 수 없었다.

"우선 당신이 어떻게 정보를 얻었는가를 말해. 하나도 빼놓지 말고."

김원국의 표정은 들어설 때와 조금도 달라지지 않았다. 가라앉은 목소리와 눈빛도 마찬가지였다. 가슴이 뛰는 소리가 귀에 들려오는 것 같았으므로 이재영은 어금니를 물었다. 허리를 펴고는 무릎 위에 놓인 두 손을 움켜쥐었다. 무표정한 얼굴로 김원국은 시선 안에 그녀를 넣고는 움직이지 않았다.

"빌어먹을, 놓쳤다."

유혁근이 주먹으로 캐비닛 윗부분을 두드렸다. 승용차는 노란색 신호였는데도 사거리를 직진해 나갔으나 밀려 있는 차 때문에 금방 멈추어 섰다.

"개자식, 우리가 따라가는 것을 눈치챈 모양이구만."

머리를 들어 앞쪽을 바라보던 유혁근이 혀를 찼다.

"죄송합니다, 계장님. 차가 밀려 있어서……."

핸들을 움켜쥔 강 형사가 그에게로 머리를 돌렸다.

"할 수 없어. 차로 미행을 성공한다는 건 영화에서나 가능한 일이지."

주머니에서 전화기를 꺼내 든 유혁근이 찌푸린 얼굴로 다이얼을 눌렀다.

"아침부터 어딜 그렇게 급하게 가는지 모르겠군."

"고속도로로 빠졌는지도 모릅니다."

그들은 강남대로의 한복판에 멈춰 서 있었는데 직진하면 한남대로를 넘어 시내로 들어가는 코스였고, 오른쪽으로 틀면 중부 고속도로였다. 그리고 교차로에서 좌측으로 회전해 나간다면 김포로 가는 올림픽 도로였다. 입맛을 다신 유혁근은 전화기를 귀에 대었다.

—여보세요.

이정환의 목소리가 들렸다.

"과장님, 접니다."

승용차는 꾸물대면서 움직였다가 다시 멈추었다. 경부고속도로에서 빠져나온 차량들이 우측 깜빡이를 켜고는 길을 막고 있었던 것이다.

"지금 한남대교 근처에 있는데요. 놓쳤습니다. 차가 밀려 있어서요."

—할 수 없지. 별일은 아니겠지만 신경이 쓰이는군, 아침부터 나들이하는 것이.

"김칠성이하고 고태석이는 사무실에 있습니다."

전화기의 스위치를 끄자 강 형사가 힐끗 그를 바라보았다.

"회사로 돌아가겠습니다."

"그래. 어차피 돌아올 테니까."

강 형사가 좌측의 깜박이를 켜고 유턴 차선으로 들어섰다. 유혁근은 강만철의 감시를 맡고 있었는데 아침부터 외출하는 그를 따라나섰다가 놓친 것이었다.

이정환이 그렇게 말해주었으나 꺼림칙한 마음이 풀리지가 않은 유혁근은 창밖으로 머리를 돌렸다. 며칠 동안 사건은 일어나지 않았으나 밤의 세계가 극도의 혼란 상태에 빠져 있다는 것을 알 수 있었다. 이제는 강만철 혼자서 동분서주하고 있는 셈이었는데 그것은 신문 보도 이후로 김칠성의 행동이 눈에 띄게 침체되어 있었기 때문이다. 그는 사무실에 틀어박혀 외출도 하지 않았다. 유혁근이 강 형사를 바라보았다.

"정기욱이의 유통 회사는 매출 실적이 하루 10만 원 정도야. 어학 교재를 판다고 하지만 그런 놈들한테 누가 사겠어?"

"사무실 인원만 100명이 넘습니다. 고 형사가 대충 헤아려 봤는데 들락거리는 놈들까지 합하면 200명 가까이 되겠다고 하던데요."

반대 차선은 훤하게 뚫려 있었으므로 강 형사가 속력을 내면서 말했다.

"전과자 놈들만 모아 놓아서 그곳은 마치 교도소 같다고 합니다."

"정기욱이가 그 돈을 어디서 만들었을까? 모아둔 돈도 없을 텐데 말이야."

"해결사 노릇을 하면서 모았을지도 모릅니다."

유혁근이 입맛을 다시며 머리를 저었다.

"사무실을 들락거리는 놈들이 이번 사건에 대한 알리바이는 모두 확실하게 가지고 있는 것도 찜찜해. 그놈들이 업소들을 들락거리는 것도 마음에 걸리고."

"김칠성이의 부하들도 놈들을 곱지 않게 보는 모양입니다."

"우리들이 감시하지 않고 있었으면 아마 몇 놈 병신이 되었을 거야."

신호등이 붉은색으로 바뀌었으므로 강 형사는 브레이크를 밟았다. 정기욱의 세력이 이번 일을 일으킨 줄 알고 있는 업체들도 있다. 30퍼센트 정도의 업체들이 지시받은 구좌에 돈을 입금시켰고, 그 비율은 시간이 지날수록 더 늘어날 것이다.

"어쨌든 이번 사건을 정기욱이가 조종하고 있는지는 모르겠지만 어쨌든 놈의 위치가 급격히 올라가고 있습니다, 계장님."

강 형사가 머리를 돌려 그를 바라보았다. 유혁근이 입술을 찌그리며 얼굴을 돌렸다. 정기욱은 때맞추어 전과자들로 구성된 유통 회사를 차린 셈이었다. 그리고 며칠 전에 익명의 전화 제보가 없었다면 경찰청에서는 아직도 정기욱의 유통 회사에 대해서도 모르고 있었을 것이다. 차에 장치된 전화가 울렸으므로 유혁근이 전화기를 들었다.

"여보세요."

─계장님, 접니다. 오 형사입니다.

다급한 목소리였다.

─천안 경찰서에서 연락이 왔는데 이철우의 가족을 찾았답니다.

"뭐라고, 이철우의 가족을?"

유혁근이 의자에서 등을 떼었다.

─네, 계장님. 천안에서 20킬로미터쯤 떨어진 마을입니다. 그

곳 지서에서 이철우의 가족이 있다고 보고해 왔답니다.

"이철우는?"

—부인과 아이들만 있습니다. 그 마을에 이철우의 부인 친구가 살고 있더군요. 지서 순경이 찾아냈습니다.

"잘했어. 그쪽이 눈치채지는 않았겠지?"

—물론입니다. 하지만 지시를 빨리 내려주셔야 되겠습니다. 어설프게 했다가는…….

"오 형사, 네가 그쪽으로 출발해, 지금 당장. 지서나 천안 경찰서는 이 일에서 손을 떼라고 할 테니까. 이건 우리가 맡는다."

—알겠습니다.

"서너 명 데리고 가서 감시만 해. 이철우가 올지도 모른다."

—알겠습니다.

스위치를 끈 유혁근은 길게 숨을 내쉬었다. 밤의 세계에서 벌어지고 있는 근래의 일을 사건이라고 표현하기에는 어딘가 부족한 느낌이 들었다. 이것은 낮 세계의 대통령이 바뀌고 정권이 교체되는 것과 비슷한 대업이다 오히려 피가 흐르고 살점이 튀어 나가는 처참한 싸움과 거대한 음모가 난무해서 낮의 세계보다도 더욱 치열한 승부를 겨룬다.

유혁근은 다시 전화기의 스위치를 켰다. 이정환에게 보고해야 했기 때문이다. 유혁근은 다이얼을 누르면서 어금니를 물었다. 이번 일에 대한 심각성을 느끼고 있는 것은 아마도 이정환과 자신밖에 없다는 생각이 들었던 까닭이다.

상부로 올라갈수록 대수롭지 않게 생각하거나 덮어 두려는 분위기가 보였다. 문민정부였고, 정권은 경제의 부흥에 전력투구하는 것을 지상의 목표로 삼고 있는 중이기 때문이었다.

그들은 우선 당장 노출되는 사건들에 대해서만 신경을 썼는데 고위층의 정신을 흐트러뜨리거나 집중을 방해하지 않으려는 충정일 것이다.

—여보세요.

이정환의 목소리가 울려 나왔으므로 그는 전화기를 고쳐 쥐었다.

"과장님, 이철우의 가족을 찾았습니다. 천안 근처의 마을에 있는데, 제가 부하를 미리 보냈습니다."

빠르게 보고를 해가는 유혁근의 얼굴에 생기가 떠올랐다.

"과장님, 천안에 지시를 내려 주십시오. 저희들이 독자적으로 수사하고 싶습니다."

—그래야지. 찾아냈다니 용하군.

이정환이 대뜸 말을 받았다. 그와는 호흡이 맞는 것이다.

—내가 언론에 새어 나가지 않도록 주의를 주겠어. 단단히 감시해. 이철우가 사건의 열쇠야.

"물론입니다, 과장님."

숨을 들이마시며 유혁근은 스위치를 껐다.

하늘이 흐려서 금방이라도 눈발이 흩날릴 것 같은 날씨였다. 바람이 스쳐 지나는 소리가 날카롭게 들려왔고, 아래쪽의 바다는 검은 물살 끝을 하얗게 뒤집으며 파도를 일으키고 있었다.

화물선 한 척이 바다 한가운데 떠 있었는데 부근에서 어른거리던 어선과 안내선, 크레인 선들은 모두 자취를 감추었다.

김원국은 창에서 머리를 돌렸다. 갈색의 스웨터를 걸치고 같은 색깔의 바지 차림이었다.

"날씨만큼이나 이곳 분위기도 살벌합니다. 형님도 저런 바다는 도무지 호감이 가지 않으시겠지요."

앞에 있는 강만철이 말하자 김원국이 입술 끝으로만 웃었다.

"바다 색깔이 어떻든 이곳은 버릴 수도, 잊어버릴 수도 없는 곳이다."

"형님은 우리가 이 나라에 무슨 큰 부채라도 지고 있는 것처럼 말씀하시는데요. 우리는 죄지은 것도, 갚아야 할 신세를 진 것도 없습니다. 오히려 나라에서 우리에게 상을 주어야 됩니다."

김원국이 다시 머리를 돌려 바다를 바라보았다.

"웅남이가 낫고 있다니 다행이다."

"칠성이는 제수씨에 대한 신문 보도가 나오고 나서부터는 갑자기 기력을 잃고 사무실에만 박혀 있습니다."

"제수씨한테 무슨 일이 없어야 할 텐데⋯⋯."

입맛을 다신 강만철이 상체를 세웠다.

"경찰이나 언론은 칠성이가 납치범들하고 무슨 흥정을 하다가 만 것처럼 믿고 있습니다. 제수씨를 찾을 생각보다도 칠성이를 다그치는 게 낫다고들 믿는 모양이오."

"⋯⋯."

"그 빌어먹을 기자 년은 오늘 아침에는 신문사에도 나오지 않았더군요. 잡으면 요절을 내려고 했는데."

김원국이 잠자코 머리를 끄덕이자 그가 말을 이었다.

"요즘 들어서는 느낌이 이상합니다, 형님. 주변에서 일어나는 일들이 모두 이롭지 않는 방향으로 나갑니다. 기분이 좋지 않아요."

"우리도 너무 안일했다. 그래서 허점을 많이 보인 거야."

"안일했다니요?"

강만철이 눈을 치켜떴다.

"우리는 밤의 세계를 양지로 돌려놓았어요. 지금은 어떤지 아십니까? 이건 벌거벗겨져서 대낮에 거리로 쫓겨난 기분입니다."

"……."

"형님이 오셔서 든든합니다만, 이건 도무지 상대를 알 수 없으니……."

"마지막에 나타나는 놈이야."

"그건 압니다. 하지만 그때까지 우리들이 남아 있을지가 걱정됩니다."

김원국은 잠자코 바다를 바라본 채 입을 열지 않았다. 이곳은 인천에서 10킬로미터 떨어진 바닷가에 벽돌로 지은 2층 저택이었다. 바로 아래쪽에 조그만 모래사장이 있고, 좌우에 야산이 있는 경치 좋은 곳이어서 어느 호사가가 농가를 개조하여 저택을 지은 것이다.

"여기 오려고 경찰 놈들 따돌리느라 진땀을 뺐어요. 도중에 차를 갈아타고. 죄짓고 도망치는 기분이었습니다."

강만철이 말끝에 짧게 한숨을 뱉어냈다.

"경찰은 우리를 보호해 준다는 명목인데 오히려 그것이 우리 행동을 모두 선전하는 것이 됩니다. 놈들은 앉아서 이쪽의 움직임을 알 수가 있어요."

"……."

"형님, 차라리 한국의 사업을 정리해서 외국으로 떠납시다. 나는 아주 진절머리가 납니다. 나갔다가 돌아옵시다."

번들거리는 눈으로 강만철이 김원국을 바라보았다. 그가 말을 이었다.

"몇 년 있으면, 아니 몇 년일 것도 없지요. 우리가 떠나자마자 놈들이 정체를 나타낼 테니까. 그때 돌아와서 놈들을 한 놈씩 쳐 죽입시다."

"사업체를 버리고 떠난단 말이냐? 그리고 처자식이 딸린 부하들은 어떻게 하고?"

부드러운 얼굴로 김원국이 강만철을 바라보았다.

"답답하겠지만 조금만 더 기다려라. 이 일도 시간이 해결해 줄 것이야."

"글쎄, 시간은 우리 편이 아니라니까요. 형님은 겪어 보지 않아서 모르십니다."

강만철의 목소리가 커졌다.

"우리들은 표적이 되어 있는데 우리는 상대방이 누군지 알지도 못하고 있단 말입니다."

"난 당분간 이곳에서 함마와 함께 있을 거다. 나도 놈들처럼 몸을 드러내지 않고 표적을 찾을 테니까. 인도네시아에서부터 다른 사람의 여권을 썼으니까 이쪽 기관에서도 모르고 있을 게다."

강만철이 한숨을 내쉬면서 어깨를 늘어뜨리자 김원국이 계속 말을 이었다.

"연락은 백동혁이가 맡을 것이다. 칠성이한테 움직이지 말라고 한 사람은 나니까 다그치지 마라. 그리고 내가 이곳에 있다는 사실은 너, 웅남이, 칠성이, 그리고 백동혁이 선에서만 아는 것으로 끝내라. 참, 또 하나가 있구만."

눈가에 주름을 만들며 웃음을 띠운 김원국이 탁자 옆의 벨을 눌렀다. 금방 옆쪽의 방문이 열리더니 오함마의 검붉은 얼굴이 나타났다.

"부르셨습니까?"

"음, 그 사람을 이리 데려와라."

오함마가 말없이 사라졌고, 잠시 후에 문이 다시 열리더니 오함마가 들어섰다. 그를 바라보던 강만철이 번쩍 턱을 치켜들면서 이맛살을 찌푸렸다.

오함마의 뒤를 따라 들어선 이가 이제까지 이를 갈던 이재영이었던 것이다. 그녀를 이곳에서 만날 줄은 몰랐으므로 강만철이 그 표정 그대로 김원국을 돌아보았다.

"안녕하세요, 강 사장님?"

다가온 그녀가 머리를 숙이며 낮지만 또렷한 목소리로 인사를 했으나 강만철은 대답하지 않았다.

"어젯밤에 데려왔다, 알아볼 것이 있어서."

그의 시선을 받으며 김원국이 말했다.

"네가 가는 길에 모셔다 드리도록 해라."

"그거야 시키신 대로 하겠습니다만."

강만철이 몸을 돌려 이재영을 정면으로 바라보았다.

"형님, 물론 이 여자가 어떤 의도로 그런 기사를 썼는가는 물어보셨겠지요?"

"물론이지."

"내가 다시 물어보아도 되겠습니까?"

"물론이다."

"괴롭혀 드릴 의도는 없었습니다. 그리고 지금도 그 기사를 낸 것을 후회하고 있지는 않아요."

이재영이 또렷한 목소리로 말했다. 그녀는 옆쪽의 비어 있는 의자에 앉아 강만철을 마주 보았다.

"그러나 제가 아니더라도 다른 기자들이 보도했을 거예요. 난 그 일로 죄인 취급을 당할 이유가 없습니다."

"사전에 김칠성이나 나한테 이야기해 줄 수도 있었어. 넌 그놈들과 짰거나 그놈들에게 놀아난 거야."

강만철이 눈을 치켜뜨고 그녀를 노려보았다.

"대들지 마라. 형님 앞이어서 언성을 높이지 못하겠는데 널 벼르고 있는 사람들이 많다는 걸 알아둬."

"놈들이 이 여자를 이용한 것이지, 다른 건 없다."

김원국이 입을 열자 그들은 제각기 시선을 돌렸다.

"그리고 앞으로 우리에게 그 보상을 해주기로 약속했으니까 더 이상 그 일에 대한 이야기는 하지 않도록."

그것이 무엇이냐고 물어볼 기분이 아닌 듯 강만철은 찌푸린 얼굴로 잠자코 있었다.

"나는 인자 총을 갖고 댕길 거여. 주먹질허고 힘자랑허는 것은 촌놈들이나 허는 짓이드만. 이기는 놈이 장땡이여."

조웅남이 주먹으로 침대의 가장자리를 치자 매트가 출렁거렸다. 상반신이 온통 흰 붕대로 감겨져 있었는데 수염을 깎지 않아서 얼굴은 털북숭이었고, 부릅뜬 두 눈이 번들거리고 있었다.

"그 뭣이냐, 방탄조끼라고 허는 거, 그것도 한 개 사서 입어야겠고."

그의 번들거리던 두 눈이 두어 번 깜박였다.

"거시기, 제수씨는 아직 소식 없냐?"

"네, 아직."

"걱정허지 마라. 내가 나가서 잡아 쥑일 텡게."

언뜻 들으면 제수씨를 잡아 죽인다는 말로도 들렸으나 김칠성은 대답하지 않았다.

"정기욱인가 뭔가 허는 시러베 아들 놈이 날치는 모양인디, 허 참, 족보도 없는 똥개 새끼가."

조웅남이 수염 사이로 검붉은 입을 벌리며 풀썩 웃었다.

"고태석이헌티서 들었는디 왕년에 내가 형님으로 모셨다구 헌다면서? 그 씨발 놈을 내가 만나 봐야 헌다."

"형님, 쓸데없는 일입니다. 그까짓 것들한테 신경 쓸 시간도 없어요."

"야, 이 자식아, 쫄대기 한 명 잡어 족쳐서 무신 소용이 있단 말이여? 정기욱이, 그놈을 잡어야 혀."

"어디 그런 놈이 한둘이었습니까? 그놈들도 곧 회사 문을 닫을 겁니다."

"허어, 답답하고만."

이맛살을 찌푸린 조웅남이 혀를 찼으나 더 이상 말을 꺼내지는 않았다. 그가 보기에도 정기욱의 유통 회사는 도전 세력이라고 보기에는 너무 영성했고 기반이 약했다. 우선 당장 표면에 드러난 것이 정기욱이었지만 도전 세력이라고는 생각하지 않는 것 같았다. 답답하기는 오히려 이쪽이 더했으므로 김칠성은 자리에서 일어섰다.

"형님, 다시 오겠습니다. 그동안 몸조리 잘하시고……"

"내 걱정은 말어. 그리고 형님도 와 계신디 너도 조급하게 맘 먹지 말고."

정색을 한 조웅남이 김칠성을 올려다보았다. 검은 얼굴과 대조되는 맑은 눈이었다.

병실을 나온 김칠성이 문 앞을 지키고 선 부하들의 인사를 받으며 엘리베이터 쪽으로 다가가다가 걸음을 늦추었다. 복도 끝의 창가에 서 있다가 이쪽으로 다가오는 두 명의 사내를 보았기 때문이다. 앞장선 사내는 유혁근이었다.

"기다리고 있었습니다."

유혁근이 긴 얼굴을 들어 올리며 말했다.

"무슨 일이오?"

찌푸린 얼굴로 김칠성이 묻자 뒤쪽에서 따르던 이강일과 두어 명의 부하들이 앞으로 나섰다.

"말씀드릴 것이 있는데, 부사장님과 단둘이서만 말입니다."

유혁근이 앞을 가로막는 사내들을 훑어보며 말했다.

"이거, 우리까지 이렇게 경계하셔야 합니까?"

"당신들은 우리 꽁무니만 따라다니고 있어. 오히려 놈들을 돕고 있는 것이야."

이강일이 몰아치듯 말하자 김칠성이 그를 젖히고 앞으로 나섰다.

"좋습니다, 갑시다."

"저기, 복도 끝 쪽에 비어 있는 입원실이 있더군요. 거기로 가실까요?"

김칠성이 말없이 앞장을 섰고, 유혁근이 그의 옆을 따랐다. 그의 말대로 입원실은 침대 두 개가 양쪽 벽에 붙어 있을 뿐 비어 있었다. 방문을 닫고 단둘이 되자 유혁근이 어깨를 내려뜨리며 길게 숨을 내쉬었다.

"여러 가지로 심란하실 텐데 도움이 못 되어드려서 미안합니다."

침대 끝에 걸터앉은 김칠성이 잠자코 있자 그는 앞쪽 침대에 엉덩이를 내렸다.

"실은 이철우의 가족들을 천안 근처에서 찾았습니다. 천안에서 조금 떨어진 시골인데……."

김칠성이 눈을 치켜떴으나 그는 말을 이었다.

"이철우의 부인 친구가 사는 곳인데, 그곳에 부인하고 어머니, 애들 둘이 함께 있습니다."

"어머니까지 말이오?"

갈라진 목소리로 김칠성이 묻자 그는 머리를 끄덕였다.

"지서 순경이 어머니까지 있는 것은 몰랐더군요. 우리가 가서 확인했습니다."

"……."

"우리가 내려보낸 수사 팀이 잠복은 하고 있지만 이철우가 온다는 보장은 없어요. 부사장님 부인의 행방도 그놈을 잡아야 실마리가 풀리겠는데."

"잘 모르시고 있는 모양이구만."

김칠성이 머리를 들었다.

"지금 밤의 세계가 30년 전의 혼란기로 되돌아가기 직전이라는 사실을 말이오. 내 마누라가 문제가 아니오. 머지않아 전쟁보다 더 지독한 일이 일어날 거요."

김칠성의 시선과 마주친 유혁근이 머리를 돌렸다.

"당신들은 우리의 집안싸움이네 뭐네 하다가 이제는 우리 뒤만 쫓아다니고 있는데, 그러다가 세상 뒤집어지는 꼴을 보게 될 거요."

"그건 심한 말씀이오."

유혁근이 입술 끝을 비틀며 웃는 얼굴을 보였다.

"우리야 증거나 근거가 있어야 수사를 하는 것 아닙니까? 그리고 사회 분위기는 우리 같은 말단의 소관이 아닙니다."

"밤의 세계를 장악하려는 세력이 있다는 것을 이제는 알고 계시겠지."

그러자 입맛을 다신 유혁근이 머리를 들었다.

"나도 할 만큼은 하고 있습니다. 세상 보는 눈도 부사장님만큼은 된다고 생각해요. 하지만 난 공무원이오. 조직 사회에서의 당신 위치만큼 내 계급이 높지 못해요."

그의 얼굴이 점점 상기되어 갔다.

"나는, 그렇지, 나하고 우리 이 과장은 예측할 수 있는 모든 상황을 그대로 상부에 보고를 했습니다. 아까도 이야기했지만 정책적인 결정은 우리 소관이 아니오."

"공무원이시니까."

머리를 끄덕인 김칠성이 말했다.

"보고만 하면 맡은 일은 다 한 것이 되는군."

한동안 김칠성을 쏘아보던 유혁근이 이윽고 입을 열었다.

"지금은 경제 부흥에 전념해야 하는 시기라 사회 분위기가 밤 세계의 혼란으로 흐트러지면 안 됩니다. 이것은 국가 통치자의 입장이오."

"……"

"사소한 사건을 확대시켜 언론에 보도해서도 안 되고, 또 통치 그룹의 집중력을 흩뜨리게 해서도 안 되지요. 적당한 선에서 해결해야 됩니다."

김칠성이 찬찬히 그를 바라보았으나 입을 열지는 않았다.

"나는 이 사건들을 몇 단계 뛰어넘어 보고할 생각도 배짱도 없어요. 그리고 이건 아직도 증거가 애매한 것이어서……."

"물론 그러시겠지."

"그렇게 비꼬지 마시오. 우리는 최선을 다하고 있어요. 나름대로 말입니다."

"당신들은 정기욱인가 하는 쓰레기 같은 놈이 회사를 차려서는 유흥 업체나 일반 업소들에게 공포 분위기를 조성하고 있다는 것도 알고 계실 거요. 당신들 정부에서 후원해 주고 있다고 소문이 났던데."

"난 그런 말 못 들었습니다. 하지만 법에 어긋난 일은 아니어서."

"놈들은 우리가 곧 망할 것이라고, 그때가 되면 우리 업체들을 인수할 것이라고 합디다."

유혁근이 입술 끝을 올리면서 웃었다.

"말 같지도 않은 그따위 허풍을 믿고 있는 것은 아니겠지요?"

"이런 때에 그런 놈이 나타난 것도 신경이 쓰인단 말이오."

"정기욱이나 그 주변에 있는 놈들은 모두 알리바이가 있어요. 그저 이런 상황에서 뭔가 챙기겠다는 생각이 있을지는 모르지만."

말을 그친 유혁근이 주머니에서 쪽지를 꺼내어 내밀었다.

"이철우 가족이 숨어 있는 주소요. 내일 밤 10시에서 새벽 2시
사이에는 수사관들의 회의가 있어서 모두 지서에 모이게 됩니다.
가족들이 그 시간에 어디로 도망치지는 않을 테니까요."

제6장

허물어지는 제국

밤의
대통령

구찌클럽은 영동의 노른자위인 서초동과 강남역 사이에 있는 20대 전용의 나이트클럽이다. 내부 시설이 화려한 데다 일류급 가수와 댄스 팀이 전속으로 출연하고 있었는데 저녁때만 되어도 클럽은 빈자리를 찾을 수가 없는 잘나가는 곳이었다. 오늘도 저녁 8시가 채 되지 않아서 클럽 안은 손님들로 가득 찼다. 아직 전속 댄스 팀이 나올 시간은 아닌 모양인지 무대 위에서는 밴드가 경음악을 연주하고 있었다.

　박기섭은 출입구 안쪽에 서서 홀을 둘러보았다. 손님들이 내는 소음과 음악 소리가 귀를 가득 채웠고, 탁자 사이를 분주하게 오가는 종업원들과 번쩍이는 조명으로 눈이 어지러웠다. 그러나 박기섭의 선이 굵은 얼굴은 만족한 듯 웃음을 띠고 있었다. 올해 나이가 서른셋인 그는 구찌클럽의 영업부장으로 강만철의 직계 부하였다. 홀의 안쪽에서 김성호가 사람들을 헤치며 다가왔다.

"형님, 저쪽 끝에 앉은 애들은 대전에서 놀러 온 애들입니다. 오대순이의 후배들이 된다는군요."

바짝 다가선 김성호가 그의 귀에 대고 말하자 박기섭이 머리를 끄덕였다. 클럽 손님들 중에서라도 수상한 사람들이 있으면 신원을 파악하고 있었다. 박기섭은 매사에 꼼꼼하고 주의 깊은 성격이었다. 지난번의 습격 사건 때 그가 화를 피할 수 있었던 것은 바쁜 일 때문에 부하를 대신 보냈기 때문이다. 그에게는 운이 따랐다고 볼 수 있겠지만 박기섭 대신 클럽에 나갔던 부하 두 명은 참혹한 모습이 되어서 병원으로 실려 갔던 것이다.

그 후로 박기섭은 더욱 신중해졌는데, 클럽 밖으로도 나가지 않았지만 수상하게 보이는 손님은 받지도 않았다. 그의 클럽 안에만 해도 주먹깨나 쓴다는 부하들이 30명 가까이 있었으므로 박기섭에게 그곳은 든든한 성이었다.

"저놈들을 감시해라. 그리고 오대순이한테 전화를 해서 확인해 보고."

"지금 말입니까?"

대답 대신 박기섭이 눈을 치켜뜨자 김성호는 출입구 옆쪽의 사무실로 몸을 돌렸다.

벽에 등을 기댄 박기섭은 팔짱을 긴 채 다시 홀 안을 둘러보았다. 요란하지만 흥겨운 음악 소리, 그리고 화려한 조명과 즐거운 듯 웃어대는 남녀를 바라보면 그의 가슴은 언제나 차분하게 가라앉았다. 안정이 되는 것이다. 웨이터 보조에서 시작하여 구찌클럽의 영업부장이 되기까지는 딱 10년이 걸렸지만 같이 시작했던 동료들 대부분은 지금도 웨이터를 하거나 잘된 놈한둘은 변두리 술집의 지배인을 하고 있다. 박기섭은 앞을 지나는 낯익은 손님을 향하여 정중히 허리를 숙였다.

그가 빠르게 성장할 수 있었던 것은 강만철의 배려 때문이었다. 강만철은 박기섭이 신중한 성격이라는 것을 알고 있었고, 상고를 나와 계산도 정확하다는 것을 인정해 주었다.

그리고 박기섭은 강만철의 기대에 어긋나지 않았다. 구찌클럽은 강만철이 관리하고 있는 20여 개의 업체 중에서 제일 순이익을 많이 내는 곳 가운데 하나였다.

무대 위로 댄스 팀이 걸어 들어오고 있었다. 쭉 뻗은 다리들은 군살 한 점 없이 매끄럽게 윤이 났고, 알맞게 솟은 젖가슴과 부드러운 곡선으로 깎여 들어간 허리, 그리고 산뜻하게 치켜든 엉덩이는 마치 조각가가 다듬어 놓은 작품 같았다. 10여 명의 댄스 팀 중 어느 한 명을 고르라고 해도, 또 버리라고 해도 박기섭으로서는 결정하기 어려웠다. 그들은 모두 김칠성이 관리하는 제일기업에 소속된 아가씨들이었다. 출입구 안으로 들어선 장우길이 주위를 둘러보다가 곧장 이쪽으로 다가왔다.

"형님, 동혁 형님이 오십니다."

"뭐?"

벽에서 등을 뗀 박기섭이 그의 뒤쪽을 바라보았다. 후줄근한 바바리코트 차림의 백동혁과 서너 명의 부하들이 그를 따라 들어오고 있었다. 박기섭은 서둘러 그에게로 다가갔다.

"형님이 웬일이십니까? 연락도 없으시고."

"그냥 들렀어, 별일 없는가 보려고."

그는 언제나처럼 무표정으로 늘어진 얼굴이었다. 안을 둘러보던 백동혁이 어깨를 한번 추켜올렸다.

"장사가 잘되는구만."

"예, 형님. 밀실로 가시지요. 오신 김에 한잔 드시죠."

앞장을 서서 안내하는 박기섭의 뒤를 백동혁이 잠자코 따랐다.

박기섭에게는 백동혁이 꺼림칙한 사내였다. 이쪽의 직속 형님은 고태석과 강만철 순이어서 백동혁은 촌수로 따지면 사촌쯤 될 것이다. 김원국의 입장에서 보면 강만철이나 조웅남 등이 모두 동생이니 백동혁과 고태석도 같은 눈으로 볼 것이다. 그러나 관리하는 업체들이 명확하게 나눠진 지금 상황에서 조웅남, 강만철, 김칠성 등은 형제의 우애가 변치 않았겠지만 이쪽은 다르다. 그 예로 고태석과 백동혁의 사이가 나쁜 것을 들 수가 있다. 그러다 보니까 그 밑의 부하들도 자연히 소원한 관계가 되었던 것이다.

밀실에 자리 잡고 앉은 백동혁이 늘어진 눈시울을 들어 박기섭을 바라보았다.

"태석이는 언제 오냐? 8시에 여기서 그놈을 보기로 했는데."

"네, 형님. 9시에서 10시 사이에 오시니까 한잔하시면서 기다리시지요."

고태석을 만나러 왔다는 것을 알게 되자 박기섭은 왠지 마음이 놓였다. 하긴 요즘은 전 조직원이 각자의 업체들에 상관없이 움직이고 있기는 했다. 이쪽 조직을 붕괴시키려는 세력에 범조직적으로 대항하려는 것이다.

"휴대폰으로 연락이 안 되냐? 연락해서 빨리 이쪽으로 오라고 해."

백동혁이 서두르듯 말하자 박기섭은 머리를 끄덕였다

"알겠습니다, 형님. 연락을 하지요. 그럼 잠깐만 기다리십시오."

방을 나온 박기섭은 부하들에게 백동혁의 접대를 지시하고는 곧장 2층에 있는 사무실로 들어섰다. 사무실에 앉아 있던 부하가 놀란 듯 자리에서 일어섰다.

박기섭은 책상 위의 전화기를 들고 다이얼을 눌렀다. 방음장치가 잘된 사무실이어서 홀에서 울리는 음악 소리가 희미하게 들려왔다. 전화는 곧 연결이 되었다. 고태석에게 백동혁의 전갈을 전하자 짜증난 듯이 그가 물었다.

—혼자 왔니?

"아닙니다. 동혁 형님하고 모두 여섯 명입니다."

—지금 밀실에 있다고?

"네, 형님."

—알았다, 곧 가지. 그 자식이 뭐 하러 거기 갔는지 모르겠구만.

박기섭은 수화기를 내려놓고는 건너편에 앉아 있는 부하에게로 머리를 돌렸다.

"너, 가서 성호를 이리 오라고 해라."

"네, 형님."

부하의 뒷모습을 바라보던 박기섭은 의자에 등을 기대고는 두 다리를 길게 뻗었다. 아래층 일을 당분간 김성호에게 맡기고 사무실에 있을 작정을 한 것이다. 아래층으로 내려가서 백동혁의 술시중을 들 생각은 없었다.

박기섭은 의자에 머리를 기대고 눈을 감았다. 조직이 커다란 시련을 겪고 있다는 것은 알고 있었다. 빅 보스 중 한 사람인 김칠성의 부인이 납치되어 생사를 알 수가 없는 상황이다. 유흥업체들은 끊임없는 협박에 시달려 이제는 얼굴도 모르는 놈들에게 보호세를 낸 업체들도 상당히 많다는 것도 알고 있었다. 놈들의 습격을 받아 병신이 되어서 병원에 입원한 동료가 스무 명 가까이 되었고 두 사람은 목숨을 잃었다. 이제는 조직 전체가 단결해서 놈들을 잡아내야 할 때인 것이다. 그렇게 생각하자 갑자기 클럽에 찾아온 백동혁이 하나도 이상하지 않았다.

"정말 죄송합니다, 장모님. 뭐라고 말씀드려야 할지."

김칠성이 머리를 떨어뜨리며 방바닥을 내려다보았다.

"조금만 더 기다려주시면 제가 어떻게 해서라도……"

이 여사는 이제 눈물도 마른 듯 주름진 얼굴을 돌렸다. 뒤쪽에서 인기척이 들리더니 한세영이 영옥이를 안고 다가왔다. 영옥이는 놀다 지친 듯 잠들어 있었다.

"형부, 언니는 남자 못지않은 성품이었어요. 그래서 저희들을 공부시켰고, 또……."

영옥이를 자리 위에 내려놓던 한세영은 목이 메는지 잠시 말을 멈추었다.

"그런데 저는 이제 그것이 걱정이 돼요. 시간이 지나면 지날수록 더욱……."

"쓸데없는 소리 말아라."

이 여사가 머리를 들었으나 목소리에는 힘이 풀려 있었다.

"걔는 살아 있어. 어떻게든 돌아올 게다."

"그럼요, 장모님. 돌아옵니다."

이마에 배인 땀방울을 손끝으로 문질러 닦은 김칠성이 머리를 들었다.

"모두가 제 잘못입니다, 장모님. 제가 책임을 지고 세라를, 만약에……."

"자네는 이런 때일수록 정신을 차려야 되네. 자네까지 약해지면 안 돼."

그의 말을 자르듯 이 여사가 나섰다.

"어제도 경찰이 다녀갔으니까 곧 좋은 소식이 올 거야."

"맨날 같은 얘기만 물어보고 가는데요, 뭘. 귀찮기만 해요."

한세영이 영옥이의 베개를 고쳐 주면서 말했다. 영옥이는 김칠성이 온 것도 모르고 깊게 잠들어 있었다. 통통한 두 볼이 복숭아처럼 붉은색으로 물들어 있고 조그만 입술은 반쯤 벌어진 모습이었다.

한세라의 납치 사건이 신문에 보도된 지도 벌써 보름이 지났다. 납치된 지 한 달 가까이 된 것이다. 사건이 신문에 보도되었을 때 김칠성은 제일 먼저 처가에 달려가 그들을 진정시켜 주어야만 했다.

왠지 석연치 않으면서도 김칠성의 말대로 홍콩에 간 줄만 알았던 한세라가 납치당했다는 신문 보도를 읽은 그들은 벼락을 맞은 사람들 같았다. 이 여사는 식음을 거의 끊다시피 하고 있어서 그동안 10년은 더 늙어 보였다. 그녀가 이 세상에서 제일 의지하고 있는 것이 사위인 자신이라는 것을 알고 있었으므로 김칠성은 이틀에 한 번꼴로 처가에 찾아왔다. 오늘도 저녁 늦게 찾아온 것이다.

"장모님, 식사를 꼭 하시고 차분히 기다려 주시면, 제가……."

김칠성이 자리에서 일어서며 이 여사의 손을 두 손으로 쥐었다. 그러자 갑자기 목이 메어서 헛기침을 하고는 침을 삼켰다.

"몸조리 잘하세요. 부탁입니다."

"자네도 끼니 거르지 말어. 그동안에 아주 야위었어."

이 여사가 앙상한 손으로 김칠성의 손등을 쓸었다. 정맥이 어지럽게 뒤엉켜 튀어나온 손등이 보였다.

"네. 꼭 찾을 테니까, 그때까지만……."

일어서려는 이 여사를 겨우 그대로 앉히고 현관으로 나오자 한세영이 따라 나왔다. 화장기가 없는 얼굴에 긴 머리를 뒤로 질끈 동여맨 모습이었다.

"형부, 몸조심하세요. 신문 보니까 요즈음……."

"쓸데없는 걱정."

이맛살을 찌푸린 김칠성이 구두를 신다가 머리를 들었다.

"처제, 영옥이를 잘 부탁해."

"그건 염려 마시구요, 형부나……."

"어머니 몸조리도."

머리를 끄덕이며 한세영이 잠자코 그를 올려다보았다. 뭔가 할 말이 있는 듯 입을 열고 눈을 깜박이는 그녀에게서 몸을 돌린 김칠성은 서둘러 문을 열었다.

문 앞을 지키고 서 있는 부하들의 얼굴이 보였다. 등으로 밀 듯이 문을 닫았다. 부하들이 엘리베이터 쪽으로 다가가며 그를 바라보았다. 어깨를 늘어뜨리면서 길게 숨을 내뱉은 김칠성은 시계를 내려다보았다. 밤 9시가 조금 넘어 있었다.

차에서 내리는 7, 8명의 사내들을 바라보던 김성호는 몸을 굳혔다. 사내들은 승용차 두 대에 나누어 타고는 구찌클럽의 현관 앞에서 차를 세웠는데, 한눈에 보아도 보통내기들이 아니었다. 5년이 넘게 이런 생활에 젖어 온 김성호는 이제 옷차림과 태도만 보아도 상대방의 직업을 알아맞힐 수 있었다.

차에서 내린 사내들은 건달이었다. 그것도 냄새를 물씬 풍기는 건달이다. 그런데 그를 바짝 긴장시킨 것은 그들 모두와 안면이 없다는 점이다.

김성호는 주위를 둘러보았다. 힐끗 둘러보았으나 주차장과 옆쪽의 자판기, 건너편의 포장마차 근처에서 서성거리던 부하들이 일제히 이쪽을 주시하는 것을 알 수 있었다. 벌써 이쪽으로 다가오는 부하들도 있었는데 숫자는 열댓 명, 사내들의 두 배쯤 된다. 그리고 소리 한 번만 치면 안에서 20명에 가까운 부하들이 뛰쳐나올 것이다.

"여기, 우리 형님이 계실 텐데."

앞장서서 다가온 사내 한 명이 현관 옆에 서 있는 김성호에게 대뜸 물었다. 현관은 들락거리는 손님들로 시끄러웠고, 김성호의 옆쪽에도 서너 명의 남자들이 서 있었으나 사내는 곧장 그에게만 물어 온 것이다.

"형님이라니? 누구 말이여?"

어깨를 펴며 반말 비슷하게 묻자 사내는 빙긋 웃었다.

"이봐, 우리 아직 촌수를 맞춰 보지는 않았으니까 막말하지 말자구. 내가 자네 형님이 될 수도 있으니까."

"쓸데없는 소리 말어. 누구 찾어?"

김성호가 눈을 치켜뜨며 묻자 사내는 웃음을 거두었다.

"동혁 형님이 여기 오셨을 거야. 난 형님 따라온 것이고."

그렇다면 할 말이 없다. 김성호는 몸을 돌려 안쪽을 가리켰다.

"저기 저쪽으로 가. 끝의 밀실이야."

밀실 쪽으로 향하는 사내들을 바라보던 김성호가 다가온 장우길에게 말했다,

"오늘은 우리 가게에서 보스들의 단합 대회가 있는 모양이야.
동혁 형님이 온 것을 보면."

"저 새끼들은 통 못 보던 놈들인데. 이번에 끌어모았나?"

장우길이 사내들이 사라진 쪽을 턱으로 가리켰다.

"글쎄, 부산에서도 100명이 넘게 올라왔다니까."

"잡탕들이겠지. 입으로만 한가락씩 하는 놈들 말이야."

눈을 끔벅이며 그를 바라보던 김성호는 몸을 돌려 홀 안으로
들어섰다. 그러고는 왼쪽의 계단으로 다가가는데 웨이터의 뒤
를 따라 이쪽으로 오는 사내들을 보았다. 세 명이었는데 조금
전에 홀 안으로 들어선 백동혁의 부하들이었다. 홀 안은 빈자
리 하나 없는 만원이었다. 벽 쪽에서는 웨이터들이 탁자를 붙
여서 좌석을 넓히고 있었고 무대 위에서는 인도인이 끔찍한 모
습으로 요가를 하는 중이었다.

"이봐, 어디 가는 거야?"

다가온 사내들을 향해 소리쳐 묻자 앞장선 사내가 와락 이
맛살을 찌푸렸다.

"그것참, 내가 너한테 보고해야 하냐? 같은 식구끼리 너무 딱
딱거리지 마라."

밴드가 끊임없이 울려 대고 있었으므로 사내는 소리치듯 말
했다.

"형님, 이분들이 부장님한테 가신다고 해서요."

웨이터가 김성호를 바라보았다.

"왜?"

소리쳐 묻자 사내가 좁은 통로를 빠져나와 그의 앞에 섰다.

"우리 대장의 심부름이야. 전할 것이 있고, 사무실에서 연락을 해야겠어. 여기는 도무지 시끄럽단 말이야."

잠자코 그를 바라보던 김성호가 머리를 끄덕였다.

"알았어, 나도 같이 가자구."

그는 머리를 돌려 웨이터를 바라보았다.

"나, 사무실에 있을 테니까, 애들한테 그렇게 전해."

"알았습니다, 형님."

이제는 김성호가 앞장을 서고 사내들이 뒤를 따라 계단을 올랐다.

"이봐, 경계가 철저하구만. 애들도 많고."

뒤쪽에서 사내가 말을 걸었으나 김성호는 대답하지 않았다. 영동의 업소들 중에서도 구찌는 초일류다. 따라서 종업원이나 관리부원들은 모두 엄격한 심사를 거쳐서 선발된 정예인 것이다. 김성호는 뒤에 있는 놈들이 사촌의 서열로는 높을지 몰라도 실력으로 겨룬다면 동생뻘이 될 것이라고 생각했다.

계단을 올라 사무실의 문을 열자 의자에 길게 누워 있는 박기섭이 보였다. 두 다리를 책상 위로 올려놓고 있었는데 잠이 든 것 같았다.

"주무시는 모양인데."

낮은 소리로 말하면서 뒤를 돌아본 김성호는 눈을 치켜떴다. 우선 사내의 웃는 얼굴이 시야에 들어왔는데 눈을 치켜뜨고 흰 이만 보이는 표정이었다. 그리고 그의 한 손에 들린 하얀

게 빛나는 칼을 보았다. 머리를 뒤로 젖히면서 피하려고 했으나 사내와 너무 붙어 서 있어서 피할 수 없었다. 배에 충격을 받아 허리를 숙인 김성호는 머리를 돌려 박기섭을 바라보았다. 사내 두 명이 그에게 달려드는 중이었다.

"형님!"

쥐어짜듯이 소리쳐 그를 불렀으나 소리는 제대로 나오지 않았고 사내가 칼을 뽑아내자 창자가 삐져나오는 듯한 고통이 온몸으로 퍼져 나갔다.

"으으윽!"

이를 악문 김성호는 사내에게 떠밀려 옆쪽으로 쓰러지면서 박기섭을 바라보았다. 박기섭은 의자와 함께 뒤로 넘어져 뒹굴었으나 이미 사내들에게 옷깃을 잡힌 상황이었다.

"으아악!"

목이 갈라지는 듯한 박기섭의 비명 소리가 탁자 건너편에서 들려왔다. 이제는 바닥에 옆으로 누워 있었기 때문에 박기섭은 보이지 않았다.

"으으으!"

다시 박기섭의 비명 소리가 난 다음 사무실은 잠시 조용해졌다.

"그만 가자."

사내 한 명의 말소리가 들렸고, 김성호의 흐린 시야에 불빛을 가로막은 사내의 어두운 형체가 들어왔다.

"이 새끼, 죽은 것 같지는 않은데."

사내의 말소리가 희미하게 들렸다가 다시 커졌다.

"내버려 둬라. 자, 가자."

다른 사내의 목소리가 들려왔고 눈앞에 덮인 그림자는 걷혔다. 문이 닫히는 소리가 들렸다.

"형님⋯⋯."

김성호가 입을 벌려 소리를 내었으나 소리는 들리지 않았고 배가 갈라지는 듯한 통증이 왔다. 그는 그대로 눈을 감았다.

노크 소리가 들리고 방문이 열리자 사내 세 명이 들어섰다. 백동혁은 이맛살을 찌푸리며 머리를 들었다.

"너희들, 뭐야?"

그러나 앞쪽에 선 사내는 잠자코 그를 내려다볼 뿐 입을 열지 않았고 뒤쪽의 문이 닫혔다. 그 시간은 채 4초도 되지 않았다. 백동혁의 시선과 앞장선 사내의 시선이 부딪친 시간으로 따지면 3초쯤 되었을 것이다.

문이 닫히는 소리를 듣자마자 백동혁은 쥐고 있던 술잔을 앞에 선 사내에게 던지면서 뛰쳐 일어났다. 탁자 위에 한 발을 올려놓고 다른 발을 올려놓으면서 옆구리에 찔러 놓은 목검을 빼 들었는데, 앞에 선 사내가 술잔을 피하려고 손으로 얼굴을 가렸다가 코트 주머니에서 권총을 뽑아 든 시간과 비슷했다. 그러나 권총을 쥐었을 뿐 아직 총구는 이쪽으로 향해져 있지 않았다.

그 순간 백동혁은 탁자 위로 다시 한 발을 뻗으면서 목검으로 사내의 팔을 내려쳤다. 입을 따악 벌린 사내의 얼굴이 눈앞으로 다가왔다. 권총은 이미 바닥에 떨어졌고 팔목이 기역 자로 부러져서 덜렁거렸다.

"으아아!"

이윽고 고통에 못 이긴 사내의 비명 소리가 방을 가득 채웠는데 백동혁은 한쪽 발을 옆에 놓인 소파로 뻗으면서 목검으로 앞에 선 다른 사내의 얼굴을 내려쳤다. 비좁은 방이었고 세 사람이 방 입구의 좁은 공간에 몰려 있는 상태여서 백동혁에게 유리한 싸움이었다. 그러나 이번에 내려친 목검은 겨눈 대로 이마의 한복판을 내려친 것이 아니라 코와 입 사이를 내려쳤다.

"어오오오!"

코와 입이 뭉개진 사내가 머리를 벽에 부딪치며 짐승과 같이 부르짖었다.

백동혁은 잠시도 틈을 주지 않고 다시 탁자 위로 발을 뻗으면서 목검으로 구석 쪽에 선 사내를 향해 깊숙이 찔러 나갔다. 목검의 끝이 사내의 어깨를 쑤시고 들어갔는데 두터운 코트를 입었음에도 사내가 충격으로 벽에 부딪치며 손에 든 칼을 떨어뜨렸다. 그 순간 백동혁의 바로 옆쪽에서 문이 열렸다. 머리를 돌린 그의 시선에 들어온 것은 사내의 놀란 얼굴이다. 백동혁은 목검을 옆으로 휘둘러 사내를 쳤으나 목검은 문짝에 맞아 요란한 소리를 내었다. 사내가 문을 닫은 것이다. 발로 문을 박차고 밖으로 나온 백동혁의 얼굴은 무섭게 일그러져 있었다.

손님들 사이를 헤집고 도망치는 사내들의 뒷모습이 보였다.

놀란 부하들이 이쪽으로 몰려들었다. 박기섭의 부하들도 끼어 있었다.

"방에 있는 놈들을 잡아라! 그리고 나머지는 나를 따라와! 저놈들을 잡아야 한다!"

한 손으로 목검을 쥔 채 그는 출입구 쪽으로 달려 나갔다. 우왕좌왕하던 부하들이 뒤를 따랐고 출입구 근처에 앉아 있던 손님들이 불안한 표정으로 이쪽을 바라보다가 머리를 돌렸다.

클럽 밖으로 뛰어나간 백동혁은 주위를 둘러보았다. 놈들은 보이지 않는다.

"야, 금방 뛰어나간 놈들 못 보았어?"

그가 소리쳐 묻자 주차장 근처에 서 있던 두어 명의 사내들이 멀거니 그를 바라보았다.

"이런 병신 같은 자식들!"

그러자 클럽 안에서 눈에 핏발이 선 장우길이 뛰쳐나왔다. 그의 뒤를 7, 8명의 부하가 따랐다.

"습격당했습니다."

장우길이 백동혁을 향해 소리쳤다.

"놈들한테! 형님하고 성호가 당했어요!"

입맛을 다신 백동혁은 목검을 허리춤에 찔러 넣었다. 놈들을 쫓기는 틀린 것이다.

"세 놈은 잡았다. 경찰이 오기 전에 놈들을 잡아가야 해."

백동혁이 부하들에게 말하며 몸을 돌리는데 승용차 한 대가 다가오더니 그의 앞에서 멈추었다.

"너, 여기 웬일이냐?"

차에서 내리면서 묻는 것은 고태석이다.

"웬일이기는 이 자식아, 네가 나를 여기서 보자고 해놓고는."

눈을 치켜뜬 백동혁이 한 걸음 다가섰다.

"형님, 기섭 형님하고 성호가 당했습니다."

다가온 장우길이 숨 가쁘게 말하자 이제는 고태석이 눈을 부릅떴다.

"어떻게 되었어? 어디 있어?

"칼을 맞았는데 중상입니다. 저기, 사무실에……."

장우길을 떠밀고 안으로 들어서며 고태석이 머리를 돌려 백동혁을 바라보았다.

"난 너에게 만나자고 한 적 없다, 이 새끼야! 너는 놈들한테 속은 거야!"

와락 아랫입술을 깨문 백동혁이 그의 뒷모습을 바라보다가 옆에 선 부하들을 둘러보았다.

"방에 잡아 놓은 놈들을 데려와. 어서 여길 떠나자."

부하들이 클럽 안으로 뛰어 들어가자 백동혁은 어깨를 늘어뜨리면서 현관의 기둥에 몸을 기대었다. 고태석한테서 직접 전화를 받은 것이 아니었다. 서로 서먹한 사이였으므로 그의 부하인 김 아무개의 전갈을 자연스럽게 받아들인 것이다. 백동혁은 몸을 돌려 클럽 안쪽을 바라보았다. 놈들은 이쪽 내부의 사정을 잘 알고 있었다.

방으로 들어선 김칠성과 강만철은 소파에 앉았다. 국제백화점 10층에 있는 강만철의 사무실이었다. 히터를 켜놓은 지 얼마 되지 않아서인지 넓은 방에는 냉기가 남아 있었다. 새벽 1시가 가까워지고 있어서 빌딩은 텅 비어 있었으나 10층의 복도에는 수십 명의 사내가 몰려 서 있었다. 구찌클럽의 습격 사건이 몇 시간 전에 발생했던 것이다. 그들은 일단 일을 수습하고 나서 바로 강만철의 본부 사무실로 모인 것이다.

　"내가 오면서 형님한테 대충 보고를 했는데."

　강만철의 말소리가 정적을 깨었다.

　"내 부하들하고 네 부하들하고 마찰이 있으면 안 되겠어. 형님 생각도 그렇고."

　김칠성이 잠자코 그를 올려다보았으나 입을 열지는 않았다.

　"그래서 앞으로는 모두 네 지휘를 따르라고 했다. 이것은 형님의 명령이다."

　김칠성이 머리를 들었다. 놀란 듯 눈을 치켜뜨고 있었다.

　"형님은요?"

　강만철이 빙긋 웃었다.

　"나는 여전히 네 형님이지. 애들의 지휘는 네가 하지만 나는 너에게 지시한단 말이다. 우선은 내 밑의 애들과 네 부하들의 단결이 필요하기 때문이다."

　김칠성이 잠자코 그를 바라보았다. 김칠성은 조웅남의 오른팔이자 참모요, 두뇌였다. 따라서 조웅남의 부하는 모두 자신의 부하였으나 강만철 조직의 부하는 함부로 부릴 수가 없었던 것이다.

"형평상으로도 네 조직이 내 조직보다는 크지 않니? 애들도 많고 말이다. 나는 네 고문 역할이 될 작정이다. 이것은 큰형님의 지시니까 그렇게 알도록 해."

김칠성이 머리를 끄덕였다. 상황이 심각한 데다 강만철의 권위가 손상되는 것도 아니다. 그리고 김원국의 지시였으니 사양할 것도 없었다.

"형님, 저도 말씀드리려고 했던 것인데 형님이 그렇게 말씀하시니까……."

"더듬을 것 없다. 우리는 모두 김원국 형님의 동생이야. 옛날로 돌아가는 거다. 결정은 형님이 하고, 우리는 움직이면 된다."

"알았습니다, 형님."

자리에서 일어선 김칠성은 방문을 열었다. 문 앞을 지키고서 있던 부하들이 그를 바라보았다.

"백동혁이하고 고태석이를 들여보내라."

강만철이 힐끗 그를 바라보았다. 김칠성이 자리로 돌아와 앉는데 백동혁과 고태석이 방으로 들어섰다. 그들은 굳어진 얼굴로 김칠성과 강만철을 번갈아 바라보았다.

"거기 앉아라."

강만철이 옆쪽 자리를 눈으로 가리키자 그들은 조심스럽게 앉았다.

"너희들에게 말할 것이 있다. 오늘부터 내 조직원은 모두 여기 있는 칠성이의 지휘를 받는다. 나는 앞으로 직접 지시를 하지 않을 테니까 그렇게 알고 있도록."

강만철이 한 마디씩 자르듯 말하자 백동혁은 늘어진 눈꺼풀을 들어 올리면서 열심히 그를 바라보았다. 고태석은 강만철의 시선과 마주치자 탁자를 내려다보았다. 김칠성이 헛기침을 했다.

"그럼 오늘 같은 일도 생기지 않을 거야. 앞으로는 내 지시만을 받고 움직일 테니까. 알아듣겠어?"

"네, 형님."

백동혁과 고태석이 동시에 대답했다.

김칠성이 머리를 끄덕였다.

"동혁이 너, 태석이 부하한테서 전화를 받았다고 했지? 구찌에서 만나자고 말이다."

"네, 형님."

"누군지 확인하지도 않았단 말이냐?"

백동혁이 목을 늘어뜨렸다.

"네, 제 휴대폰으로 걸려 왔기 때문에."

"멍청한 놈, 네 휴대폰 전화번호는 회사 사람이나 거래처 사람 모두 알고 있는 것 아니냐?"

"그렇습니다, 형님."

강만철이 입맛을 다시면서 담배를 빼 물고는 김칠성을 바라보았다. 김칠성이 머리를 고태석에게 돌렸다.

"너, 동혁이에게 직접 전화해 본 일 있어?"

고태석이 눈을 껌벅거리며 김칠성을 바라보다가 입을 열었다.

"작년에 한 번… 그럴 일이 별로 없어서요."

"이 새끼가 무슨."

김칠성이 눈을 부릅뜨자 고태석이 머리를 떨구었다.

"네놈들 두 놈이 사이가 나쁘다는 것은 밤거리에 있는 똘마니들까지 다 안다. 지금이 어떤 때라고 사감을 가지고 있어? 개새끼들 같으니."

김칠성이 머리를 돌려 강만철을 바라보았다.

"형님, 어떻게 할까요? 제 생각은 이 새끼들 옷을 벗겨서 조직에서 내보내는 것이 낫다고 생각합니다만."

"너희들, 여자 문제로 그런 거냐?"

강만철이 묻자 고태석과 백동혁이 일제히 상체를 세웠다. 고태석은 눈을 치켜뜨고 있었는데 백동혁은 얼굴이 금방 시뻘게졌다.

"아닙니다, 그것이 아닙니다."

고태석이 턱을 내밀고 말했다.

"그건 형, 형님께서 오해를 하신……."

더듬거리며 백동혁이 시선을 피하자 강만철이 머리를 끄덕였다.

"그럼 다행이구만. 만일 그랬다면 그 여자를 없애 버리려고 했는데."

이맛살을 찌푸린 김칠성이 강만철을 바라보았다.

"나한테 물어볼 것 없는 일이야. 너한테 처분을 맡기겠어."

강만철이 소파에 등을 기대면서 말하자 김칠성이 그들을 둘러보았다.

"앞으로 한 번만 더 그런 소문이 들리거나 또 서로 비협조적인 행동을 했을 적에는 내 손으로 네놈들을 죽이겠어. 이제까지 우리 조직에서 이런 일이 있던 적이 없다. 네놈들의 문제로 나나 만철 형님이 책임을 져야 된단 말이야, 이 새끼들아."

김칠성의 목소리가 방을 울렸다.

"알아들어?"

"네, 형님."

둘이 동시에 대답하자 강만철이 머리를 끄덕였다.

"큰형님도 알고 계시는 일이다. 그런 일로 너희들을 기억하게 하다니. 어쨌든 형님한테 너희들은 이름을 날렸다."

고태석이 머리를 떨어뜨렸다. 옆에 앉은 백동혁은 손바닥을 들어 얼굴의 땀을 세수하듯 씻어내었다.

*　　　　*　　　　*

자리에서 일어난 서대식은 이철우의 옆으로 다가갔다.

"형님, 너무 걱정하지 마십시오. 아마 사모님께서 경찰의 감시가 귀찮아서 몸을 피하셨을지도 모릅니다."

창밖을 바라보던 얼굴을 돌려 이철우가 서대식을 바라보았다. 표정이 굳어 있었다.

"내가 마누라를 걱정하는 건 아니야. 내 생각엔 경찰에서 저쪽으로 정보가 새어 나가는 것 같다."

"그럴 리가 있겠습니까?"

말은 그렇게 했지만 서대식은 서너 번 눈을 깜박이는 것이 자신 없는 표정 같았다.

"그 시간에 감시하고 있던 수사관들은 지서에서 회의를 하고 있었어. 한 놈도 남겨 두지 않고 말이야."

이철우가 창밖으로 시선을 돌리면서 말했다. 2월 하순이었다. 날씨는 포근했고 오후의 햇살이 건너편 빌딩의 유리창에 하얗게 반사되고 있었다.

"애 엄마는 그날 저녁때 나와 통화를 했어. 옮긴다는 이야기를 하지 않았단 말이다."

"형님, 만일 그렇다면……."

"할 수 없는 일이지. 기왕 일어난 일이야. 그것으로 어떤 변화도 있을 수가 없다."

이철우가 힐끗 서대식을 바라보았는데 웃는 얼굴이었다. 서대식이 멍한 표정으로 그를 바라보았다.

"김칠성이와 비긴 셈이구만. 각자가 인질을 잡고 있으니."

"형님은 그럼 김칠성이가 그랬다고 믿으십니까?"

"그놈밖에 없다. 그리고 경찰이 정보를 주었고."

"……."

"형님, 그렇다면 협상을 하시는 것이……."

"쓸데없는 소리."

이맛살을 찌푸린 이철우가 눈을 부릅떴다.

"이건 김칠성이와 나와의 싸움이 되어 버렸어. 내가 먼저 그놈한테 꼬리를 내릴 수는 없다."

"형님, 그쪽은 사모님과 어머님, 그리고 애들이 있습니다."

"비율이 문제가 아냐. 난 결코 그놈에게 자비를 호소하지 않겠다."

몸을 돌린 이철우는 사무실을 둘러보았다. 50평쯤 되는 사무실에는 대여섯 명의 직원이 앉아 있을 뿐이었고 대부분의 직원들은 외출하고 없었다.

"이 일은 박 사장이나 다른 사람들에게 비밀로 해라."

이철우가 말하자 서대식이 머리를 끄덕였다.

"알겠습니다. 하지만 놈들이 그랬다면 이쪽으로 연락을 해올 텐데요. 그때는 모든 것을 알게 될 겁니다."

"그렇겠지."

앞쪽을 바라보며 이철우가 입술만을 움직여 대답했다. 그의 시선 끝은 박용근의 사장실에 닿아 있었다. 한동안 사장실을 바라보던 이철우는 발을 떼었다.

방으로 들어서자 안재일과 마주 앉아 있던 박용근이 머리를 들었다. 무언가 심각한 이야기를 나누고 있었던 듯 얼굴이 찌푸려져 있었다.

"잘 왔어. 마침 부르려던 참이야."

이철우는 잠자코 그의 앞자리에 앉았다.

"어제 저녁에도 세 명이 잡혔는데, 괜찮겠나? 부상자는 그렇다손 치더라도 잡혀가면 문제 아닌가?"

"염려하실 건 없습니다."

"염려할 건 없다니?"

박용근의 이맛살이 찌푸려졌다. 성질이 급한 데다 혈압이 쉽게 오른다. 이철우는 그의 얼굴이 붉어지는 것을 바라보았다.

"이봐, 아무리 훈련을 잘 시켰더라도 말이야. 경찰에 잡혔다면 차라리 괜찮아. 근데 놈들한테 잡혔으니."

"경찰에 연락했으니까 곧 경찰이 인수해 갈 겁니다."

박용근이 눈을 끔벅이며 그를 바라보았다.

"경찰한테 연락했다고?"

"네, 김칠성의 양평 별장으로 끌려갔습니다. 아마 지금쯤 경찰이 별장에 들어갔을 겁니다."

"그동안 무슨 일이 없었으면 좋겠군."

"훈련이 잘된 놈들입니다. 걱정하지 마세요."

말을 멈춘 이철우가 박용근을 향해 웃어 보이고는 말을 이었다.

"왜냐하면 조직에 가입할 때 계약을 했기 때문입니다. 조직을 배신하거나, 정보를 누설했을 때는 그 가족이 대가를 받게 됩니다. 제 처자를 죽이고 싶은 사람이 있겠습니까?"

"……."

"그것보다도, 이쪽 작전이 조금 늦어지는 것 같은데."

이철우가 안재일을 바라보았다.

"조금 더 적극적으로 해줘야겠는데. 분위기를 맞춰 주었으면

해서."

"우리가 늦다니, 그게 무슨 말이오?"

안재일이 눈썹을 추켜올렸다.

"우리는 나름대로 한다고 하는데."

"그런 애매한 소리는 말고, 보다 적극적으로 해줘야 돼요. 예를 들어 어젯밤의 사건도 직원들이 시내에 좌악 깔리게 했어야 했단 말이오."

이철우의 목소리가 딱딱해졌다.

"놈들은 어떻게든 사건을 덮으려고 한단 말이오. 우리는 사건을 퍼뜨려야 하고. 그래야 손발이 맞소."

"......"

"어젯밤 사건을 아는 업체들이 몇 개 되지 않았소. 우리가 신문에 정보를 주지 않았다면 오늘까지 모르고 지나갈 뻔했단 말이오."

"그건 안 상무가 애들을 조직적으로 움직여야 할 것 같구만."

박용근이 나섰다. 그는 얼굴을 굳힌 안재일을 향해 부드럽게 웃어 보였다.

"그건 우리 경비 용역 회사의 필요성을 선전하는 것으로도 생각될 테니까 말이야. 그렇지 않나?"

"그렇습니다, 사장님."

마지못한 듯 안재일이 대답하자 이철우는 더 이상 입을 열지 않았다.

"어차피 우리는 같은 배를 타고 있어."

분위기를 바꾸려는 듯 박용근이 떠들썩한 목청으로 말했다.

"자네들은 내 왼팔, 오른팔이야. 우 철우, 좌 재일이라고 할까? 누가 했던 것처럼 말이야."

이중섭은 한동안 시선을 책상 위로 향한 채 움직이지 않았다. 방 안에는 정적이 흐르고 있었다. 창밖으로 인왕산의 가파른 바위 절벽이 보이는 집무실 안으로 따스한 햇볕이 흘러들어왔다. 이윽고 대통령은 머리를 들었다.

"벌써 석 달째 이런 소동이 계속되는데 경찰은 손을 못 쓰고 있다니, 한심한 노릇이야. 국민들이 얼마나 불안해하겠나?"

강한석이 머리를 떨어뜨렸다. 대통령의 심기가 좋지 않다는 것은 청와대에 오기 전부터 알고 있었다. 그러나 직접 뵙고 나자 짐작했던 것 이상이어서 긴장한 것이다.

"언론이 쉴 새 없이 떠드는데, 도대체 경찰은 언론의 뒤만 쫓아다니는 것 같단 말이야. 안 그런가?"

"네, 각하."

머리를 깊게 숙이며 강한석이 한숨과 함께 말소리를 내었다.

"일부 언론의 추측성 기사도 있었습니다만, 언론들이 앞서가는 것은 사실입니다."

"나는 자네한테 보고를 받기 전에 신문을 보고 내막을 알게 된단 말이야."

주머니에서 수건을 꺼낸 강한석은 이마에 배인 땀을 조심스럽게 닦았다.

"사회가 이렇게 뒤숭숭해지면 안 돼. 올해는 경제에 전력을 기울여야 할 때란 말이야. 바이어들이 물건을 사러 한국에 몰려와야 된단 말이야!"

"네, 각하. 앞으로 그런 일이 일어나지 않도록 전 경찰력을 투입해서……."

"어허, 이 사람."

이중섭이 혀를 찼으므로 강한석은 놀라 말을 멈추었다. 창백하게 굳어진 얼굴로 강한석은 그를 바라보았다.

"지난번에도 그런 말 하지 않았나? 그런데 점점 밤거리는 상황이 나빠지고 있어. 유흥업소의 주도권 싸움인지 뭔지는 몰라도 사건이 끊임없이 일어나는 것은 치안의 부재를 나타내는 거야."

대통령의 말소리가 집무실 안을 울렸다. 집무실 안에서 대통령과 독대하게 되었으므로 정국이 긴장하고 있을 것이다. 청와대에서 나오는 대로 총리실에 들러 달라고 총리의 연락이 왔었고 아침에 청와대로 들어오기 직전에는 당 대표의 전화를 받았다. 그리고 내일 점심 약속을 한 것이다. 이중섭 대통령의 쨍쨍한 말소리가 다시 방의 정적을 깨었다.

"치안의 책임 부서인 내무부는 언제나 조직폭력배를 발본색원한다고만 하고 있는데 이걸 읽으면 무엇을 어떻게 하겠다는 건지 알 수가 없어."

이중섭이 손바닥으로 책상 위에 놓은 보고서를 가리켰다.

"김원국의 조직에 도전하는 세력이라고 했는데, 그것이 누구란 말인가? 어떤 집단이야?"

"각하, 밤의 세계에는 수많은 조직이 있습니다. 이제까지 김 원국에게 장악되어서 움직이지 못한 조직들 가운데 하나일 가능성이 있습니다."

이맛살을 찌푸린 이중섭이 머리를 저었다.

"시민들이 밤거리를 자유롭게 다녀야 돼. 술을 마시고 싶으면 술집에도 가고. 하지만 요즘은 유흥업소들이 장사가 안된다고 야단이라지 않는가? 무서워서 손님들이 안 오는 거야. 그렇지 않은가?"

"네, 각하."

"그러면 시민들이 내무부 장관인 강한석을 욕할까? 아니야. 괜히 경제 부흥이네 어쩌네 하면서 치안을 그 모양으로 만들었다고 나를 욕한단 말이야."

"……."

"도대체 내무부의 보고는 알맹이가 없어. 사건을 너무 가볍게 생각하는 것 같단 말이야."

강한석이 머리를 들었다. 어제저녁에 대통령이 안기부장인 이찬형과 저녁 식사를 같이했다는 것을 알고 있었다. 어제는 한 달에 한 번씩 있는 정례 보고를 하는 날이었던 것이다. 이번 사건의 수사는 안기부와 기무사의 협조를 받고 있지만 주무 부서는 내무부이다. 내무부가 수사 방향과 대책을 세우는 것이다. 그러나 안기부 측에서 사건을 독자적으로 분석해서 대통령에게 보고했을 가능성도 있다.

"각하, 제가 보고받은 바로 이 사건은 산발적인 사건들 중 하나인데 언론이 구독률을 높이려는 의도로 경쟁적으로 보도하는 바람에 과장된 느낌이 있습니다. 앞으로는 전 경찰력을 투입하여 이런 테러가 다시는 일어나지 않도록 하겠습니다."

강한석의 말투에는 열기가 섞여 있었다.

"그리고 언론에도 협조 요청을 할 생각입니다. 요즘 언론들은 사회에 대해 무책임한 경우가 많습니다."

서로에 대해 잘 알고 있는 이중섭과 강한석이었다. 이중섭은 한동안 물끄러미 강한석을 바라보며 입을 열지 않았다. 무언가를 생각하는 얼굴이었다. 이윽고 그가 입을 열었다.

"이철우라는 사람, 못 잡았지?"

"네, 각하."

깜짝 놀란 강한석이 머리를 들었다. 이철우는 아직 확실한 주모자라고 볼 수도 없다. 그래서 보고서에도 적어 놓지 않았던 인물이다. 그러나 실무자들은 그를 찾으려고 혈안이 되어 있다는 것은 알고 있었다. 최한성이라는 범인 중 하나가 붙잡혀 이철우의 이름을 대었지만 경찰의 조사 과정에서는 다시 번복을 했던 것이다. 그는 이제 이철우는 전혀 모르는 사람이라고 하고 있었으나 기관에서는 이철우에 대해서 모든 자료를 뽑아 놓고 있었다.

"그 사람을 잡으면 윤곽이 드러날 것이라고 하던데."

이중섭이 강한석을 찬찬히 바라보며 말했다.

"예비역 소령이라는데, 특공대 출신이고."

강한석은 다시 수건을 꺼내 이마의 땀을 닦았다. 이찬형이 어젯밤 보고를 한 것이다. 강한석은 사태의 심각성에 얼굴이 하얗게 질렸다. 만일 자신과 이중섭의 길고 긴 관계가 없었더라면 이것은 끔찍한 결과가 될 것이었다.

"각하, 저희들도 기무사의 협조를 받아서 이철우의 교우 관계와 행동에 대한 자료가 있습니다. 그러나 그렇게 사건을 전개시켜 나가다가는 자칫……."

강한석이 말을 멈추고 침을 삼켰다.

"그래, 자칫, 뭔가?"

이중섭이 부드러운 얼굴이 되어 물었다.

"계속해 보게."

"현 정권에 대한 저항 세력, 그것도 조직폭력배가 아닌 군 출신인 사람을 중심으로, 그런 전제하에 수사를 진행시킬 수는 없습니다."

"……."

"그렇게 되면 언론이 미친 듯 날뛸 것이고 민심은 민심대로 흉흉해집니다. 또한 저항 세력이 다시 깊숙이 숨거나 결속할 기회를 줍니다."

"……."

"저는 그래서 이철우의 보고를 내무부 선에서 잘랐던 것입니다. 수사는 철저하게 시키고, 찾으면 기필코 배경을 캐 보겠습니다. 하지만 각하에게까지 보고드릴 생각은 없었습니다."

"장관하고 안기부장하고 다른 점이 있기는 있군."

혼잣소리처럼 이중섭이 말하며 머리를 돌렸다. 그는 창밖의 인왕산을 바라보았다.

"다른 방법도 있네, 강 장관."

시선을 옮기지 않은 채 이중섭이 입을 열었다.

"상대가 있으니까 싸우는 것 아닌가? 아예 싸울 상대들을 내쫓는 거야, 그쪽 세상에서. 그러면 일이 일어나지도 않겠지. 그렇지 않은가?"

"그렇습니다, 각하. 저희들은 어느 쪽에도 법의 적용에 경중을 두지는 않습니다. 다만 김원국의 조직에게는 밤의 세계를 많이 정화시킨 공로가 있습니다.

"그건 알고 있어. 김원국이는……"

이중섭이 머리를 돌리며 얼굴에 웃음을 띠었다.

"지금 인도네시아의 섬에 있다는데, 그 사람도 마음이 편하지는 않겠구만."

응접실은 30평쯤 되는 직사각형의 방으로 햇볕이 잘 들어오는 남향이었다. 대리석 바닥 위에 양탄자를 깔았고 중앙에는 타원형의 두꺼운 나무 탁자가 놓여 있었다. 남쪽의 창은 통유리로 되어 있어서 오후의 햇볕을 받아 물결 끝이 반짝이는 바다가 내려다보였다. 바닷가에 지어진 집이어서, 창문에서 몇 미터밖에 떨어지지 않은 바위 위에 갈매기 서너 마리가 앉아 날개깃을 부리로 쪼고 있었다. 원탁의 의자에 앉아 있던 김칠성이 강만철을 바라보았다.

"형님, 제 처 이야기는 꺼내지 말아 주세요. 부탁입니다."

"너는 이 자식아, 잠자코 있어. 결정은 형님이 내리실 테니까."

"글쎄, 나는 말이오……."

상체를 세운 김칠성이 상기된 얼굴로 뭐라고 말을 하려는데 방문이 열리면서 김원국이 들어섰다. 스웨터에 바지 차림으로 그들에게 다가온 김원국은 의자에 앉았다. 햇볕에 그은 피부가 반들거리며 윤이 났다.

"이철우의 가족, 어디에 두었지?"

김원국이 강만철에게 묻자 김칠성이 헛기침을 했다.

"형님, 제가 양수리의 아는 집에 맡겨 두었습니다."

머리를 끄덕인 김원국이 김칠성을 찬찬히 바라보았다.

"제수씨 때문에 마음고생이 많겠다."

"아닙니다, 형님."

"딸애는 처가에 맡겨 두었다면서?"

"네."

"두 살이라면 엄마를 꽤 찾을 텐데."

"형님."

강만철이 김원국을 향해 머리를 들었다.

"그래서 말씀인데요, 저쪽 놈들한테 인질을 교환하자고 연락할까 합니다."

"놈들하고 연락은 되나?"

"안 됩니다. 요즘은 전혀 연락이 없어요."

머리를 끄덕인 김원국이 그들을 둘러보았다.

"그래서 내가 연락을 해놓았다. 대한일보의 내일 조간신문에 기사가 나갈 거야. 이철우가 보게 될 거다."

"형님, 어떻게 하시려고?"

김칠성을 힐끗 바라본 강만철이 물었다.

"어떻게 하긴, 제수씨와 이철우의 가족을 바꾸는 것이지. 아마 너희들한테 연락이 갈 테니까 그렇게 하도록 해라."

"신문에는 어떻게 내실 생각이십니까? 너희 가족은 우리가 데리고 있다고 낼 수도 없지 않습니까?"

강만철의 말에 김원국이 머리를 끄덕였다.

"그렇지. 그래서 지난번 여기자한테 방법을 만들어 보라고 했다. 그랬더니 알아서 해주겠다고 했다."

"그 여자를 믿을 수가 있을까요?"

"믿는다, 내가 힘이 있는 한."

자르듯 말을 맺은 김원국이 입을 다물고 한동안 그들을 바라보았다. 바깥의 바위 위에 앉아 있던 갈매기들이 끼룩댔다.

"내가 어제 안기부장을 만났다."

문득 김원국이 입을 열자 그들은 일제히 몸을 굳혔다.

"안기부장을 말입니까?"

강만철이 확인하듯 묻자 김원국이 머리를 끄덕였다.

"그래, 못 만날 이유도 없지. 내가 범법자도 아니고."

"형님 혼자서요?"

"그래, 혼자였다. 그쪽도 혼자였고."

"……"

"이철우는 특공대 출신이라고 했는데 실은 특공대 산하의 교육대장도 5년 가까이 했어. 최한성이도 거기에서 만났을 것이다."

강만철과 김칠성은 잠자코 그를 바라보았다.

김원국은 안기부장인 이찬형에게서 정보를 얻어 온 것이다. 그가 말을 이었다.

"이철우는 이무섭 대령의 심복이었어. 이무섭은 작년 초에 별을 못 달고 예편이 되었지. 사조직에 관련이 되었기 때문인데 능력이 뛰어난 사람이었어. 모두들 아까워했다고 한다."

"……"

"이철우는 이무섭이 예편당하자 좌절감에 빠졌다는 거야. 그러고는 한 달쯤 후에 자진 예편을 했는데, 그러지 않았어도 군에서 배기기 힘들었을 거라는군."

"형님, 그렇다면."

강만철이 탁자 위로 상체를 기울이자 김원국이 머리를 끄덕였다.

"이 부장의 추측은 이철우의 배후에 이무섭이 있고, 또 그 배후에 무엇이 있다는 것이다. 그들이 군의 조직적인 힘을 바탕으로 밤 세계를 장악할지도 모른다는 거야. 물론 예비역이겠지만."

"……"

"물론 그들은 막대한 자금력이 있어. 이철우나 이무섭의 재산 정도는 아무것도 아니야. 이무섭은 집 한 채밖에 없는 자야."

"그놈은 지금 어디에 있습니까?"

김칠성이 갈라진 목소리로 물었다.

"추측이라 하더라도 잡아서 족쳐 봅시다, 형님"

김원국이 머리를 저었다.

"그자도 사라졌다."

"사라져요?"

"집에는 처자식만 있고, 작년 여름부터 행방을 감추었어. 가끔씩 전화만 하고."

"……"

"이 부장은 이철우의 측근, 이무섭의 인간관계, 예비역 직업 군인들의 명단을 뽑고 있는데 너무 방대하다는 거야. 대한민국 남자 중 예비역 아닌 자가 없고, 특공대뿐만 아니라 어지간한 특수부대는 모두 교육대를 거쳐 갔기 때문에."

"도대체 그놈들이 우리에게 덤벼서 어쩌자는 겁니까? 우리가 그놈들한테 무슨 원수진 일이라도 있습니까?"

김칠성이 얼굴을 찌푸리며 묻자 김원국이 어깨를 늘어뜨리며 길게 숨을 내쉬었다.

"우선 우리가 호락호락하게 보일 것이다. 밤의 사회만큼 힘에 의해서 좌우되는 곳이 없으니까. 놈들의 적성에도 맞을 것이고."

"개새끼들. 그래서 총을 들고 대들었군요."

"우선 밤의 세계를 장악하게 되면 또 다른 욕심을 부릴지도 모르지. 이 부장과 헤어지고 나서 그런 생각이 들었다."

김원국이 손바닥으로 햇볕에 탄 볼을 쓸었다.

"난 밤의 사회를 장악하고 나서 업체들을 모두 양성화시켰고 동생들을 납세자로 만들었다. 낮의 세계에 투항한 것이랄까, 융화된 것이지. 하지만 그 반대의 경우도 있을 것이다."

김원국의 표정이 딱딱하게 굳어졌다.

"낮 세계에 법이 있듯이 밤의 조직에도 법이 있지. 오히려 더 강하고 결집력이 있는 법이다. 밤의 세계가 그런 조직에게 장악이 된다면 그때는 낮이 밤에게 흡수될지도 모른다."

"그것, 무슨 말씀인지 도무지……."

김칠성이 입맛을 다시며 머리를 한쪽으로 눕혔다.

"그렇게 말씀하시면 낮에는 경찰도 있고 군대도 있는데."

그러다가 자신의 말에 놀란 듯 김칠성은 입을 다물고 멍한 얼굴이 되었다.

"우선 하나씩 처리해야 한다. 우리 편이 누구인가를 확인하고 놈들의 끄나풀이 누구인가도 가려내야 돼."

김원국의 말소리가 응접실을 울렸다.

"조직 내에도 놈들의 끄나풀이 있을지도 모른다. 조심하도록."

강만철과 김칠성이 서로 얼굴을 마주 보고는 김원국을 향해 머리를 숙였다. 바위 위에 앉아 있던 갈매기들은 어느새 사라져 보이지 않았다.

*   *   *

사방이 산으로 둘러싸인 비포장도로를 승용차는 덜컹거리며 달려 나갔다. 길은 인적도 없는 데다 오가는 차량도 보이지 않는 한적한 곳이었다. 길가에는 녹지 않은 눈 더미가 누렇게 먼지에 덮여 있었고, 마른 풀잎은 바람에 어지럽게 뒤엉켜 있었다. 승용차가 산의 줄기를 따라 우측으로 꼬부라져 들어가자 도로의 앞쪽으로 2층의 회색 시멘트 건물이 보였다. 대문의 위쪽으로 타원형의 양철 간판이 걸려 있고 검정색 페인트로 '용인 정신 교육원'이라고 쓰여 있다.

승용차가 정문 앞으로 다가가자 대문이 안쪽으로 활짝 열렸다. 두 사내가 안쪽에서 문을 연 것이다. 현관 앞에서 승용차가 멈추자 이철우가 차에서 내렸다. 서너 명의 부하가 그에게 일제히 머리를 숙였다. 머리를 끄덕여 보인 이철우는 건물의 안으로 들어섰다. 시멘트 건물이어서 싸늘한 냉기가 감돌았으나 복도를 오가는 사내들의 모습은 활기차 보였다. 본래가 정신박약자나 알코올중독자들을 수용하던 사설 수용소였다. 자식에게서 버림받은 노인이나 노망기가 있는 노인들을 돈을 받고 수용해 주기도 했던 곳이었는데 지금은 이철우의 행동대가 사용하고 있다.

이철우는 복도를 걸어 우측 끝에 있는 방으로 들어섰다. 행동대의 감독관 격인 안정태가 따라 들어왔다. 예비역 대위 출신으로 격투기의 달인이었다. 그의 실전용 육박전 교습은 미군의 특수부대에서도 훈련을 받고 갈 만큼 유명했다.

"대장님, 오늘 아침에 열다섯 명을 보냈습니다. 이제까지 보낸 것이 모두 서른다섯 명입니다."

안정태가 소파 옆에 반듯이 서서 그를 바라보며 말했다. 눈초리가 매섭고 얄팍한 입술이 잔인하게 보이는 인상이었다.

이철우는 머리를 끄덕이며 소파에 앉았다. 방은 20평쯤 되는 정사각형의 구조였다. 이철우가 이곳에 올 때만 사용하는 곳이어서 소파와 책상, 벽 쪽에 침대 하나 있는 것이 전부였다. 이철우가 손으로 앞쪽을 가리키자 안정태가 자리에 앉았다.

"서른다섯 명을 그쪽에 보냈으면 현재 인원은 몇 명인가?"

"현재 인원은 127명입니다. 부상 셋이 포함되었고 포로 세 명은 제외시켰습니다."

안정태는 막힘없이 군대식으로 대답했다

"최한성의 보증인이 어떻게 되었는지 모두들 알고 있겠지?"

"알고 있습니다. 반장급들이 이야기를 퍼뜨렸으니까요."

"불행한 일이야, 자신의 잘못으로 가족을 죽인다는 건. 비겁한 놈이지."

"죄송합니다. 저는 놈이 그런 버릇이 있는지도 모르고……."

"한 번 일어난 일이야. 그리고 사람마다 약점은 있어. 하지만 결정적인 순간에는 방심하면 안 되는 거였어."

"……."

"직원들한테 수당은 나눠 주었나?"

"네, 대장님."

"대장이 뭐야, 이 사람아."

"죄송합니다, 형님."

이철우가 입술 끝으로 웃자 안정태가 따라 웃었다.

"세 명이 잡힌 것 말인데, 다행히 경찰이 김칠성이한테서 빼내 오기는 했지만 놈들한테 잡혀 있던 시간이 여섯 시간이 넘어."

"대, 아니 형님은 그 애들이 불었으리라고 생각하십니까? 천만에요, 그럴 리가 없습니다."

안정태가 머리를 저었다.

"차라리 자신이 죽고 말지, 제 어머니나 처, 또는 자식을 죽이지는 않습니다. 그 애들은 최한성의 마누라가 어떻게 되었다는 것을 알고 있습니다."

잠자코 안정태를 바라보던 이철우가 머리를 끄덕였다.

"그 여자는 별일 없지?"

"네, 형님."

"요즘도 일하면서 노래를 불러?"

안정태가 힐끗 그를 바라보았다.

"네, 그런 것 같습니다."

"그 여자 지금 어디 있어?"

"주방이나 세탁장에 있을 것 같습니다만……."

이철우가 자리에서 일어섰다.

"어디, 그쪽으로 가 볼까?"

이철우와 안정태는 방을 나와 복도 끝의 문을 열고 뒷마당으로 나왔다.

뒷마당에는 지난주에 내린 눈이 아직도 쌓여 있었는데 마당 건너편으로 시멘트 단층 건물이 보였다. 주방과 식당으로 쓰이는 건물이다. 그들이 식당의 문을 열고 들어서자 식당 바닥을 걸레로 닦고 있던 부하 두 명이 몸을 굳혔다.

주위를 둘러보던 안정태가 주방 쪽으로 걸음을 옮겼다. 주방에서 그릇이 달그락거리는 소리가 들렸다. 그리고 여자의 말소리와 함께 웃음소리가 들려왔다.

이철우는 주방으로 들어서려는 안정태의 어깨에 손을 얹어 멈춰 세웠다. 그러고는 머리를 숙이고 식기가 나오는 구멍을 통해 안을 들여다보았다. 한세라가 그릇을 닦으면서 부하 두 명과 무엇인가를 이야기하고 있었다. 부하들의 얼굴이 보였는데 즐거운 듯 얼굴에 웃음을 띠고 있다.

이윽고 한세라가 이쪽으로 몸을 돌렸다. 진 바지에 헐렁한 스웨터 차림이었고, 허리에는 커다란 행주치마를 걸치고 있었다. 긴 머리를 뒤로 감아 올렸으므로 긴 목이 드러났다. 그녀가 다시 무언가를 이야기하면서 활짝 웃었다. 흰 이가 드러난 밝은 웃음이었다.

이철우가 허리를 펴자 그를 바라보고 있던 안정태와 시선이 마주쳤다. 그는 잠자코 몸을 돌렸다.

응접실의 소파에 앉은 이재영은 재킷의 깃을 곧게 세우고는 아래쪽을 밑으로 잡아당겨 가슴의 선을 폈다. 스커트를 무릎 쪽으로 당겨 보았으나 원래가 짧은 옷이어서 위로 다시 밀려 올라왔다. 그녀는 허리를 세우고는 들고 온 가죽 가방을 무릎에 올려놓았다. 응접실은 장식이 별로 없어서 넓게 보였다. 아침부터 서둘러 왔기 때문에 시간은 아직 정오가 되지 않았다.

문이 열리는 기척이 들렸으므로 그녀는 머리를 들었다. 김원국이 들어서고 있었다. 시선이 마주치자 이쪽에서는 얼굴에 웃음을 띠었으나 그는 보일 듯 말 듯 머리만 끄덕이고는 무표정으로 일관했다. 그는 잠자코 그녀의 앞자리에 앉았다. 무릎을 붙인 이재영은 가방을 열고 광고지의 견본을 탁자 위에 내려놓았다. 그리고 짧은 치마를 입고 온 것을 후회했다.

"광고 견본을 가져왔어요. 저쪽에서 알기만 하면 되니까 이런 방법을 썼습니다."

이재영이 손가락으로 광고 견본을 가리켰다. 살색의 매니큐어를 칠한 보기 좋은 손톱이었다.

"구석에 박미옥 여사와 한호, 병호의 사진만 실으면 이철우 씨는 금방 알아볼 거예요. 구석에 전화번호 하나만 적어 놓고. 5단의 통 광고니까요."

김원국이 잠자코 머리를 끄덕이자 이재영이 머리를 들었다. 검은 눈이 창에서 흘러 들어온 빛을 받아 반짝였다. 긴 머리 몇 가닥이 이마 위로 흘러내린 것을 그녀는 손을 들어 옆쪽으로 쓸어 넘겼다.

"광고 내용은 음주 운전을 하지 말자는 공익 광고니까 의심

받지는 않을 거예요. 광고주는 손해보험 협회로 하고. 그 사람들은 영문을 몰라 하겠지만."

"수고했군."

그러자 이재영이 이를 드러내며 웃었다.

"광고비는 지면에 따라 다르지만 1면 기준으로 하면 1,500만 원이에요. 현금으로 지불하면 10퍼센트 할인이 됩니다."

김원국은 주머니에서 지갑을 꺼내 수표를 빼내었다.

"여기 2천만 원이 있어."

이재영이 잠자코 수표를 받아 핸드백에 넣었다.

"지금 거스름돈이 없으니까 다음에 영수증하고 같이 드리겠어요."

머리를 끄덕인 김원국이 그녀를 바라보았다.

"그쪽 데스크는 이번 사건을 어떻게 생각하고 있지?"

"어떻게 생각하다니, 무슨 말씀이세요?"

이재영이 눈을 동그랗게 떴다.

"선입견이나 또는 정부나 기관의 어떤 요청이라든지, 그런 것이 있을 것 아닌가?"

"저는 그런 것 잘 몰라요."

이재영이 머리를 저었다.

"기사를 쓰면 데스크가 결정을 하니까요, 실을 것인가 아닌가를."

"어떤 방향으로, 또는 어디에 초점을 맞추어서 취재하라고 할 것 아닌가?"

입을 꾹 다문 이재영이 그를 건너다보았다. 눈동자는 정지된 것같이 보였으나 찬찬히 들여다보자 조그맣게 좌우로 흔들리고 있다.

"이번 조직은 언론기관에도 줄이 닿는 것 같아서 그래. 언론도 조종하고 있는 느낌이 들어."

김원국의 말에 그녀의 이맛살이 찌푸려졌다.

"그럼 우리 부장도 그렇다고 생각하세요? 저는 도무지 믿을 수가 없어요."

그녀는 머리를 저었다.

"그들이 어떤 조건으로 어떻게 설득했는지는 알 수 없지만 어지간한 유혹에는 넘어가지 않을 사람이에요."

"대한일보는 처음에는 사건들을 대서특필하더군. 세세한 부분까지도 말이야. 물론 이재영 씨의 역할이 컸었지만."

"전에도 말씀드렸지요. 사건 직후에 제보가 들어온다고. 그것을 싣지 않을 신문사는 없어요. 그리고 국제신문도 우리와 비슷하게 제보를 받고 있어요."

김원국은 머리를 돌려 창밖을 바라보았다. 맑게 개인 하늘이었다. 햇살은 비스듬히 물결 끝을 비추어 바다는 유리 가루를 뿌린 듯 반짝였다.

"그렇다면 내가 특종감을 하나 주지."

김원국이 머리를 돌려 그녀를 바라보았다.

이재영은 저도 모르게 어깨를 세우고는 침을 삼켰다. 특종기사 때문은 아니다. 이제는 그따위 것에 놀라지 않게 단련되어 있었다. 김원국의 시선에 저도 모르게 움츠러든 것이다. 악명 높은 사내여서 처음 만났을 때 그가 보통 사람처럼 말하는 것을 보고는 신기한 느낌이 들었었다. 그러고는 잊고 있었는데 이런 시선을 받으면 다시 섬뜩해졌다.

"이철우의 주변이 있어. 그리고 배경이 있어. 그것을 기사로 실어 봐."

김원국의 시선은 그녀를 향한 채 움직이지 않았다.

"놈들은 조직력을 갖춘 훌륭한 집단이지. 예비역 군인이 곧 밤의 군대가 될 가능성이 있단 말이야."

김원국은 소파의 한쪽에 놓인 노란색 서류 봉투를 집어 탁자에 올려놓았다.

"서류 안에 내가 조사한 것들이 있어. 대한일보에서 특종을 내보라구."

서류 봉투를 열고 내용물을 꺼내 읽어 보던 이재영이 머리를 들었다. 눈을 치켜뜨고 입술은 반쯤 벌어져 있었다. 그녀의 시선과 마주치자 김원국이 빙그레 웃었다.

"자, 당신이 나와의 약속을 지킬 것인가, 그리고 그쪽 데스크가 어떻게 행동할 것인가 두고 보겠어."

"이건 추측 기사예요. 그리고 사회에 파문을… 우리는 도저히……."

"그것은 당신이 결정할 일이 아니라고 한 것 같은데."

"아무리 그래도……."

"부장한테 가져다 보이도록 해. 사서함에 던져진 것이라고 하고."

　김원국의 시선을 받은 이재영은 아랫입술을 깨물며 머리를 돌렸다. 가슴이 울렁거렸으나 입에서 더 이상 말이 나오지 않았다.

　"내 생각에, 이제까지 언론이 놈들에게 놀아났거나 한통속이 되어 있었어. 사회에 불안한 분위기를 조성하면서 김원국의 조직을 다시 밤의 세계로 끌어들였어. 우리를 피해자가 아니라 놈들과 동등한 밤의 무리로 만들어 버렸단 말이야."

　김원국의 말소리가 방을 울렸다.

　"자, 이제는 누군가 우리 일을 해주어야 할 때야, 이재영 씨."

제7장

인질 교환

밤의
대통령

코트의 깃을 세운 박동호는 번화한 강남역 사거리를 걷고 있었다. 저녁 8시가 조금 넘은 시간이었다. 제과점과 커피점이 즐비한 거리였고, 대형 유리창 안에는 젊은이들이 가득 차 있었다. 인도는 사람들로 메워져서 걸어가기에도 불편할 정도였다.

길가에 아무렇게나 주저앉은 일단의 청년들이 소리 높여 노래를 부르고 있었는데 추위도 아랑곳하지 않는 모습이었다.

박동호는 이맛살을 찌푸리며 왼쪽의 샛길로 들어섰다. 곧장 가면 나이트클럽과 디스코 클럽, 살롱이 즐비한 거리가 나온다. 그러나 샛길로 들어서면서부터 인적이 뚝 끊겼다. 샛길의 가에 두어 군데의 포장마차가 있었으나 그곳에도 주인과 한두 명의 손님만 어른거리고 있을 뿐이다. 길가의 벽 쪽에 서너 명의 전경이 서 있는 것이 보였다. 자세히 보니 저쪽에도 한 무리의 전경이 있다.

그들이 자신을 유심히 바라보는 것을 느꼈으나 박동호는 내쳐 걸었다. 정초부터 유흥 업체를 중심으로 연달아 터지는 폭력 사건이 손님들이 걸음을 끊게 만들어 놓은 것이다. 그리고 결정적인 것이 지난주에 있었던 구찌클럽의 습격 사건이다. 언론은 폭력 조직 간의 칼부림을 생생하게 보도했고, 경찰은 그것이 김원국의 조직과 그에 반발한 새로운 조직의 싸움이라고 공식 발표를 했다.

샛길을 나오자 제법 큰 도로가 나왔고 그곳은 사람들이 들끓고 있었다. 박동호는 시계를 내려다보면서 음식점의 거리를 걸었다. 차도고 인도고 할 것 없이 사람들이 왕래하고 있어서 차들은 천천히 사람을 헤쳐 나가고 있다. 그가 막 일식집 앞을 지나는데 옆쪽으로 검은색 승용차 한 대가 다가왔다. 짙게 선팅이 되어 있어서 안은 잘 보이지 않는다.

그가 안쪽으로 비켜 가려는데 유리창이 열리더니 이무섭의 얼굴이 드러났다.

"타세요."

박동호는 재빠르게 승용차의 문을 열고 올라탔다. 승용차는 경적을 울리면서 사람들을 헤치더니 곧장 우회전하고는 큰길로 들어섰다.

"이렇게 만나자고 해서 미안합니다. 전화는 도청이 신경 쓰여서."

이무섭이 박동호를 향해 웃어 보였다.

"앞으로는 이런 식의 간첩이 접선하는 방식은 쓰지 않겠습니다."

박동호가 잠자코 머리를 끄덕였다.

"그래, 무슨 일이오?"

"이제 준비는 되었습니다. 사회 분위기도 무르익었고, 우리에게 보호세를 낸 업체는 우리가 통보한 숫자의 비율로 보면 75퍼센트가 됩니다. 남은 25퍼센트 중 15퍼센트가 조웅남, 강만철, 김칠성의 직영 업체니까 놈들의 업체를 빼면 10퍼센트가 보호세를 안 낸 셈이오."

이무섭이 차분한 목소리로 말을 이었다.

"보호세로 걷은 돈이 35억입니다."

박동호의 얼굴을 들여다본 이무섭이 싱긋 웃었다.

"놀라셨습니까? 이것은 약과입니다. 본격적으로 영업이 되고, 보호세를 받는다면 현재의 업체들 기준으로 연간 400억 정도가 되지요. 그것도 이익금의 5퍼센트 정도만 받는 경우에요."

"……."

"김원국이는 그 이상을 챙겼을 겁니다. 그것도 몇 년씩이나. 그놈의 업체들은 모두 그런 돈으로 소유하게 된 것이지요."

"날 만나자고 한 이유나 말해줘요."

이무섭이 웃는 얼굴로 머리를 끄덕였다.

"돈 문제로 신경을 거슬리게 해드렸습니다. 강만철이와 김칠성이를 이번에 체포해 주셨으면 해서요."

주름진 얼굴로 이무섭을 바라본 채 박동호는 대답하지 않았다.

"동기는 만들어 드립니다. 아마 그것으로 치안감께서는 명예를 얻으실 수가 있을 겁니다."

박동호의 입가에 보일 듯 말 듯한 웃음이 떠올랐다.

"방금 내 명예라고 그랬소? 당신 날 비웃고 있구만그래."

처음부터 여유가 넘쳤던 이무섭의 얼굴이 처음으로 딱딱해졌다.

"아니, 치안감님. 무슨 그런 말씀을……."

"내가 하고 있는 일이 무엇인지도 모르고 있을 만큼 내가 바보같이 보이오? 나는 지금 직무 유기나 직권 남용, 사기, 횡령 그 정도의 일을 하고 있는 것이 아니오. 나는 지금 반역을 하고 있어."

박동호의 말소리가 차 안을 울렸다. 앞자리에 타고 있던 사내가 힐끗 이쪽으로 시선을 주었다.

"당신들은 내 불만을 알고 나에게 접근했고 난 받아들였어. 조웅남이나 강만철 조직을 제거하고 당신들이 자리 잡겠다는 것을 말이오. 왜냐하면 그들이나 당신들이나 같은 부류로 보았기 때문인데."

말을 멈춘 박동호가 이무섭을 쏘아보았다.

"나는 이미 발을 디딘 몸, 이건 알고 있어야겠소. 도대체 당신의 배후는 누굽니까?"

이무섭이 그의 시선을 받으며 빙그레 웃었다.

"내가 먼저 알고 싶은 것이 있습니다. 도대체 반역이라는 거창한 단어를 쓰시는 이유는 뭡니까?"

"당신들의 언론 공작, 조직을 분열시키는 정보 공작, 그리고 잔학성, 또 한 가지는 나 같은 불만 세력을 이용할 줄 아는 작전 능력이오."

이무섭이 머리를 끄덕였다.

"과연 명성이 헛말이 아닙니다. 감탄했습니다."

"나 같은 현직 공무원이 몇 명이나 있습니까? 물론 현직 군인도 있을 것이고."

"제가 말씀드리지 않는 것이 낫다고 생각하실 텐데요. 위로보다도 오히려 더 불안해지실 겁니다. 만일 있다는 전제하에서지만."

이무섭을 물끄러미 바라보던 박동호가 이윽고 머리를 끄덕였다.

"당신이 대답해 주리라고는 생각하지 않았어요. 나도 모르는 사이에 끌려들어 가는 것이 싫었을 뿐이오. 그것이 선이든 악이든 간에."

"아실 때가 옵니다."

"그때가 시기에 늦지 않기를 바랍니다. 난 언제나 시기를 놓쳤으니까. 속된 말로 기회라는 것을 말이오."

승용차는 성남의 한적한 길을 속력을 내어 달려가고 있었다. 어둠 속에서 승용차의 라이트가 곧장 뻗어 나갔는데 길가의 시커먼 가로수들이 불빛을 받아 검은 벽처럼 보였다. 박동호가 생각난 듯 이무섭을 바라보았다.

"자, 들어봅시다, 그 동기라는 것을. 강만철이나 김칠성이를 잡을 동기 말이오."

김칠성이 아래층으로 내려가다가 계단에서 걸음을 멈추었다.

"지금 사무실에는 누가 있어?"

"오덕호가 있습니다, 형님."

후줄근한 코트의 단추를 잠그면서 백동혁이 그를 바라보았다.

"녹음기도 준비해 놓았으니까, 연락만 오면……."

"그게 아녀, 인마."

김칠성이 눈을 부릅떴다.

"네가 올라가 앉아 있어. 사우나탕에 너까지 따라올 건 없단 말이다."

"네, 형님."

김칠성이 몸을 돌리자 백동혁은 뒤에 서 있던 이강일에게 눈짓을 했다. 이강일이 부하들을 이끌고 김칠성의 뒤를 따르자 백동혁은 층계를 걸어 올랐다. 오늘 아침의 대한일보에 조금 이상한 광고가 난 것을 아는 사람은 회사에서 몇 명 되지 않는다.

백동혁의 부하인 오덕호는 전화통을 끌어안고 앉아 있어야 하는 책임을 맡고 기다렸으나 오후 3시가 되도록 전화는 걸려

오지 않았다. 김원국의 지시로 이철우의 가족과 한세라가 교환 되어야 하는 것이었다.

층계를 올라 3층의 복도로 들어서는데 앞쪽에서 김선주가 걸어오는 것이 보였다. 저도 모르게 입맛을 다신 백동혁은 머리를 돌렸다. 마침 머리를 돌린 쪽에 화장실이 있었으므로 그는 몸까지 돌려 화장실로 들어섰다. 화장실에서 손을 정성껏 씻고 휴지로 깨끗이 닦고 나오던 백동혁은 갑자기 턱을 치켜들었다.

김선주가 문 앞에 서 있었다.

"저, 이야기 좀 해요."

냉랭한 표정으로 그녀가 말했다.

"조용한 곳으로 갔으면 좋겠어요."

"난 시간이 없어서……."

"그럼 여기서 할까요?"

눈꺼풀을 쳐들며 그녀를 노려보던 백동혁이 몸을 돌렸다. 그들은 층계 옆의 회의실로 쓰이는 빈방으로 들어섰다. 나무 탁자와 대여섯 개의 의자가 어수선하게 흐트러져 있는 방이었다.

백동혁이 잠자코 탁자에 엉덩이를 걸치고 앉아 그녀를 바라보았다. 김선주도 벽에 등을 붙이고 서서 이쪽을 노려볼 뿐 선뜻 입을 떼지 않는다.

"무슨 이야기여?"

참다못한 백동혁이 물었다.

"시간 없으니까 빨리해."

"나아 참, 기가 막혀서."

"뭐라고?"

"기가 막힌다고 했어요, 왜?"

"이런, 젠장."

탁자에서 엉덩이를 뗀 백동혁이 그녀를 노려보았다. 허리춤에는 바바리로 가리기는 했지만 목검을 차고 있었다. 당장 이마 위로 목검을 날릴 것 같은 얼굴이었다.

"기가 막히든 구멍이 막히든 그건 네 사정이고, 난 바빠."

"잠깐."

막 몸을 돌리려던 백동혁에게 김선주가 소리쳤다.

"나하고 고태석 씨를 못 만나게 하는 것은 무엇 때문이죠?"

백동혁이 눈을 껌벅이며 그녀를 바라보았다.

"그런다고 내가 당신을 좋아할 것 같아요? 주제도 모르고서."

"이 여자가 미쳤군."

"미친 건 당신이야, 이 개백정."

눈을 치켜뜬 백동혁의 손이 저절로 허리춤의 목검에 닿았다. 그러나 빼 들 수는 없는 노릇이다. 그리고 왜 그러냐고 물을 만큼 정신 상태가 안정되어 있지도 않다.

"내가 너를 좋아하다니, 이건 무슨 개뼈다귀 같은 이야기야? 차라리 미아리에 가서 여자를 사고 말지."

"그럼 왜 태석 씨를 만나려면 부하들을 시켜서 방해하는 거야?"

"내가?"

백동혁의 얼굴이 벌겋게 달아올랐다.

"내가 방해를 해? 어떻게?"

"며칠 전에는 왜 태석 씨 집에 못 들어가게 했어?"

"내가?"

"당신 부하가."

"……."

"태석 씨한테 이야기하니까 당신한테 물어보랬어. 그건 당신이 한 짓이라는 것이지, 뭐야?"

"이런 개자식이……."

고태석은 말하기 거북해서 그렇게 말했는지 모르지만 김선주가 오해할 만했다. 형님들한테서 여자 때문에 사이가 나쁘냐는 추궁을 받았는데 그것은 고태석으로서도 치명적이 될 뻔한 순간이었을 것이다. 여자 때문에 신세를 망칠 수는 없다. 만일 김선주와의 관계를 지속한다면 형님들의 시선이 곱지 않을 것이다.

"도대체 내가 무슨 죄를 지어서 너 같은 기집애를 좋아한다는 소문이 났지?"

어깨를 늘어뜨리면서 백동혁이 늘어진 눈을 들어 그녀를 바라보았다.

"너하고는 싸운 기억밖에 없는데, 애들 시켜서 널 철저히 경호하라고 한 적밖에 없는데, 도대체 내가 왜."

그러다가 백동혁은 눈을 부릅떴다.

"한 번만 이따위로 날 잡았다가는 개 잡듯이 때려죽일 테니까 알아서 해, 이년아. 나도 더 이상은 못 참는다."

이제 김선주는 눈을 껌벅이며 서 있었으므로 백동혁은 서둘러 방을 나왔다.

"이걸 어디서 얻었다고?"

서류를 움켜쥔 안청준이 이재영에게 다그치듯 물었다. 주름진 얼굴로 두 눈을 커다랗게 치켜뜨고 있었다.

"제 사서함에 들어 있었어요. 발신인은 적혀 있지 않았습니다."

"이걸 어떻게 하겠다는 거야? 이건 엄청난 폭로성 기사야. 아니, 기사라고 내가 말했나, 지금? 이건 기사가 될 수 없어. 이것은 추측이야. 가정이라구."

벌겋게 달아오른 얼굴로 안청준이 손에 쥔 서류를 흔들면서 책상 주위를 돌았다.

"이철우가 군 출신이라고 해서 그의 군 시절의 상관들까지 연루시킨다는 것도 그렇고, 우선 이철우가 주모자라는 확증도 없어. 최 아무갠가 하는 놈은 이철우를 말한 적도 없다고 한단 말이야."

"이무섭 씨는 지금 6개월째 행방불명이에요. 이 기사가 나가면 나와서 해명하라고 하지요. 명예훼손으로 고발하라고 하고요."

"뭐라고? 이 기자, 미쳤구만. 누굴 고발한단 말이야? 당신을?"

"그 사람들의 조직, 자금력, 그리고 철저한 정보 운용은 밤거리의 건달들이 아네요. 가능성이 많습니다, 부장님."

"가능성을 가지고 신문 보도를 해? 이 기자, 이제까지 헛배웠구만."

안청준이 책상에 두 팔을 짚고는 이재영을 쏘아보았다.

"일단 참고로 하지. 이철우, 이무섭, 그리고 그 주변으로 예상되는 예비역 장성들의 명단, 이것은 내가 맡아 두겠어. 아무래도 이것은 강만철 조직에서 보냈겠군. 그렇지?"

"그건 저도 모릅니다, 부장님. 하지만 이제까지 우리 기사는 김원국 씨나 강만철 씨 등의 조직을 일방적으로 매도하는 내용이었어요. 그렇게 생각하지 않으세요?"

"당신, 무슨 말을 하고 있는 거야? 김원국의 조직은 실재하고 있는 거야. 그리고 사건들도 그들 중심으로 일어났고."

"중심이 아니죠. 피해자죠, 그들은."

"우리가 피해자를 파헤치기만 했단 말인가?"

"우리는 순화된 밤의 조직을 새삼스럽게 부각시켰다고 봅니다. 사건만 확대 보도해서 사회 분위기를 혼란시켰고, 결국은 부장님 말씀대로 실재하고 있는 김원국의 조직이 표적이 되게만 했어요."

안청준이 찌푸린 얼굴로 이재영을 물끄러미 바라보았다. 팔짱을 끼고 선 채 이재영도 그의 시선을 맞받고 있었다.

이윽고 안청준이 입을 열었다.

"당신은 뭘 몰라."

"알 만큼은 압니다."

"나는 정책을 결정하는 사람 중 하나야. 그것을 명심하라구."

"그 정책을 말씀해 주세요. 그래야 제가 맞출 것 아닙니까?"

"당신은 쓰라는 것만 쓰면 돼."

안청준이 몸을 돌려 책상으로 돌아갔다.

"언론은 사회에 대한 책임이 있어. 그렇다고 정권 선전의 앞잡이 노릇을 하겠다는 것도 아니야. 그렇다고 해서 독자의 알 권리를 충족시켜야겠다는 명분으로 천방지축 떠들어도 안 돼."

의자에 앉은 안청준이 이재영을 뚫어질 듯 바라보았다.

"가장 기본적인 것은 말해 주지. 밤의 조직은 절대로 선이 아니다. 이것을 미화시켜서는 안 돼. 김원국이든, 또는 어떤 테러 조직이든 간에. 그렇다고 추측 기사로 사회에 엄청난 파문을 일으켜서도 안 돼. 이상이야."

이재영은 팔짱을 풀고는 가볍게 머리를 끄덕였다.

"저, 돌아가도 되죠?"

"좋아, 이 서류는 내가 보관하고 있을 테니까."

"괜찮아요, 복사해 놓은 것이 있으니까요."

몸을 돌린 이재영은 부장의 책상에서 물러났다. 자리로 돌아가자 책상 위에 한수영이 걸터앉아 있었다.

"어딜 갔다 오는 거야? 이거한테?"

한수영이 엄지손가락을 치켜세워 보였다. 그는 지난번의 사건 이후로 자주 이재영을 찾아와서 기웃거리다가 간다.

"왜, 무슨 기분 안 좋은 일 있어?"

책상에 앉아 그의 얼굴을 바라보던 이재영이 이윽고 머리를 저었다.

"한 기자님도 나나 마찬가지예요. 우린 기사나 쓰고 사진이나 찍어 가면 돼요. 보도가 되는 건 데스크에서 결정할 일이고."

"날 열 받게 해서 이용할 일 있어?"

"사서함으로 익명의 사람이 보내 온 자료를 받았어요. 이번 조직 간의 테러에 관한 자료인데, 이철우의 배경에는 막강한 조직이 있다는 거예요. 그것은 전직 군인들일 가능성이 높다는 거죠."

한수영의 얼굴이 딱딱하게 굳어져 갔다. 그는 눈을 끔벅이며 그녀를 내려다보았다.

"그 자료, 어디 있어?"

그가 가라앉은 목소리로 물었다.

"부장님이 가져갔어요. 물론 사본은 내가 가지고 있고."

"당신, 폭탄을 가지고 있구만."

이맛살을 찌푸린 한수영이 책상에서 엉덩이를 내렸다.

"군인과 관계된 것이라고 했지? 당신, 위험해."

그는 주위를 둘러보았다.

이재영은 그가 자료의 내용을 물어보지 않는 것을 깨달았다. 그는 사건에 가까워지는 것을 피하려는 것이다. 전쟁터를 돌아다닌 한수영은 위험한 일에 민감했다.

"이철우가 특공대 출신이라는 기사가 나가고 나서 부장이 얼마나 시달렸는지 알아? 내가 듣기로는 기관에서 여러 차례 연락이 왔어. 불려 가기도 했고."

"요즘 세상에?"

"요즘 세상, 옛날 세상 하지 말라구. 그 옛날 사람들이 아직도 높은 자리를 다 차지하고 있으니까."

"……."

"부장은 지난 정권 때 청와대 공보관으로 내정이 되었다가 결국은 못 가게 되었어. 정권이 바뀌는 바람에 물먹은 것이지. 이건 몇 사람만 알고 있는 거야."

"……."

"도대체 그 자료, 왜 당신 같은 신참에게 보냈는지 알아? 그놈들이 당신을 선택한 이유를 말이야."

"내가 이번 사건 기사를 쓰지 않았어요? 김칠성 씨 부인 납치 사건이라든가."

"왜 부장한테 직접 보내지 않았는지를 생각해 보았어? 놈들은 부장을 못 믿기 때문이야. 우리들의 기사 방향이 마음에 들지 않았을 거야."

"누가 말예요?"

마른침을 삼키면서 이재영이 묻자 한수영이 어깨를 으쓱였다.

"누군 누구야? 강만철 일당이지. 그놈들이 보낸 거야. 당신이 만만하게 보인 것이지."

"만만하게 본 것은 그쪽뿐만이 아녜요. 오히려 이쪽은 날 철저히 이용했어요. 호텔로 보내고, 또."

"테러한 자식들도 이재영 씨를 이용했구만. 어쨌든 당신은 이미 사건의 한복판에 있구만그래. 태풍의 핵이야. 당신 주변에서 사건들이 벌어지는군."

아랫입술을 깨문 이재영은 대답하지 않았다.

거칠게 방문을 열고 들어온 백동혁은 부하가 들고 있는 전화기를 빼앗듯이 쥐었다.

"여보세요."

─당신은 누구야?

저쪽에서 짜증 난 듯 물었다.

"난 백동혁이라고."

─아, 알았어.

저쪽은 백동혁의 다음 말을 잘랐다.

─백동혁이라면 됐어. 그럼 간단히 말하겠다. 교환을 하자. 우린 한세라를 아파트로 데려가겠다. 너희들은 박미옥 씨와 어머니, 한호, 병호를 장안동에 있는 크리스틴호텔로 데려와라. 시간은 오늘 저녁 8시다.

사내가 빠르게 말했다. 그가 숨을 돌리는 것을 기다렸다가 백동혁이 물었다.

"야, 야, 천천히 말해. 너희들이 데려온다는 것을 어떻게 확인한단 말이냐?"

─멍청한 놈.

사내가 커다랗게 말했으므로 백동혁은 얼굴이 상기되었다. 수화기를 힘주어 귀에 붙인 백동혁이 주위를 둘러보았다. 이강일과 서너 명의 부하들이 숨을 죽이고 그를 바라보고 있었다.

　—우리도 한세라를 그 자리에서 죽일 만한 인원이 간다. 너희들도 마찬가지일 것 아닌가? 8시 정각에 호텔 앞과 아파트 앞에 도착하면 서로 확인이 될 것이고, 그때 물러나면 된다. 서툰 짓을 할 필요는 없겠지.

　"좋아. 크리스틴호텔, 8시라고 했겠다. 8시 정각에 아파트 앞에 형수님이 나타나지 않으면 어떻게 된다는 것은 알겠지?"

　—너희나 약속 지켜, 이 새끼야.

　"이런 개자식이."

　—개백정 놈이라 개밖에 안 보이는 모양이군.

　전화가 끊겼으므로 백동혁은 벌게진 얼굴로 주위를 둘러보았다. 이강일이 한 걸음 다가섰다.

　"형님."

　"뭐?"

　백동혁이 사납게 눈꺼풀을 쳐들자 이강일이 입맛을 다셨다.

　"나, 형님한테 보고하고 오겠다."

　백동혁이 몸을 돌리다가 멈추어 섰다.

　"이건 너희들만 알고 있어. 입에다 테이프 붙이란 말이다. 알았어?"

　서둘러 방을 나간 백동혁은 복도 끝 쪽에 있는 김칠성의 방을 향해 걸었다. 오전 10시가 조금 지난 시간이었다. 복도에는 사무실 직원들이 꽤 많았다. 그들을 스쳐 지나는데 옆쪽의 방문이 열리더니 김선주가 밖으로 나왔다. 서류철을 들고 있는 것으로 보아 결재를 받으러 가는 모양이었다. 그녀와 눈이 마주쳤으나 제각기 머리들을 돌렸고 백동혁은 김칠성의 방문을 열었다.

김칠성은 이쪽으로 등을 보인 채 창밖을 바라보고 있다가 의자를 돌렸다. 그러고는 쏘는 듯한 시선으로 백동혁을 보았다.

"형님, 연락이 왔습니다. 오늘 저녁 8시에 교환을 하잡니다."

책상 앞에 선 백동혁 숨 가쁘게 말했다.

"8시에 형수님을 아파트로 모시고 가겠답니다. 그 시간에 이철우의 가족을 장안동의 크리스틴호텔로 데려다 놓으랍니다."

"8시에?"

목이 쉰 듯한 낮은 목소리로 김칠성이 묻자 백동혁이 활기차게 머리를 끄덕였다.

"네, 형님. 우리들은 그 가족을 크리스틴호텔 앞에서 데리고 있다가 형수님이 아파트 앞에 내리셨다는 연락을 받으면 풀어 주면 됩니다."

"그쪽도 그러겠지."

"그렇지요, 형님."

"……."

"놈들이 쓸데없는 짓을 한다면 그놈 처자식들을 개 잡듯이 쳐 죽이면 됩니다, 형님."

"이런, 망할 자식이."

그가 혼잣말처럼 중얼거리는 소리를 들었으나 백동혁은 내쳐 말했다.

"형님, 애들 몇 명에게 공기총을 사 주었습니다. 요즘 공기총은 성능이 좋아서 50미터 거리면 사람도 문제가 없습니다. 더구나 연발총이어서."

김칠성이 이맛살을 찌푸리고 턱을 들었다.

"공기총?"

"네, 형님. 놈들이 권총을 가지고 다니지 않습니까? 그래서 우리도……."

"이런, 망할!"

김칠성이 눈을 치켜떴으나 백동혁은 내친김이었다.

"총포 소지 허가까지 모두 받았습니다. 그리고 놈들이 총을 쓸 때만 쓰라고 일러두었습니다."

"처박아 둬, 알았어? 가지고 다니지 말란 말이다. 알아들었어?"

김칠성이 손가락으로 백동혁을 겨누었다.

"너, 이 자식. 괜한 일로 문제를 크게 만들지 말란 말이다. 그놈의 언론이 우리가 총을 가지고 다닌다면 어떻게 나오겠어?"

"공기총인데요, 형님."

"공기총이든 가스총이든, 이 자식아!"

김칠성이 주먹으로 책상을 내려쳤다.

"처박아 두란 말이다! 알았어?"

"네, 형님."

백동혁이 고분고분 대답했다. 성격 탓이기도 하겠지만 검도의 대련을 할 때 상대방의 기합 소리를 수없이 들어 왔기 때문인지도 모른다. 그는 김칠성의 호통에 별로 겁을 먹지 않았다.

"그럼 그렇게 하겠습니다, 형님."

머리를 숙여 보인 백동혁은 문을 열고 나서다가 다시 김선주와 마주쳤다.

김선주가 와락 머리를 돌리면서 이맛살을 찌푸렸는데 그제야 백동혁도 눈꺼풀을 반쯤 내리면서 입술을 비틀었다. 이년은 고태석을 만나지 못하게 되어 발정이 났다. 그래서 안달 난 암캐처럼 지랄을 하는 것이다. 스쳐 지나가는 그녀에게서 향기가 전해져 왔는데 그것이 백동혁에게는 암내처럼 느껴졌다.

빨래를 널던 한세라는 주방 쪽의 문이 열리면서 김동만이 다가오는 것을 보았다. 그의 뒤로 처음 보는 사내 한 명이 따르고 있다.

"아줌마, 빨래는 놓아두시고 이 사람을 따라가 보세요."

다가선 김동만이 그녀의 손에서 빨래를 빼앗아 통에 넣었다. 그는 그녀를 감시하는 책임을 맡고 있는 사람이다.

"왜요? 이것까지 마저 널고 가면 안 돼요?"

한세라가 김동만을 바라보며 묻자 뒤에 서 있던 사내가 한 걸음 나섰다.

"오라면 오지, 웬 잔소리가 많아?"

서른서넛은 될 성싶은 검게 탄 얼굴의 사내였다. 작은 눈에 콧날도 작았으나 턱과 입이 두툼해서 무지스러워 보이는 얼굴이다. 한세라가 고무장갑을 벗으면서 김동만을 향해 웃었다.

"내가 전에도 얘기했지만, 여자한테 막되게 구는 남자치고 쓸 만한 남자 없다고 했지요?"

"아줌마."

김동만이 난처한 듯 이맛살을 찌푸리며 한 걸음 다가섰다.

"급한 일이 생겨서 그런가 봅니다. 어서……."

"너도 이 자식아, 뼈가 흐늘흐늘해졌단 말이다. 군기가 빠졌어."

낯선 사내가 김동만을 향해 으르렁거렸다. 차마 한세라한테는 어찌지 못해 그에게 분풀이하는 것 같았다.

"이 새끼가 왜 지랄이야, 씨발 놈이?"

김동만이 와락 턱을 내밀며 상대방을 쏘아보았다.

"씨발 놈아, 내가 군기 빠진 것이 뭐냐? 딱딱거리는 것이 군기 잡힌 거냐?"

당장에 주먹이 오갈 것 같은 분위기였다.

"그만, 나 때문에 싸우겠어."

한세라가 행주치마를 벗으면서 소리쳤다.

"갈게요. 내가 따라가면 됐지, 뭘. 친구끼리 싸우시면 돼요?"

"넌 닥쳐!"

검은 얼굴의 사내가 소리치자 한세라의 얼굴도 굳어졌다.

"당신, 정말 병신 같아. 난 당신들 포로야, 인질이라구. 내 신분을 내가 잘 알고 있어. 소리 좀 지르지 마라, 이 병신아."

"무엇이?"

사내가 주먹을 날릴 듯이 한 걸음 다가섰다. 작은 눈이 번들거렸는데 마치 짐승의 눈빛이었다. 저도 모르게 침을 삼킨 한세라가 다시 말했다.

"그래, 칠래? 난 너희들이 전직 군인이라는 것을 알고 있어. 하지만 너 같은 자식은 밤거리의 건달보다도 못해. 넌 쓰레기야."

그러고는 아예 턱을 내밀고 눈을 반쯤 감았는데, 아무 일도 일어나지 않았다. 기척도 없었으므로 한세라는 턱을 내리고 눈을 떴다. 사내들의 몸이 빳빳하게 굳어져 있었는데 이쪽을 바라보고 있다. 자세히 보니까 자신의 뒤쪽이다. 한세라는 몸을 돌렸다. 짧게 깎은 머리에 다부진 인상의 사내가 서 있었다. 무표정한 얼굴이었으나 그의 몸에서는 냉기가 퍼져 나오는 것 같았다.

한동안 그녀를 바라보고 있던 사내가 입을 열었다.

"따라오시지요."

자석에 끌리듯 한세라가 저도 모르게 그쪽으로 걸음을 옮기자 사내가 머리를 들고 사내들 쪽을 바라보았다. 번들거리는 눈빛이었다. 이윽고 사내는 두어 번 눈을 깜박여 눈빛을 약하게 하고는 몸을 돌렸다.

한세라는 사내의 뒤를 따라 긴 복도를 타박이며 걸었다. 그녀는 사내가 누구인지 알고 있었다. 이름은 모르나 그가 이 집 안의 대장이라는 것은 알았다. 그는 식당에도 오지 않았으므로 먼발치에서만 두어 번 보았을 뿐 그와는 말을 해본 적도 없었다. 사내들은 그를 철저히 따르고 복종하고 있었다. 한세라는 그를 따라 복도 왼쪽의 방으로 들어섰다.

책상 한 개와 철제 의자 세 개가 석유난로를 중심으로 놓여 있는 방이었다. 벽 쪽에는 젖힌 커튼 사이로 잘 정돈된 침대가 보였다. 대장이 기거하는 방인 모양이었다.

"거기 앉아요."

의자에 앉으면서 이철우가 앞쪽의 의자를 눈으로 가리켰다.

"과연 보스의 부인다우십니다."

표정을 흩뜨리지 않은 채 그가 낮은 목소리로 말했다.

의자에 앉은 한세라는 그를 바라본 채 대답하지 않았다. 몇 년간 밀수로 가족들을 먹여 살린 그녀였다. 단련된 그녀의 육감이 모든 신경을 팽팽하게 긴장시켜 놓고 있었다.

"내 가족들을 당신 남편이 인질로 잡고 있어요. 처와 두 자식, 그리고 어머니까지 모두 네 명인데."

한세라가 퍼뜩 머리를 들었다. 억양 없는 목소리로 이철우가 말을 이었다.

"오늘 오후에 교환하자고 했는데, 나에게 문제가 좀 있어서……."

"……."

"석 달 가까이 되었지요? 당신은 언제나 밝은 표정이었지요. 저 바보 같은 놈들 중에는 당신을 연모하는 녀석들도 있다고 들었습니다."

"……."

"당신은 우리가 누군지, 그리고 숫자가 몇 명인지, 어떻게 훈련의 받고 무엇이 목적이라는 것까지 대충 알고 있다고 봅니다."

이철우는 붉게 달아오른 석유난로를 물끄러미 내려다보다가 머리를 들었다.

"당신을 돌려보내고 내 가족을 찾아야 하는데, 그때는 우리 조직이 완전히 노출되어 버립니다."

"제 약속 같은 것은 믿지도 않으시겠지요."

한세라의 말에 그가 머리를 끄덕였다.

"물론입니다. 불가능한 일이지요. 입을 열지 않는다는 것이."

"저한테 바라는 것이 있으세요? 그런 이야기를 해주시려고 부른 것은 아닐 텐데요."

"난 당신을 진작 죽여야 했습니다. 그러면 내 가족이 흥정의 대상이 안 되었을 텐데."

"제 생각에는 저한텐 하신 것하고 똑같이 제 남편이 했을 거예요. 그쪽도 흥정을 할 필요도 없이."

"남편을 단단히 믿고 계시는군요."

"믿어요. 그이를 생각하면 기운이 나요. 그이가 화를 낼 것을 상상하면 기뻐요."

"김칠성 씨가 내 입장이라면 어떻게 했을 것 같습니까? 가족을 버리고 조직을 살렸을까요, 아니면 조직을 위험에 처하게 하고 가족을 살렸을까요?"

이철우를 찬찬히 바라보던 한세라가 이윽고 흰 이를 드러내며 웃었다.

"우리 남편은 둔해서 그렇게 어렵게 생각하지 않을 거예요."

"……."

"아마 지금쯤 죽을 생각만 하고 있을 거예요. 그 시점이 언제 인지는 모르지만."

"……."

"그것을 생각하면 행복해요. 그이한테는 조금 미안하지만."

이철우가 주머니를 뒤져 담배를 꺼내 입에 물었으나 불을 붙이지는 않았다.

한세라가 다시 말을 이었다.

"그래서 전 각오를 하고 있었어요. 잡혀 왔을 때부터요."

응접실에는 김원국과 강만철, 김칠성이 둘러앉아 있었으나 오늘은 의외의 사람이 한 명 막 끼어 앉은 참이었다. 그것은 긴 장으로 온몸을 굳히고 있는 이재영이었다. 아마 보스들의 회의 에 조직원도 아닌 여자가 끼어 앉기는 역사 이래 처음 있는 일 일 것이었다. 강만철과 김칠성은 의외라는 듯 제각기 눈을 치켜 떴으나 아무도 입을 열지는 않았다. 분위기는 조금 어색했다. 강만철이 물끄러미 김원국을 바라보고 있는 것이 마치 이재영 을 참석시킨 이유를 말해 달라는 것처럼 보였다.

김원국이 가볍게 입을 열었다.

"이 기자에게서 들을 이야기가 있다. 그것을 너희들도 함께 들어야 할 것 같아서."

강만철과 김칠성의 시선이 쏟아졌으므로 이재영은 시선을

내리깔았다. 김원국이 말을 이었다.

"그리고 이 기자는 우리가 어떻게 일을 하는지, 상대방이 우리에게 무슨 짓을 하는지를 눈으로 보고 귀로 듣게 될 것이다. 그리고 나중에 증인이 되어줄 거야. 나는 그런 뜻으로 이 기자를 오늘 회의에 참석시켰다."

이재영이 침을 삼키고는 탁자 위로 시선을 주었다. 얼굴에 개미가 기어가는 것 같았으나 손을 올릴 수는 없었다.

강만철이 헛기침을 하고는 상체를 세웠다.

"형님, 인질 교환 시에 지시하실 일이라도 있으십니까?"

"없다. 그저 제수씨를 받는 것으로 그친다. 미행하지도 말고 부딪치지도 말아라."

"형님."

김칠성이 입을 열었다.

"동혁이가 부하들에게 공기총을 사서 나눠 주었습니다. 그래서 야단쳐서 처박아 두라고 했습니다만, 만약에 놈들이 다시 총기를 쓰면 저희들은……."

"총을 쓸 기회를 안 주면 된다. 백동혁이 같은 놈은 나무 막대기로도 잘하지 않더냐?"

이재영이 사내들을 재빨리 둘러보았으나 표정이 변한 사람은 아무도 없었다.

강만철이 다시 입을 열었다.

"형님, 유흥업소의 태반이 개점휴업 상태입니다. 일부 업소에서는 이 상황이 오래갈 것으로 보고 가게를 내놓은 곳도 있습니다."

김원국이 머리를 끄덕였다.

"당연하지. 전에도 그런 일이 있지 않았어? 그렇게 해서 업소를 헐값에 인수하고 기반을 굳히려고 했었지."

"정기욱의 유통 회사가 부쩍 커갑니다. 소문으로는 그놈들이 업체들을 장악할 것이라고 하고, 놈들도 그렇게 떠들고 다닙니다."

"조사하고 있다. 하지만 놈들은 노출되어 있어서 일을 벌일 형편이 못 돼."

"배경이 든든하다고 합니다만."

"전과자들에게 일자리를 마련해 준다는 의도여서 정부가 승인해 준 거야. 하지만 지금 자금원이 추적당하고 있다."

김원국의 시선이 힐끗 이재영을 스쳤다.

"문제는 이철우를 앞에 내세운 조직이야. 그놈들은 아직 윤곽을 내보이지 않고 있다. 그것을 끄집어내야 하는데. 자, 이 기자, 말해 볼까? 이철우의 배경에 대한 자료를 내가 건네주었었지. 그것이 어떻게 되었지?"

가볍게 헛기침을 한 이재영이 침을 삼켰다.

"대한일보에서 보도할 수는 없었어요. 그것은 추측 기사일 뿐이고 사회에 큰 혼란을 야기할 염려가 있기 때문에."

이재영은 어깨를 세우고는 숨을 들이켰다가 천천히 뱉어내었다.

"그래서 저 나름대로 이제까지의 언론의 보도 내용을 검토

해 보았습니다. 외부의 압력이나 어떤 의도적인 분위기가 있는
가를 주요 일간지를 대상으로 살펴보았어요."

모두들 잠자코 그녀를 바라보았다. 머리칼을 쓸어 올린 이재
영이 말을 이었다.

"언론은 저희 대한일보도 그렇지만 사건이 일어날 때마다 저
쪽의 제보를 받았습니다. 경찰보다 빠르고 정확해서 언론이 경
찰을 언제나 앞질렀지요."

김원국이 잠자코 머리를 끄덕이며 계속하라는 듯 이재영을
바라보았다.

"이제 시민들은 밤 세계의 폭력에 대해서 만성이 되어 갑니
다. 처음에는 충격으로 받아들였다가 이제는 당연히 그런 것으
로 알고 있습니다. 언론도 두어 달 전만 해도 특종으로 실을 것
을 지금은 2단이나 3단으로 싣고 있어요. 모두 면역이 되어 버
린 것이죠."

"……."

"저희가 여론을 조사한 것이 있는데요."

이재영이 김원국을 힐끗 바라보았다.

"조직 세계와 김원국 씨에 대한 인상은 아주 나쁘게 나와 있
습니다. 언론이 보이지 않는 이철우의 조직에 대한 것은 흐리게
보도하고 김원국 씨 조직에만 초점을 맞추었기 때문이죠. 언론
은 이철우의 기사를 싣는 것을 기피하는 경향을 보이고 있습니
다."

"……."

"그것은 그가 군 출신이었기 때문이고, 잘못하면 무고한 군 전체의 명예를 더럽힐지 모른다는 우려 때문인데, 이것은 전부터 내려온 금기 사항입니다."

"흥, 따지고 보면 나도 군 출신이야. 대한민국 남자치고 군인 아니었던 사람 있어?"

강만철이 혼잣소리처럼 말했으나 공허하게 들렸다. 이재영이 말을 이었다.

"결국 언론은 지금까지 세뇌 작업을 해왔다고 볼 수 있어요. 밤의 조직, 김원국, 그리고 피투성이의 싸움, 보호세, 인질, 이렇게 해서 김원국의 조직은 대중에게 나쁜 인상을 주고 있습니다."

"조작한 것이군. 그래, 어떤 놈이야? 이제 결론을 말해 봐."

강만철이 답답한 듯 상체를 뻣뻣하게 세우고 이재영을 바라보았다.

"제 생각은 언론의 몇몇 간부가 누군가의 영향을 받고 있는 것 같아요. 하지만 누군지는 아직… 왜냐하면 저는 말단 기자여서요."

"당신이 내 처와 관련된 납치 기사를 쓸 적에 내가 놈들하고 무슨 거래를 했다는 식의 기사를 썼는데, 그것도 위에서 쓴 건가?"

김칠성이 처음으로 입을 열었다. 눈빛이 차가웠다.

"저는 그 쪽지를 그대로 옮겨 썼을 뿐이에요. 그런데 위에서 독자들의 시선을 끌려고 그랬는지 그곳에 초점을 맞추어 크게 낸 거예요."

"수고했어."

김원국이 입을 열었으므로 모두 그를 바라보았다.

"싸우기 위해서는 우선 적을 알아야 한다. 이 기자가 앞으로
도 많이 도와줘야겠어."

그는 잠시 말을 멈추고는 그들을 둘러보았다.

"우리는 이제까지 만난 어떤 조직보다 강하고 교활하며 모든
수단을 응용할 수 있는 놈들을 만나고 있다. 그놈들에게 대항
하기 위해서는 우리도 보다 더 강해지고 조직력을 갖추어야 한
다."

이재영은 그의 시선이 자신을 스치고 지나가자 온몸에 전류
가 흐르는 것 같았다.

"무엇을 빼앗기지 않겠다는 것이 아니라, 우리의 명예를 지키
기 위한 싸움이다."

김원국의 말소리가 방을 울렸다.

*　　　　　*　　　　　*

"솔직히 이것은 밤의 조직 간의 싸움이 아닙니다, 과장님. 이
러다가는 호미로 막을 걸 가래로도 막지 못하게 됩니다."

유혁근이 수저를 들고 말했다.

"이철우에 대한 수사 지시를 일반 용의자와 똑같이 취급하라
는 본부의 방침은 무언가 잘못되었어요."

"이봐, 어서 식사나 해."

국물을 떠 입에 넣은 이정환이 이맛살을 찌푸렸다.

"본부 방침이 잘못된 것은 없어. 분위기를 자극시키지도 않고, 또⋯⋯."

"신빙성도 없는 증언으로 군을 모독해서는 안 된다는 생각이지요."

불쑥 가로채 대신 말하자 이정환이 주위를 둘러보았다. 점심 시간이어서 본부의 구내식당은 제복과 사복 차림의 경찰들로 만원이었다. 벽 쪽에 앉은 그들의 옆자리는 비어 있었다.

"이철우에 대한 수사 지시를 일반 용의자로 정정 지시한 것이 일선 경찰들에게 어떤 영향을 주는지 아시겠지요? 그들은 이미 사건에서 손을 떼었을 겁니다. 그 사람들도 민감하다구요. 이것, 잡을 필요가 없구나 하고 생각하고 있을 거예요."

상체를 식탁 위로 숙인 유혁근이 말소리를 죽였다.

"잡아도 그렇지, 잡아서 배경을 캘 수 있을 것 같나? 순진한 생각이야, 그것은."

밥맛이 떨어진 듯 이정환도 수저를 내려놓았다. 설렁탕은 반이 넘게 남아 있었다.

"모두 위에서 알아서 하는 일이니까 혼자 떠들지 말라구, 처자식 생각해서."

"요즘 세상에 부지런히 움직인다면 밥 굶기지는 않아요."

"이 사람 미쳤구만, 곧 진급할 사람이. 자네는 내년 승진 인사에 포함이 될 거야."

유혁근이 물끄러미 이정환을 바라보았다.

"과장님, 이철우의 가족과 한세라 씨가 교환이 될 것 같습니다. 말하자면 인질 교환이죠."

수군대듯 말한 유혁근의 말을 못 알아들었는지 이정환은 눈을 끔벅이며 그를 바라보았다. 유혁근은 주머니를 뒤져 구겨진 신문 조각을 그의 앞으로 밀어 놓았다.

"며칠 전 대한일보에 난 광고예요. 그쪽 아래를 보십시오. 난데없는 사람의 사진이 있어서 자세히 보다가 혹시나 하고 이철우의 가족사진을 펼쳐 보았지요. 그것이 이철우의 부인과 두 자식입니다."

이정환이 머리를 들었다. 주름살의 골이 더욱 깊어 보이는 얼굴이었다.

"그럼 교환을 하겠구만?"

"하겠지요. 하지만 언제인지는 모릅니다."

"교환하라고 해. 나는 모르는 일이니까."

유혁근은 신문지를 집어 다시 호주머니에 쑤셔 넣었다.

"결론은 잡아도 골치가 아프단 말씀이군요? 그것이 상부의 생각이지요?"

"이봐, 우리는 할 만큼 했어. 아니, 그 이상으로 노력을 했단 말이야."

"이철우 가족의 은신처는 알려 주었지만 김칠성이 비웃었을 겁니다."

"망할 자식. 비웃을 테면 비웃으라고 해. 그놈들이 우리 입장을 어떻게 알아?"

이정환의 얼굴이 붉게 달아올랐다. 손에 쥐고 있던 이쑤시개를 식탁 위에 내던진 그가 자리에서 일어서자 유혁근이 시치미를 뗀 얼굴로 따라 일어섰다.

본부의 앞마당은 잔디밭이었다. 이른 봄의 따스한 햇살이 노랗게 시든 잔디 위를 내리쬐고 있었다. 아직 푸른 새싹이 보이지 않는 잔디밭을 가로질러 그들은 호젓한 벤치에 나란히 앉았다.

"박 국장 이야기로는 경찰청장과 장관의 지시였다는 거야. 사건이 더 이상 확대되어서는 안 된다고 하셨다는구만."

잔디밭에 시선을 준 채 이정환이 말했다.

"그야 당연하지. 각하가 경제 부흥에 전력투구하는 마당인데 그런 것으로 골치 아프게 만들어드리면 안 된다구."

"글쎄, 그게……."

유혁근이 입을 열자 이정환이 찌푸린 얼굴을 돌렸다. 입맛을 다신 유혁근이 말을 멈추었다.

"그런데 어제저녁에 안기부 제3차장한테서 전화가 왔었어. 밤에 조용히 만나자고 해서 안가에서 만나 한잔했는데."

긴장을 한 유혁근이 엉덩이를 끌어 바짝 다가앉았다.

"날더러 이철우에 대한 보고를 상부에 했느냐고 묻더구만. 그래서 자세히 이야기해 주었지. 그놈이 초점이라는 것까지."

"……."

"안기부가 지금은 좀 그렇지만 정보력은 대단한 곳이야. 고

차장, 깐깐한 사람이야. 내가 5년쯤 전 경정 시절에 같이 일한 적 있어."

"그래서요?"

"그래서요라니?"

그러자 유혁근이 이맛살을 찌푸렸다.

"고 차장, 그 양반은 이철우에 대해서 뭐라고 하던가요?"

이정환이 주위를 둘러보았다. 20미터 사방에는 사람이 없었다.

"기무사에 협조 의뢰를 했더니 차일피일 늦어져서 자체적으로 조사를 했다는구만, 이철우의 배경에 대해서."

유혁근이 침을 끌어모아 삼키고는 잠자코 그를 바라보았다.

"어느 정도 윤곽이랄까, 이철우의 배경이 드러났다고 하더군. 예상대로 군인 집단이야. 그것도 한때 막강했던."

"누굽니까?"

입맛을 다신 이정환이 머리를 저었다.

"난 물어보지 않았어."

"그게 무슨 말입니까? 물어보지 않았다니요?"

"모르는 게 답이야. 이철우 한 놈도 처리하지 못하는데 그걸 알아서 어떻게 한다구."

"……."

"자네, 날 경멸하나?"

"아니, 제가 이 계급까지 올라온 것이 무엇 때문인데요? 그럴 자격이 없습니다."

"부지런히 움직이면 처자식 밥 굶기지 않는다면서?"

"그저 조금 가슴이 아픕니다. 겁도 나고."

"아무 일도 아니라고 생각해 봐. 그렇다고 세상이 뒤집어지지는 않을 거야."

"밤 세계가 뒤집어질 것 같은데요. 그리고 밤의 조직 체계가 우리가 이제까지 겪어 온 것하고는 완전히 달라질 것 같구요."

"밤은 밤이고, 낮은 낮이야."

"세상이 다른 게 아닙니다. 시간만 다를 뿐이고, 다른 모든 것은 같습니다."

길게 한숨을 내쉰 이정환이 어깨를 늘어뜨리면서 유혁근을 바라보았다.

"난 내후년이 정년이야."

"과장님은 전결권이 있습니다. 몇 가지 잊고 계시는지 모르지만."

이정환이 얼굴을 앞으로 내밀자 유혁근이 자세히 보려는 듯한 몸짓을 했다.

"그 전결권 안에서만 저를 움직이게 해주십시오. 이철우의 가족 문제 같은 경우처럼 말입니다."

"내 목을 주머니에 넣고 다니겠다는 말이로군."

"과장님 대신 뛰는 것이지요. 저는 과장님이 제가 그러길 바란다고 생각했는데요."

"수작 부리지 말어."

두툼한 턱을 치켜든 이정환이 벤치에 등을 기댄 채 한동안 잔디밭을 바라보았다. 점심시간이 끝나 가고 있어서 직원들은 옆쪽의 건물 입구로 하나둘 들어가고 있었다.

"보고는 꼭 하도록 해. 영문도 모르고 목이 떨어지기는 싫으니까."

이윽고 혼잣소리처럼 이정환이 말했다.

시계를 내려다본 고태석은 상반신을 돌려 뒤쪽에 앉은 부하에게 말했다.

"거기, 애들 먹을 것 준비해 왔지? 아주머니에게 드려라."

"네, 형님."

부하가 발밑에 내려놓은 종이봉투를 들고는 뒤쪽에 앉은 30대의 여자에게 건네었다.

"아주머니, 여기."

동그란 얼굴의 여자는 잠자코 봉투를 받았다. 12인승 소형버스여서 맨 뒷좌석에 네 명의 가족이 나란히 앉아 있었다. 60대의 할머니와 30대의 부인 사이에 여섯 살과 네 살짜리 형제가 천진한 얼굴로 봉투에서 과자와 빵을 꺼내고 있다.

"야, 시간 충분하다. 영호한테 연락해서 천천히 달리라고 해."

고태석이 앞쪽을 바라보며 말하자 부하가 휴대폰의 다이얼을 눌렀다.

버스는 강변도로를 달리는 중이었다. 저녁 7시여서 차량이 밀리기 시작했으나 아직 심한 정도는 아니다. 버스의 앞쪽에서는 네 명의 부하가 탄 승용차가 길을 인도하고 있었고 뒤쪽에도 한 대가 따른다. 고태석이 탄 버스에는 여섯 명이 타고 있었으므로 모두 열네 명이 이철우 가족의 경호를 맡고 있는 셈이었다.

뒤쪽에서 아이의 울음소리가 났다. 작은놈이 큰놈과 과자를 가지고 다투다가 짜증을 부리는 것이다. 이철우의 부인이 이맛살을 찌푸리며 큰아이를 야단치자 이제는 큰아이가 울었다. 할머니가 큰아이를 안아 달래주었다. 머리는 백발이었고 검은 피부에 주름살이 많은 얼굴이었으나 담담한 표정이었다.

그녀는 세파에 오랫동안 시달려 와서 어지간한 환경의 변화에는 동요도 하지 않았다. 이철우의 부인은 조직에서 썼던 넓은 개인 주택에 옮겨져서 전화와 외출하는 것 말고는 모든 것을 할 수 있었지만 자주 짜증을 냈고 때로는 울기도 했다. 철모르는 아이들을 다독거려 주고 끼니를 거르지 않게 해준 것은 할머니였다.

버스는 강변도로에서 좌측으로 꺾어져 들어갔다. 이제 30분이면 충분히 크리스틴호텔 앞에 도착할 수 있을 것이다.

"이봐요, 청년."

뒤쪽에서 할머니가 부르는 소리가 들렸으므로 앞쪽에 탔던 여섯 명의 청년이 일제히 머리를 돌렸다. 할머니의 시선이 부하들 사이를 지나 똑바로 고태석을 향하고 있었다.

"네, 할머니."

"우리 큰애가 소변이 마렵다는데, 차를 세울 수는 없을 테니 무슨 그릇이나 하나 주시구려."

"네, 할머니."

고태석이 부하들을 향해 눈을 치켜떴다.

"뭐 해? 찾아 드려라."

한동안 수선거린 끝에 유리창 세척용 물통을 찾아내었고 반쯤 남아 있던 물을 창밖으로는 쏟고는 부하 한 명이 큼지막한 대검을 허리춤에서 뽑아내더니 통을 반으로 잘랐다. 그것을 바라보던 고태석은 주머니에 넣어둔 휴대폰에서 울리는 소리를 들었다. 서둘러 휴대폰을 귀에 댄 그는 시계를 내려다보았다. 7시 반이었다.

"여보세요."

—나다.

백동혁의 목소리가 울려 나왔다.

"그래, 왜?"

—거기는 별일 없냐?

"없다."

—지금 어디냐?

"15분쯤 후에는 도착한다."

—여긴 안 왔어. 8시 정각에 도착하도록 해라.

"알고 있어."

스위치를 끈 고태석이 앞을 바라보면서 버럭 소리를 쳤다.

"저 새끼는 왜 저렇게 달리는 거야? 속력을 늦추라고 해! 8시 정각에 도착해야 한단 말이다."

놀란 부하가 주머니에서 휴대폰을 꺼내 들었다. 차 안은 갑자기 조용해졌다. 칭얼대던 꼬마도 소리를 그쳤다.

백동혁은 지금 한세라의 아파트 앞에서 그녀를 기다리고 있는 것이었다. 눈을 치켜뜬 고태석은 앞을 노려보았다. 앞쪽의 차가 속력을 떨어뜨리고 있었다.

창문을 열어 놓아서 차가운 밤공기가 몰려 들어왔다. 이재영은 어깨를 움츠리고는 아래쪽을 내려다보았다. 승용차 한 대가 아래쪽을 지나 오른쪽에 있는 주차장으로 다가갔다. 차 안에 앉아 있는 사람은 퇴근해 오는 듯한 30대의 남자였다.

"8시라고 했으니까 곧 올 거야."

김선주가 벽에 한쪽 어깨를 기대면서 그녀를 바라보았다. 지루한 듯 머리를 쓸어 올리고 있었다.

"언니, 밖으로 나가면 안 돼요?"

김선주가 얼굴을 옆쪽으로 조금 눕히면서 물었다. 그러자 이재영이 아랫입술을 깨물며 그녀를 바라보았다. 지난번 리즈호텔에 투숙할 적에 호텔의 홍보 직원인 그녀를 알게 되었었다. 얼굴도 예뻤지만 하는 짓도 밉지가 않았던 것이다.

"안 돼, 여기서 움직이면 안 돼. 선주 씨가 따라온 줄 알면 남자들이 싫어할 거야."

시계를 내려다본 이재영이 밖을 내려다보면서 말했다.

3층이어서 건너편 아파트의 입구가 훤히 내려다보였다. 아파트의 주민으로 보이는 중년 남녀가 안으로 들어가고 있을 뿐 3, 4호실의 현관은 썰렁했다. 그러나 어디에선가 한 무리의 사내가 기다리고 있을 것이었다. 8시 20분 전이었으니 이제 몇 분 후면 한세라가 돌아온다. 이재영은 창가에 내려놓았던 카메라를 들고 현관의 입구에 초점을 맞추었다.

이번의 정보는 김선주에게서 듣게 되었는데 행운이라고 말할 수밖에 없었다. 김선주는 호텔의 홍보 업무를 담당하고 있었기에 폭넓은 인간관계를 유지하고 있었다.

그녀가 조직원 중 한 명에게서 8시에 인질 교환이 있다는 정보를 듣게 된 것은 어쩌면 당연한 일일 것이다. 그녀는 스스로 싫든 좋든 간에 조직원 사이에서 일하는 처지였고, 조직원이 그녀를 같은 식구로 생각했을지도 몰랐다.

"언니, 이번에 또 특종을 따내면 한턱 단단히 내야 돼요."

창틀에 두 팔을 짚고는 그 위에 턱을 고인 김선주가 한가한 표정으로 말했다. 옆쪽의 문이 열리더니 아주머니 한 명이 그들을 지나 뒤에 있는 현관문을 열고 나갔다. 한복을 짓는 집이어서 그들도 손님으로 와 있는 것이었다.

"그래, 한잔 확실히 살게. 걱정 마."

망원 렌즈의 초점은 확실하게 잡혔다. 경비실의 경비가 가슴에 꽂아 놓은 볼펜도 똑똑히 보였다.

"언니, 백동혁이라고 있어요. 그 사람이 오늘 사모님을 인수한다는데, 별명이 개백정이야."

혼잣소리처럼 김선주가 말했다.

"바쁜 일이 없을 적에는 막대기를 들고 도살장으로 간다우. 가서 개나 소를 죽인대. 그래야 기운이 난대."

"……."

"체격도 작은 데다 못생겼어. 눈꺼풀이 밑으로 처져 있어서 언제나 자고 있는 얼굴이야. 눈썹도 갈매기 날개처럼 구부러졌어."

이재영이 머리를 돌려 그녀를 바라보았다. 자신을 강제로 끌고 갔던 사내였다. 그러나 그녀가 갑자기 그의 이야기를 꺼내는 이유를 알 수 없었다.

"회사가 하루 종일 술렁거렸어. 회사 직원치고 오늘 사모님이 풀려 나온다는 것을 모르는 사람이 없어요. 쉬쉬하지만 어차피 내일이면 알려질 일인데 언니한테 생색을 낸 거야. 나도 구경 좀 하고."

"그런데 왜 백 뭐라는 사람 이야길 꺼내?"

카메라를 눈에 댄 채 이재영이 묻자 김선주는 잠시 입을 열지 않았다. 이재영이 다시 머리를 돌려 그녀를 바라보았다.

"징그러운 사람이야. 하지만 가끔씩 생각이 나. 그 자식이 날 무시하는 것을 생각하면 이가 갈려."

"……."

"난 한 번도 남자한테서 그런 취급을 당해 본 적이 없어. 언니, 이해할 수 있어? 더군다나 그 지지리도 못생긴 자식한테 말이야."

다시 카메라를 눈에 대면서 이재영은 머리를 끄덕였다. 내일 아침의 특종은 맡아 놓은 것이었다.

"그 자식이 이번 일을 맡아 하고 있어. 대장이지, 두목이야.

난 그 자식이 도대체 어떻게 행세하는가 보고 싶어. 이제까지 사무실에서만 보았거든."

"선주 씨, 그 사람 좋아하는가 보구나?"

"고태석 씨라고 있어. 그 자식하고 서열이 같은데 대조적이야. 멋쟁이에다 매너 좋고, 용모도 뛰어났어. 난 그 사람하고 사귀었거든. 반년 가까이 만났는데, 그 자식이 훼방을 놓았어. 이제 못 만나."

"……."

"이상해. 못 만나서 더 보고 싶은 것이 아니라 점점 생각이 안 나."

이재영은 김선주가 이곳에 졸래졸래 따라온 이유를 알 수 있을 것 같았다. 그녀가 숨어서 취재 사진을 찍듯이 김선주도 숨어서 누군가를 보려는 것이다.

"저게 뭐야?"

김선주는 무심한 시선을 아파트의 옆쪽으로 던지고 있었는데 그녀가 가리키는 쪽으로 머리를 돌린 이재영은 온몸을 굳혔다. 승용차 두 대가 아파트의 뒤쪽에서 나타난 것이다.

열 몇 동의 대단위 아파트 단지여서 찻길만 해도 다섯 개가 넘었고 입구는 열 몇 개나 되었다. 승용차가 뒤쪽에서 나타났다고 해서 이상할 것은 없었다. 승용차들은 라이트를 켠 채 천천히 다가왔다. 그들이다. 이재영은 카메라의 렌즈를 그쪽으로 대었다.

강력한 망원 렌즈가 부착된 카메라는 한수영에게 빌린 것이다. 어둠 속에서 10여 명의 사내들이 차를 중심으로 모여들었다. 이제까지는 흔적도 보이지 않았기 때문에 이재영은 긴장으로 숨을 들이마셨다. 주차장의 그늘에서도 나왔고 놀이터의 어둠 속에서도 나왔다. 그리고 놀란 것은 이쪽 빌딩의 아래에서도 그쪽으로 다가가는 사내들이 있다는 것이었다.

김선주도 숨을 죽이고 그쪽을 바라보고 있었다. 카메라 렌즈에 사내들의 얼굴이 잡혔다. 모두 이쪽의 사내들이다. 차 안은 어두워서 보이지 않았다.

이윽고 승용차들은 머리를 아파트의 입구 쪽으로 향한 채로 일렬로 멈추어 섰다. 사내들은 승용차들을 둘러싸고 있었는데 서너 명이 몇 걸음 다가갔다. 그러자 백동혁의 얼굴이 보였다. 바바리코트 차림이 낯익었다. 두 번째 승용차의 문이 열리더니 사내 한 명이 나왔다. 그리고 뒷문이 열리더니 다시 사내 한 명이 나온다. 이재영은 카메라의 셔터에 손가락을 걸쳤다.

백동혁과 마주 선 사내가 시계를 내려다보더니 휴대폰을 귀에 대었다. 그리고 보니 백동혁 옆의 사내도 귀에다 휴대폰을 대고 있다. 이윽고 머리를 끄덕인 사내가 몸을 돌렸다. 차의 문을 열고는 엉덩이를 뒤쪽으로 빼고 있다. 다른 사내도 뒤쪽의 문으로 들어가는 중이었다.

백동혁이 엉거주춤한 몸짓으로 그들을 바라보았다. 그러자 요란한 파열음이 들리면서 앞쪽의 차가 앞으로 달려 나갔다. 차의 앞쪽에 서 있던 두어 명의 사내가 두 손을 벌리며 차를 막아 세우려는 몸짓을 하다가 겨우 옆으로 몸을 굴려 피했다.

두 번째 차도 거의 동시에 앞으로 발진을 하였는데 이쪽은 상황이 조금 달랐다.

반대쪽 뒷문을 열고 들어선 사내는 막 문을 닫는 중이었으나 이쪽에 섰던 사내는 문을 닫기 전에 허리 부근을 백동혁에게 잡혔다. 어지러운 고함 소리가 이쪽저쪽에서 터져 나왔고 승용차는 한쪽 문을 연 채 요란한 소리를 내며 입구를 향해 달려 나갔다.

백동혁에 의해 내려진 사내는 땅바닥을 뒹굴고 있었는데 이쪽 사내들에 의해 어지럽게 발길질을 당했다.

이재영은 카메라의 셔터를 눌렀다. 번쩍하면서 섬광이 터졌다. 이를 악문 이재영은 다시 셔터를 눌렀다. 섬광이 다시 터졌다. 아래쪽에서 이쪽으로 올려다보는 사내들의 얼굴이 보였다.

"엄마!"

김선주가 비명을 질렀다. 대여섯 명이 이쪽으로 달려오고 있었다. 목검을 빼 든 백동혁이 바바리코트 자락을 풀어 헤친 채 이쪽을 바라보고 있는 것이 렌즈에 잡혔다.

긴 숨을 내쉬면서 이재영은 카메라를 내려놓았다. 인질은 교환되지 않았다. 이쪽은 저쪽의 속임수에 다시 당한 꼴이 된 것이었다.

크리스틴호텔은 무궁화 세 개짜리 호텔이었고 지은 지 얼마 되지 않아서 시설이 좋았다. 특히 지하실에 있는 사우나탕은 일급 호텔의 것보다 나아서 강북의 명소가 되어 있었다.

저녁 7시 50분이 되자 호텔의 벨 보이 김용구는 모자를 고쳐 쓰고는 호텔의 현관으로 나왔다. 현관 직원인 임상용이 자동차 키를 점검하고 있다가 머리를 들었다.

"왜, 누가 와?"

"응, 8시에 가족 손님이야."

"짐이 많아?"

"아니, 그건 모르겠어."

전화 예약만 받았기 때문에 자세한 것은 모른다. 한 시간 전에도 다시 연락이 와서 프런트의 장선환이 나가서 맞으라고 했던 것이다.

김용구는 머리를 돌려 좌우를 살폈다. 사거리의 모퉁이에 호텔이 위치해 있는 관계로 좌측에서도 들어올 수 있지만 우측의 샛길로도 올 수 있었다. 가족 손님이든, 단체 손님이든 제 발로 들어와 프런트로 가면 좋으련만 몇 번씩 확인을 해서 현관으로 마중 나가게 하는 골치 아픈 손님들도 간혹 있다.

옆을 지나는 아가씨에게 잠시 정신이 팔렸던 김용구는 다시 시계를 보았다. 8시 5분 전이었다. 호텔의 우측에 있는 샛길은 왕복 이 차선의 좁은 길이었는데 길 건너편에는 타자 학원과 서예 학원, 치과 병원의 간판이 닥지닥지 붙어 있는 낡은 5층의 건물이 있었다.

4층에 있는 서예 학원의 사무실 창가에 서 있던 유혁근은 벨 보이가 다시 시계를 내려다보는 것을 보았다. 자신은 금방 시계를 보았으므로 시간을 알고 있었다. 8시 4분 전일 것이다. 유혁근은 이맛살을 찌푸리고 입맛을 다셨다. 벌써 몇 번째인지 모르는 행동이었다. 어떻게 정보가 들어갔는지는 모르지만 윗선에서 오늘 저녁 8시에 크리스틴호텔에서 인질 교환이 있다는 정보가 내려온 것이었다.

이정환은 그렇지 않아도 회의를 느끼는 판에 자존심까지 다쳐서 얼굴이 하얗게 되었고, 유혁근은 유혁근대로 그에게 면목이 없었다. 휴대폰이 울렸으므로 그는 서둘러 휴대폰을 꺼내 귀에 대었다.

—계장님, 옵니다. 승용차 한 대, 버스 한 대입니다. 아니, 또 있습니다. 승용차가 한 대 더.

서두르는 듯한 강 형사의 목소리였다. 머리를 든 유혁근은 자신의 발밑에서 천천히 굴러가는 차량들을 보았다. 차량들은 모두 좌측 깜박이를 켜고 호텔의 입구로 들어가려는 표시를 하고 있었다.

—계장님, 보세요. 호텔의 현관 쪽을 말입니다.

강 형사가 다시 다급하게 소리쳤다.

호텔의 현관에 대여섯 명의 사내가 나와 있었다. 벨 보이가 어리둥절한 얼굴로 주위의 사내들을 바라보고 있다. 차량들은 이제 좌측으로 꺾어서 호텔의 현관 쪽으로 다가갔다.

그것을 바라보던 유혁근은 이맛살을 찌푸리며 턱을 치켜들었다. 호텔의 안쪽에서 승용차 한 대가 올라왔는데 지하 차고에서 올라온 것 같았다. 승용차는 호텔의 입구에서 멈추어 섰고 차 안에서 두 사내가 내렸다. 현관 당번이 그들에게로 다가가고 있었다. 차가 일자로 멈춰서 있어서 차량들의 통행을 가로막은 것이다. 이쪽의 승용차에서 사내들이 내리고, 소형 버스의 문이 열리더니 두어 명의 사내가 내려섰다. 유혁근은 눈을 크게 떴다.

앞장서 내린 것은 강만철의 직계 부하이자 김원국 조직의 중간 보스인 고태석이었던 것이다. 버스 안에는 인질이 있을 것이다. 그런데 한세라는 아직 보이지 않았다. 고태석과 사내가 무언가 이야기하고 있었는데 고태석의 뒤에 선 부하가 귀에 휴대폰을 대고 있는 것이 보였다. 저쪽은 붉은 옷을 입은 현관 당번이 사내에게 가슴을 세차게 떠밀려 뒷걸음질을 치고 있는 중이었다.

─계장님!

아직까지도 전화기를 귀에 대고 있던 유혁근은 강 형사의 외침에 퍼뜩 정신을 차렸다. 그러고는 와락 짜증스러운 소리를 뱉으려던 입을 딱 벌렸다.

차고의 오른쪽 모퉁이에서 얼핏 보아도 스무 명이 넘는 사내들이 쏟아져 나오고 있었다. 모두들 손에 쇠몽둥이나 긴 칼을 쥐고 있었는데, 아무 소리도 지르지 않고 쳐들어가는 것에 소름이 끼쳤다. 벨 보이와 현관 담당이 곤두박질을 치면서 호텔 안으로 들어서다가 다시 그쪽에서 쏟아져 나오는 10여 명에게 쫓겨 소형 버스를 향해 달려가 버스를 등지고 섰다. 그러나 원체 중과부적인 데다 기습을 당한 것이었다. 그들을 젖히고 서너 명의 사내들이 소형 버스로 달려 올라가는 것을 보았다.

놈들은 한세라를 돌려보내지 않고 이철우의 가족들을 빼앗아 가려는 것이었다.

―계장님!

강 형사가 다시 고함을 질렀으므로 유혁근은 정신을 차렸다.

이제 버스를 가로막고 있는 사내는 서너 명밖에 되지 않는다. 고태석이 미친 사람처럼 날뛰고 있었다. 그는 어느새 상대방의 쇠몽둥이를 빼앗아 악을 쓰며 휘두르고 있었다. 이제 그의 주위에는 한두 사람밖에 없다.

"좋아, 저놈들을 잡아!"

유혁근이 소리치며 휴대폰을 집어넣었다. 강 형사와 이 형사는 이쪽 빌딩의 1층에 있었다. 그들은 제작기 권총을 휴대하고 있을 것이니 우선 유혈을 막아야 한다. 서예 학원을 뛰쳐나와 계단을 서너 개씩 뛰어 내려가는데 권총의 발사음이 들렸다. 두 발, 세 발, 밤하늘에다 대고 그들이 어지럽게 공포탄을 쏘는 것이었다.

이를 악문 유혁근은 3층을 내려와 다시 2층으로 달렸다. 공포탄 소리가 다시 서너 번 들렸다. 2층을 뛰어 내려가 1층의 복도에서 달려 나간 유혁근은 빌딩의 비상구를 열고 밖으로 나왔다. 그러고는 이 차선 도로를 건너면서 입을 따악 벌렸다.

10여 명의 사내들이 쓰러지거나 버스에 기대어 서 있는 것이 보였다. 강 형사와 이 형사는 보이지 않는다. 단숨에 길을 건너 그들에게로 다가간 유혁근이 소리를 쳤다.

"경찰이다! 경찰이야!"

그러자 버스 안에서 이상야릇한 울부짖는 소리가 터져 나왔다. 그러고는 유리창이 부서졌고, 다른 물건이 부딪치는 소리도 났다.

권총을 빼 든 유혁근은 버스 안으로 뛰쳐 올라갔다. 사내 두어 명이 겹치듯 의자 위에 쓰러져 있는 것이 보였다. 안쪽에 서 있는 것은 고태석이었다. 그가 다시 찢어지는 듯한 고함 소리를 지르며 쇠몽둥이로 의자를 내려쳤다.

"멈춰!"

고함을 지른 유혁근이 권총을 겨누었다.

"이 자식아! 멈추라니까! 경찰이다!"

그러자 고태석이 몸을 돌렸다. 눈에 핏발이 서 있었고 온 얼굴이 피로 범벅이 되어 있는 데다 이를 드러내고 있어서 흉측한 모습이었다.

"이걸 봐! 이걸 보란 말이야!"

그가 다시 찢어지는 목소리로 고함을 질렀는데, 유혁근은 온몸을 굳힌 후 어깨를 늘어뜨렸다. 뒷좌석에는 피투성이가 된 이철우의 일가족이 겹치듯 쓰러져 있었다. 아이도 있었고 엄마도 있었다. 그리고 할머니는 아이 한 명을 껴안고 있었다.

숨을 들이켠 유혁근이 권총을 들어 올려 고태석을 겨누었다가 자신도 모르게 천장을 향해 방아쇠를 당겼다.

타앙!

버스 안에서 총소리가 울렸고, 고태석이 다시 울부짖었다.

"놈들이 이랬단 말이야!"

"이 개새끼, 널 체포한다."

이를 갈 듯 말하며 유혁근이 그를 향해 권총을 겨누었다. 고태석이 다시 찢어지는 듯한 소리로 울부짖었다.

제8장

치명타를 받다

밤의 대통령

김원국은 눈을 부릅뜨고 앞쪽에 앉은 강만철과 김칠성, 백동
혁을 바라보았다. 맑게 게인 날씨였고 반쯤 열어 놓은 창문으
로 부드러운 바람이 들어와 바다 냄새와 함께 얼음이 녹은 땅
의 냄새가 맡아졌다. 그러나 방 안의 분위기는 아직 얼어붙어
있었다. 창가의 바위 위에 앉아 있던 갈매기 한 마리가 퍼덕이
는 날갯소리와 함께 아래쪽으로 미끄러지듯 날아갔다.

　　이윽고 강만철이 머리를 들었다.

　　"형님, 면목이 없습니다. 아무래도 제가 지키기에는 능력이
부족했던 것 같습니다."

　　그는 길게 숨을 들이마시고는 어깨를 늘어뜨리면서 머리를
숙였다. 그의 가느다란 한숨 소리가 들려왔다.

"경찰이 저하고 칠성이를 잡으려고 전국에 수배령을 내렸습니다. 사건이 원체 크게 벌어져서……."

그의 시선이 내려진 탁자 위에는 대서특필된 조간신문이 펼쳐져 있었다. '김원국 조직의 보복 살인'이라는 주먹만 한 제목 아래 버스 안에서 무참하게 살해된 이철우의 가족사진이 커다랗게 실려 있었다. 누구라도 그것을 보면 치를 떨 만한 내용이었다.

"저희들은 꼼짝없이 덫에 걸렸습니다. 더욱이 현장에 경찰청의 유혁근 경감이 있었어요. 그가 증인이 되었습니다."

강만철의 목소리는 가라앉아 있었다.

"잔인한 놈들입니다. 목적을 위해서는 부모나 처자식까지 제물로 바치는 놈들입니다."

"……."

"형님, 섬으로 돌아가시지요. 저는 여기 남아 있다가 기어코 놈들을……."

"……."

강만철이 이맛살을 찌푸린 얼굴로 그를 바라보았다. 턱의 다부진 선은 그대로였지만 볼은 눈에 띄게 파여 있었다. 김원국이 머리를 들고 김칠성을 바라보았다.

"제수씨에 대해서는 연락이 없냐?"

"네, 형님."

침을 삼킨 김칠성이 헛기침을 했다.

"저도 이젠 단념했습니다. 이 지경까지 왔는데 구차하게, 저도 놈들한테 보여주면 됩니다."

"뭘 보여준단 말이야?"

김원국이 그렇게 묻자 세 사내가 눈을 껌벅이며 그를 바라보았다.

"상대가 확실하게 보일 때까지 쓸데없는 짓은 하면 안 된다. 기다려."

"……."

"이제 너희들이 빠져나와 조직은 무주공산이 되었다. 병원에 있는 조웅남이만 빼고."

"……."

"놈들은 우리 업체들을 접수하기 시작할 것이다. 아마 대리인을 내세우겠지."

"……."

"만철이하고 칠성이는 만탄 섬으로 들어가 있는 게 낫겠다. 함마를 대신 불러올 테니까."

"못 갑니다, 저는."

갑자기 김칠성이 말했으므로 백동혁은 저도 모르게 침을 삼켰다. 김칠성이 벌게진 얼굴을 들었다.

"형님, 제발 저를 남겨 주십시오. 저는 이 땅을 떠날 수가 없습니다."

"그 섬은 사유지이고 인도네시아 정부가 너희들을 보호해 줄 것이다. 그리고 내 허락 없이는 아무도 그 섬에 발을 디딜 수가 없어. 나는 너희들이 그곳에 있다고 놈들에게 알려 줄 작정이다."

"형님."

김칠성이 다시 그를 불렀으나 김원국은 말이 이었다.

"그러면 놈들은 제수씨를 가지고 더 이상 흥정을 할 수가 없 겠지. 너는 네 처를 버리고 도망친 것이 될 테니까."

"형님!"

"놈들은 우리 업체들을 마음 놓고 인수해 가겠지. 그때 내가 칠 것이다. 그때는 너희들을 다시 부른다."

김칠성이 손바닥으로 이마의 땀을 닦으며 머리를 숙였다.

"형님, 저는 어떻습니까?"

조심스럽게 강만철이 묻자 김원국이 머리를 저었다.

"네가 숨어서 얼굴을 내민다면 경찰이나 고위층의 화만 돋우 게 돼. 너도 섬으로 가."

"형님도 마찬가지이실 텐데요."

"그들은 아직 내가 여기 있는지 모른다."

자르듯 말한 김원국이 머리를 돌려 백동혁을 바라보았다.

"네가 일을 잘한다고 들었다."

"네, 형님."

이마에 진땀이 배인 백동혁이 머리를 숙였다.

"어젯밤 잡은 놈은 부동산 회사원이라고?"

"네, 형님. 일당을 받고 고용된 자입니다."

"너를 만나서 네 이름을 확인하고 그 자리에서 전화만 하는 값으로 100만 원을 받았다고?"

"네, 형님."

"대한일보 이 기자와 호텔의 홍보실 직원이 있었다고 했지?"

"네, 형님."

"비밀 관리를 철저하게 하지 못했다."

"네, 형님."

백동혁은 얼굴에서 흐르는 땀을 손바닥으로 씻어내었다. 아무리 기를 써도 그의 눈빛을 받아낼 수가 없는 것이다. 그렇다고 그의 눈빛에 강하거나 독한 기운이 있는 것은 아니다. 잔잔한 눈빛이었는데 선입견을 버려야 한다고 굳게 마음을 먹고 바라보아도 금방 이쪽이 꺾인다.

"유혁근 경감이 크리스틴호텔에 나타난 것도 그렇다. 놈들이 정보를 주었거나 우리 쪽에서 흘러 나갔거나 둘 중 하나다."

김원국이 김칠성과 강만철을 향해 말했으므로 백동혁은 어깨를 늘어뜨렸다. 소를 때려잡는 것보다 더 힘든 순간이 지난 것 같았다.

"고태석이는 쇠몽둥이를 들고 있었고, 가족들은 칼로 당해서 고태석의 혐의는 나중에 풀릴 수도 있습니다. 하지만……."

강만철이 말을 그치고 입맛을 다셨다.

누가 보아도 인질을 빼앗기지 않으려고 이쪽에서 칼침을 놓았다고 믿을 것이다. 그것을 시킨 것은 강만철과 김칠성이 된다.

"그쪽은 숫자가 40명이 넘었다고 합니다. 그리고 모두 연장을 가지고 있어서. 하지만 형사들까지 쫓아갔는데 한 놈도 잡지 못해서 분합니다."

"저어……."

헛기침을 하고 난 백동혁이 그들을 둘러보았다.

"그래, 말해 보아라."

김원국이 말하자 백동혁을 침을 삼켰다.

"저, 김진수라고, 크리스틴호텔에 갔던 애가 있습니다. 걔가 아는 얼굴을 하나 보았다고 해서……."

강만철이 커다랗게 머리를 끄덕였고 김칠성은 머리를 들고 눈을 끔벅였다.

"그래서 오늘 저녁에 저하고 만나서 같이 가보기로 했습니다만, 어떻게 해야……."

"잡아오너라."

김원국이 자르듯 말하고는 강만철과 김칠성을 힐끗 바라봤다.

"네 형들이 잠시 피해 있는 동안 네가 내 손발이 되어줘야겠다."

"네, 형님."

얼굴이 벌게진 백동혁이 머리를 숙였다. 보통 때 같았으면 더할 나위 없는 광영이겠지만 분위기가 그것을 나타낼 상황이 아니었다. 그리고 불안하기도 했다. 김원국은 김칠성과 강만철과는 다른 사내였다. 격도 달랐지만 가까이 갈 수 없는 무엇인가가 있는 사내였다.

"대한일보에서 오셨다구요?"

유혁근이 다가와 앞에 앉으며 물었다. 그의 얼굴에는 귀찮아 하는 기색이 역력했는데 이재영의 아래위를 훑어보는 시선이 그것을 말해 주고 있었다.

"경찰청 담당이 고 기자던가? 나는 그렇게 알고 있었는데."

"공식적으로 온 것이 아네요. 저는 사적으로, 사건에 대해서 조금……"

"아하, 그러시다면 내 소관이 아닙니다. 민원실 담당 이 경감을 찾으시든가 하시오."

유혁근이 막 엉덩이를 들 기색이었으므로 이재영이 눈을 치켜떴다.

"그렇게 차분하지 못한 성품으로 어떻게 그런 큰 사건을 맡으셨어요?"

"뭐요?"

그러면서도 유혁근은 엉덩이를 굳혔다. 그러고 보니 기자치고는 빼어난 미인이다. 그러다가 얼핏 그의 머리에 떠오른 것이 있었다. 한세라의 납치 사실을 처음으로 보도한 대한일보의 기자가 여자였던 것 같았다.

"지금 뭐라고 말씀하셨지요?"

유혁근이 차분한 기세가 되어 묻자 이재영이 가방을 열어 봉투 하나를 꺼내어 탁자 위에 놓았다.

"이것부터 보세요. 사진이에요."

"무슨 사진?"

그러다가 유혁근은 자신이 여자에게 휘둘리고 있다는 것을 깨달았다. 그는 머리를 들었다.

"이것 보세요. 사진이건 뭐건 간에 용건부터 들읍시다. 난 한가한 사람이 아니오."

"엊그제 크리스틴호텔에서 사건이 일어났을 때의 사진이에요. 난 그때 한세라 씨의 아파트 앞에 있었거든요."

이재영이 차분한 음성으로 말을 이었다.

"제가 시간을 정확히 재었는데 이 사진이 찍힌 시간은 오후 8시 2분이에요. 저는 현장에 있었습니다. 유 경감님이 아파트 주차장 앞에 계셨던 것처럼요."

이재영을 찬찬히 바라보던 유혁근이 봉투 속에서 사진을 꺼냈다.

그가 사진을 살피는 동안 이재영은 식당 안을 둘러보았다. 구내식당이어서 장식도 없이 썰렁한 느낌이 들었다. 더구나 오전 10시 반의 어중간한 시간이었다. 손님은 그들 둘밖에 없다.

유혁근이 머리를 들었다.

"이건 백동혁인지는 알겠는데, 그가 잡은 놈은 모르겠고."

"부동산 회사 사원이래요. 돈 100만 원을 받고 심부름을 했다더군요. 지금이라도 경감님이 만나실 수 있어요."

"부동산 회사?"

"네, 그 사람들은 처음부터 인질 교환을 하지 않으려고 한 거죠."

이재영이 손가락으로 뒷부분만 보이는 앞쪽 차를 가리켰다.

"아마 앞 차에 그 사람들이 타고 있었을 거예요. 시간을 맞추어 크리스틴호텔 앞으로 이철우 씨 가족들이 오게끔 유도한 거라고 생각해요."

머리를 든 이재영이 유혁근을 바라보았다.

"이 사람들은 차 안에 한세라 씨가 있는 것처럼 위장하고 크리스틴호텔 앞에 차가 멈추도록 했습니다. 제가 두 눈으로 똑똑히 보았어요. 이 부동산 회사 사원은 차에서 내려서 백동혁 씨한테 이름을 물어 확인을 하고 전화를 했습니다. 그러고는 곧장 차에 타 도망치려다가 잡힌 거죠."

유혁근이 입맛을 다시고는 머리를 저었다.

"글쎄, 인질을 빼앗으려면 그럴 수도 있겠지?"

"이쪽은 빼앗을 생각이 아니었어요. 교환할 생각이었습니다."

"그렇다고 칩시다. 하지만 한세라 씨는 없고, 인질만 빼앗길 것 같으니까 칼로 해치웠겠지."

"그렇지 않았습니다."

이재영의 다부진 말에 유혁근이 입술 끝으로 웃었다.

"도대체 무엇으로 그렇게 자신하시오?"

"경감님은 어떻게 해서 크리스틴호텔에 가게 되셨는지요? 저는 그것이 제일 궁금해요."

"……"

"전 그쪽 회사의 여직원한테서 들었어요. 한세라 씨는 아파트로, 이철우 씨 가족은 크리스틴호텔로 동시에 도착하게 한다는 약속이었어요. 그래서 저는 한세라 씨를 찍으러 갔지요. 이철우 씨 가족은 기사 가치가 적었으니까요."

"……."

"경감님한테 그런 장면을 보여드린 의도가 있다고 생각돼요."

"이봐요, 기자 아가씨."

"이재영 기자예요."

"무슨 기자든, 도대체 당신은……."

"이것은 음모예요, 커다란. 난 경감님이 양심적이고 업무에 충실하신 분이라는 것을 알아요."

유혁근이 머리를 돌리고는 입맛을 다셨다. 이맛살이 잔뜩 찌푸려진 얼굴이었다. 이재영은 커다란 가죽 가방 안에서 다시 서류 봉투 하나를 꺼내어 탁자 위로 밀어 놓았다.

"이건 이철우 씨의 배후일 가능성이 있는 인물들의 내역이에요. 이 원본을 우리 부장한테 주었더니 질색을 하더군요. 사회 분위기가 어떻구 하면서요. 유 경감님도 한번 보세요. 저한테 익명으로 보내진 것이니까요."

혀를 내밀어 아랫입술을 적신 유혁근이 한동안 봉투를 내려다보다가 집어 들었다. 첫 장을 넘기던 유혁근은 이것이 이정환이 피해 가려던 수렁인 것을 금방 알아차렸다. 이렇게 세밀하고 광범위하게 조사할 수 있는 기관은 안기부와 기무사밖에 없다. 그러나 기무사는 대상에서 제외시켜야 할 것이다. 유혁근은 서류를 봉투에 집어넣었다.

이재영이 눈을 반짝이며 그를 바라보았다. 그의 눈에 그녀의 입술 끝이 희미하게 웃음을 머금고 있는 것이 보였다. 이윽고 이재영이 물었다.

"참고하실래요, 아니면 제가 도로 가져갈까요?"

"두고 가시오."

"그러실 거라고 믿었어요."

이재영은 가방을 집어 들면서 자리에서 일어섰다. 그녀를 멍한 시선으로 올려다보던 유혁근이 말했다.

"아가씨, 아니 이 기자, 조심하시오."

"저는 걱정하지 마세요."

돌아서서 식당을 나가는 그녀의 뒷모습을 유혁근은 한동안 우두커니 바라보았다.

오후의 햇살이 마당 위에 내리쪼이고 있었고 아직 검은빛을 띠고 있는 나뭇가지 사이로 보이는 하늘은 구름 한 점 없이 푸르렀다. 시선을 내리자 창 밑에 심어진 개나리가 노란 꽃망울을 피우고 있는 것이 보였다. 그리고 보니 담 밑에도 풀잎의 싹이 파랗게 돋아나고 있었다. 반쯤 열어 놓은 창문을 통해 바람이 밀려 들어왔다.

이철우는 창틀에 두 팔을 짚고는 창밖을 바라보았다. 창틀이 낮았으므로 구부정하게 허리를 굽힌 자세였다. 이무섭과 박용근이 어두운 방 안에 앉아 그의 뒷모습을 바라보고 있었다.

"장례는 잘 치렀으니까 마음을 놓게."

이무섭의 목소리가 한동안의 정적을 깨었다. 이철우의 등을 향해 그가 말을 이었다.

"내가 사람을 잘못 써서 이렇게 되었어. 할 말이 없네."

박용근이 조그맣게 헛기침을 했다.

"그렇더라도 놈들이 그렇게 잔인한 놈들일 줄은 몰랐습니다. 그놈들에게 우리도 피 맛을 보여주어야 합니다."

이무섭이 대꾸하지 않았으므로 그는 무안한 듯 입맛을 다셨다. 창밖을 바라보고 선 이철우는 움직이지 않았다.

"이 소령, 기운을 내. 우리는 어차피 한 번은 죽는다. 일찍 가고 늦게 가는가가 다를 뿐이다."

이무섭의 말소리는 낮았으나 조금 힘이 실려 있었다.

"죽는 이유에 따라 마음의 상처가 다르겠지만, 자네는 그것을 조절할 수 있는 능력이 있다."

이철우가 창틀에서 손을 떼고는 천천히 몸을 돌렸다. 이제는 허리를 창틀에 붙이고 선 자세가 되었다. 어두운 방 안이었고 빛을 등지고 서 있어서 그의 표정은 읽을 수가 없었다. 박용근과 이무섭은 잠자코 그를 바라보았다.

"강만철과 김칠성이는 지금 어디에 있습니까?"

입술만을 달싹여 그가 낮은 목소리로 물었으나 두 사람은 똑똑히 알아들었다.

"지금 도피 중이야. 경찰이 전국에 지명수배를 했어. 외국으로 나갔다는 소문도 있고."

이무섭이 대답하자 박용근이 말을 이었다.

"놈들의 조직은 공중분해되기 직전이야. 대통령이 직접 지시를 했어. 국민 여론도 홍분 상태라 놈들은 이제 끝장났어."

"그거야 어쨌든 내가 면목이 없네. 우리 조직을 움직였다가 혹시 놈들에게 한두 명 잡힐까 봐 걱정이 되어서 그놈들을 썼는데 한발 늦었어."

어깨를 늘어뜨린 이무섭이 머리를 돌리고는 손바닥으로 얼굴을 쓸었다.

"자네 식구에게 손을 댄 놈들 두 명은 그 자리에서 처치했다고는 하지만 내 작전이 무리였다는 것을 시인하네. 놈들이 그렇게까지 할 줄은 나도 예상하지 못했어."

"저한테 사과하실 건 없습니다. 일단 그 일은 끝난 것이니까요."

창틀에서 몸을 뗀 이철우가 다가와 그들을 바라보고 앉았다.

"실의에 빠지거나 업무를 포기할 이철우가 아닙니다."

"알고 있어, 이 소령."

이무섭은 그를 군 시절의 계급으로 부르고 있었는데 다분히 의식적인 것이었다.

"자네에게 새로운 목표가 생긴 것도 알고 있다. 그리고 나는 어떤 희생을 치르더라도 자넬 돕겠다. 약속하겠어."

한동안 이무섭의 얼굴을 바라보던 이철우가 조그맣게 머리를 끄덕였다. 양 볼이 움푹 파여 있었고, 며칠 동안 깎지 않은 뻣뻣한 수염이 얼굴을 뒤덮고 있었으나 두 눈은 물기가 많아 번들거리고 있었다. 그가 입을 열었다.

"제 가족의 희생으로 상황이 급진전되었습니다. 목적을 달성

할 수 있게 되었다는 것으로 위안을 느낍니다."

어금니를 악문 얼굴로 이무섭이 머리를 돌렸고 박용근은 헛기침을 했다.

"그러면 부탁이 있습니다."

이철우의 말에 긴장한 그들이 그를 바라보았다.

"이 일에 관련된 것은 모두 제가 처리하겠습니다. 저에게 맡겨주십시오."

"맡기겠네."

선뜻 대답한 이무섭이 박용근을 바라보았다.

"박 사장, 어떻게 생각하시오?"

"여부가 있습니까? 난 이미 모든 일을 맡겨놓은 상태입니다."

머리를 끄덕인 이무섭이 이철우를 바라보았다.

"이 분위기를 몰아 자네의 결백을 입증시킬 준비가 되어 있네. 자넨 얼마 동안만 참으면 떳떳하게 사회생활을 할 수가 있어. 밤의 조직을 장악하게 되면 보스는 표면에 나타나야 할 때가 많은 법이야."

그들을 방에 남겨 두고 이철우는 복도로 나왔다. 이무섭의 2층 양옥은 지하실을 포함하여 건평이 200평이 넘었다.

복도에 서 있던 부하 두 명이 온몸을 굳히면서 벽 쪽으로 물러섰다. 그들을 스쳐 지나던 이철우는 그들의 힐끗거리는 눈동자를 옆얼굴로 느끼고는 와락 이맛살을 찌푸렸다. 문 앞에 서 있던 부하가 황급히 옆으로 몸을 비켰다.

방문을 열고 안으로 들어선 이철우는 등 뒤로 손을 뻗어 문을 닫았다. 침대에 걸터앉아 있던 한세라가 일어서고 있었다. 눈을 커다랗게 치켜뜬 얼굴이었고 메마른 입술이 조금 벌어져 있다.

이철우는 방 복판에 놓인 소파에 앉았다. 가죽으로 만든 고급 소파였고 침대는 장식이 우아한 새것이었다. 벽 쪽에는 커다란 거울이 달린 경대가 붙여져 있었고 옆에는 번쩍이는 옷장이 놓여 있다. 일류 호텔의 시설에 비교될 만한 방이었다. 이철우가 손바닥으로 덥수룩하게 수염이 자란 얼굴을 쓸면서 턱으로 앞자리를 가리켰다.

"거기 앉아요."

한세라가 잠자코 그의 앞에 앉았다. 시선은 좌석에 붙은 쇠붙이처럼 이철우의 얼굴에서 떠나지 않는다.

"걱정하실까 봐 찾아왔는데."

"……."

방 안의 경대 위에는 25인치 텔레비전이 놓여 있었다. 그리고 매일 아침 두 종류의 일간신문을 방에 들여놓아 준다. 게다가 하루 세 끼 넣어주는 음식은 모두 요리 솜씨가 뛰어난 요리사가 만든 것이었다.

그러나 이철우의 가족이 어떻게 죽었고 상황이 어떻게 되었다는 것을 알고 있는 한세라는 며칠 동안 식사를 제대로 할 수 없었고 잠도 제대로 자지 못했다.

이철우가 가라앉은 목소리로 말했다.

"한세라 씨를 어떻게 하지는 않겠습니다. 얼마쯤 시간이 지나면 집으로 돌려보내 드리지요. 내가 약속해 드립니다."

그를 바라보던 한세라의 두 눈이 번들거리기 시작하더니 이윽고 두 줄기의 눈물이 볼을 타고 흘러내렸다. 그러나 시선은 아직 그대로였고 표정도 변하지 않았다. 역시 무표정한 얼굴의 이철우가 말을 이었다.

"텔레비전과 신문은 지금 보고 계시니까 되었고, 사람 시켜서 요즘 나온 책을 들여보내 드리지요. 마음 놓고 지내시기 바랍니다."

이철우가 양팔을 소파의 팔걸이에 짚고는 상체를 들어 올렸을 때 한세라가 입을 열었다.

"우리 그이는 죄 없는 가족을 해칠 사람이 아닙니다."

이철우가 일어서서 그녀를 내려다보았다.

"그렇게 믿고 싶으시겠지. 하지만 상황이 급박하면 자신할 수 없을 겁니다."

"그렇게 지시를 하지 않았을 거예요."

한세라가 손등으로 볼의 눈물 줄기를 지웠다.

"저를 죽이시더라도 원망을 하지 않을 작정이었어요."

아직도 물기가 가득 찬 눈을 힘껏 치켜뜬 한세라가 그를 올려다보았다.

"제가 죽어서 그 보상이 된다면 저는 지금이라도 죽을 준비가 되어 있습니다."

이철우가 입술 끝을 올리면서 희미하게 웃었다.

"김칠성이는 행복한 사내입니다. 그걸 알고 있는지 모르지만."

"……"

"당신은 대단한 여자요, 한세라 씨. 하지만 나는 죽을 각오를 한 여자에게는 손을 대지 않습니다. 더구나 당신 남편도 그렇게 생각하고 있을 테니 각오를 하고 있을 거란 말이오."

이철우는 고개를 가로저었다.

"당신은 돌려보내 드리지요. 물론 잘 아시겠지만 내가 인정에 끌려서 이러는 것이 아니오."

"……"

"나는 그렇게 가벼운 사람이 아닙니다. 두고 보면 알게 되겠지만."

몸을 돌린 이철우가 뚜벅이며 방을 가로질러서는 문을 열고 나갔다. 문이 닫히자 한세라는 어깨를 늘어뜨리고는 한숨을 내쉬었다. 그러고는 손을 들어 얼굴을 훔쳤다.

"아, 아, 아……"

여자는 김동천이 허리를 움직일 때마다 입을 쩍 벌리면서 신음을 뱉는다.

"다리, 다리를 올려!"

김동천이 헐떡이며 소리치자 여자는 천장을 향해 한껏 다리를 올렸다가 이내 그의 허리를 감았다.

"이, 이, 이……"

비 맞은 듯 얼굴에서 땀을 쏟으며 김동천이 더욱 세차게 허리를 움직이자 여자는 이제 방 안이 떠나갈 듯 비명을 내질렀다. 이제는 김동천과의 섹스에 익숙해져 있어서 그가 곧 폭발할 것을 알고 있는 것이다.

"어, 어, 어이구!"

격렬하게 움직이던 허리가 갑자기 움직임을 멈추면서 김동천이 외마디 소리를 내질렀다. 그러고는 온몸을 부르르 떨었다. 그 순간 찢어질 듯한 비명을 질러대던 여자가 팔다리로 그의 온몸을 끌어안았다.

"그냥 있어요, 그냥."

여자가 가쁘게 숨을 뱉으면서 말하자 사지를 늘어뜨린 김동천은 움직이지 않았다. 온돌방이어서 이부자리가 펴져 있었지만 그들은 요를 아랫목으로 밀어젖힌 채 윗목으로 밀려 나와 있었다. 베개가 여자의 허리에 받쳐져 있어서 여자의 하반신은 공중에 떠 있는 꼴이었지만 알몸의 두 남녀는 한동안 그 모습으로 움직이지 않았다.

"당신, 정말 세네. 나 죽는 것 같았어."

두 다리를 풀면서 여자가 말하자 김동천은 두 팔로 방바닥을 짚고는 상체를 떼었다.

"이년아, 소리만 냅다 지르지 말라고 그랬잖아? 호흡을 맞추란 말이다, 호흡을."

몸을 굴려 맨방바닥에 활개를 펴고 누운 김동천이 아직도 가쁜 숨을 쉬며 말했다.

"정신이 하나도 없는데 어떻게 해? 좋으면 됐지, 뭘."

여자가 요를 끌어당겨 아래만 가리면서 종알거렸다. 요 위로 옮겨가기도 귀찮은 모양이었다. 그녀는 실버클럽의 종업원인 미스 양이었다. 오동통해서 귀엽게 생긴 데다 말하는 것도 붙임성이 있었고 특히 잠자리의 기교가 서툴러 김동천의 마음에 든 여자였다. 그는 그녀를 길들여 데리고 있을 생각이었다.

"물 좀 주라."

갈증이 난 그가 머리만 들고 말했을 때 벨이 울렸다. 와락 이맛살을 찌푸린 김동천이 상체를 일으켜 세웠다.

"어떤 씨발 놈이야? 누구야?"

버럭 밖을 향해 고함을 치자 문이 이중으로 되어 있어서 들리지 않는지 다시 벨이 울렸다. 미스 양이 알몸으로 방바닥을 기어 다니면서 옷가지를 찾고 있었다.

김동천은 일어나 방문을 열었다. 바깥쪽에는 또 하나의 문이 있었다. 문밖에는 두 명의 부하가 있을 것이고 한 걸음 앞쪽의 방에는 부하 네 명이 있다. 무슨 일이 생기면 전화를 하도록 되어 있는 것이다.

"누구냐?"

김동천이 다시 버럭 고함을 치자 이제 밖에서는 가볍게 문을 두드렸다.

"임겸입니다. 주무시는데 죄송합니다."

"이런, 젠장할!"

몸을 돌린 김동천은 방으로 들어와 팬티와 바지를 찾아 입었다. 미스 양이 옷을 가슴에 안고 그를 스쳐 지나 화장실로 들어갔다. 안에서 문을 잠그는 소리가 났다. 셔츠를 입으면서 김동천은 문 앞을 바라보며 풀썩 웃었다. 그녀의 구두가 얌전히 놓여 있는 것이다.

다시 문에서 노크 소리가 났다.

"잠깐 기다려요."

짜증이 난 그가 버럭 소리를 지르고는 벽을 바라보던 시선을 굳혔다. 그러고는 탁자 위에 놓은 전화기를 집어 들었다. 다이얼을 두들겨 프런트와 교환을 찾았으나 모두 통화 중이었다. 짜증이 난 그는 수화기를 내던졌다. 문에서 다시 노크 소리가 났다.

"나간다니까 그러네!"

상의까지 걸친 김동천은 문 앞에 놓은 구두를 신었다. 그러고는 한 걸음에 방을 건너뛰어 유리창 문을 열었다.

2층이었고 아래쪽은 주차장이었는데 시멘트 바닥이다. 다행히 낙하지점에는 차가 세워져 있지 않았다. 창문에 상반신을 걸친 그는 두 발을 창틀에 대자마자 아래를 향해 뛰어내렸다. 뛰어내리면서 중심을 잡은 그는 시멘트 바닥에 두 발이 닿는 순간 유도의 회전 낙법처럼 한 바퀴를 굴러서 다시 섰다.

전과 여섯 번을 거치면서 시간만 죽인 것이 아니다. 몸이 빠른 만큼 신경이 예민했고 분위기 파악이 재빠른 김동천이었다. 새벽 2시에 임검이 온다는 것도 그렇고 부하들이 연락을 안 한 것도 그렇다. 그리고 여관 내의 통신이 끊겨 있었는데 임검 경찰은 그런 짓을 하지 않았다.

몸을 세운 김동천이 두어 걸음 걸어 주차장의 입구로 다가가
는데 벽의 어둠 속에서 사내 한 명이 불쑥 나타나 그를 가로막
고 섰다. 바로 한 발짝 앞이었으므로 김동천은 숨을 들이마시
며 한 걸음 물러섰다. 그러자 사내가 앞으로 그만큼 다가왔는
데 정신을 차리고 보자 사내는 왜소한 체격에 바바리코트 차림
이었다.

"네가 쥐새끼처럼 잘 빠져나간다고 해서 난 여기서 기다렸
다."

사내의 말소리가 차갑게 그의 귓속으로 파고들었다.

"넌 백동혁이……!"

걸레 조각 같은 바바리코트를 입고 허리춤에 개 잡는 목검
을 찌르고 다니는 백동혁을 모르는 건달은 없다. 그러나 김동
천으로서는 처음 얼굴을 마주하는 것이다.

김동천이 온몸을 굳히면서 뒤로 한 걸음 물러섰다. 더 이상
말이 필요 없는 상황이었다. 발바닥이 땅에 닿기도 전에 김동천
의 한 손은 바지의 뒤쪽 혁대에 차고 있는 권총집에 닿았고, 권
총의 손잡이를 움켜쥐었다. 그제야 마음이 가라앉은 그는 백동
혁의 얼굴을 똑바로 바라보았다. 듣기보다 더 못생긴 얼굴이었
다. 자다가 금방 일어난 듯 두 눈은 감긴 것 같았고 입술도 늘
어져 있다. 더욱이 그는 두 손을 늘어뜨리고 있었다.

김동철은 움켜쥐었던 권총을 휘익 잡아 뺐었다. 오른팔이 앞
쪽으로 팅기듯 튀어나왔고, 벌써 두 번째 손가락은 방아쇠에

걸쳐져 있다. 이제 총구만 앞쪽으로 세우고 방아쇠만 당기면 되었다.

그와 비슷한 순간에 백동혁은 한 발짝 앞으로 다가가면서 허리춤에 꽂은 목검을 쥐었고, 그것을 쥐자마자 옆으로 후려쳤다. 팔에 묵직한 느낌이 온 것을 느낀 백동혁은 그 자세 그대로 서 있었다. 잠깐 동안 두 사람은 그 자리에 그림처럼 서 있었다. 이윽고 한쪽의 몸뚱이가 허물어지면서 침묵이 요란하게 깨졌다.

"아이고, 내 팔뚝!"

밤거리가 떠들썩하게 울릴 만한 고함 소리였다. 김동천의 팔목의 중간이 기역 자로 부러졌다. 힘살에 의지한 손이 대롱거리며 매달려 있었다.

"아이고!"

그 순간 백동혁의 목검이 가볍게 이마를 치자 김동천은 두 눈동자가 머릿속으로 뒤집혀 들어가면서 정신을 잃었다.

김동천이 정신을 차린 곳은 어느 방 안이었다. 그는 우선 자신이 의자에 앉혀져 있는 것을 깨달았다. 방 안은 텅 비어 있었는데 벽 쪽에 책상과 의자가 놓여 있을 뿐이다. 김동천은 자신의 오른팔로 시선을 주었다.

나무를 대고 붕대를 찬찬히 감았는데 꽤 익숙한 솜씨였다. 그러자 머리와 팔에서 고통이 전달되었다. 왼손을 들어 자신의 머리를 만져 보았다. 이마에도 붕대가 감겨져 있었다. 방은 열 평쯤 되어 보였으나 창문은 없었고 그가 앉아 있는 곳에서 정면으로 문이 하나 있을 뿐이었다. 김동천은 두 발에 힘을 주어 의자에서 일어섰다.

가슴이 세차게 고동을 치고 늘어져 있는 팔이 뽑혀 떨어질 것 같은 고통이 왔다. 한 손으로 팔을 들어 올려 받치고 문 쪽으로 두 걸음쯤 발을 떼었을 때 문이 벌컥 열리면서 백동혁이 들어섰다

저도 모르게 한 걸음 물러선 김동천이 눈을 부릅떴다. 그의 뒤를 따라 장신의 거한이 들어섰는데 부리부리한 눈과 굵은 콧날, 굳게 다문 입술을 보자 가슴이 위장 속으로 떨어져 내리는 것 같은 느낌이 왔다. 김칠성이었다. 그를 언젠가 먼발치에서 본 적이 있는 것이다.

"자리에 앉아."

백동혁이 던지듯이 말을 뱉자 김동천은 저도 모르게 한 걸음 물러나 의자에 도로 앉았다. 구석에 놓인 의자로 다가가 한 손으로 집어 든 백동혁은 그것을 김동천의 앞에 가져다 놓았다. 그러고는 김칠성을 돌아보자 김칠성이 잠자코 의자에 앉았다.

"시간이 없다. 누가 그 짓을 시켰는지만 말해라."

김칠성의 옆에 선 백동혁이 그를 내려다보며 말했다.

"우릴 잘 알겠지만 넌 그냥은 못 나간다. 죽어서 바닷속으로 들어가든지, 아니면 사실을 불든지 둘 중 하나야. 말해라."

김동천이 숨을 힘껏 들이마시려고 어깨를 올렸으나 가슴이 뛰는 바람에 도중에 그쳤다. 우선은 놈들이 어디까지 알고 있는가를 아는 것이 중요했다. 그는 번쩍 머리를 들었다.

"도대체 왜 이러는 거야? 술 먹고 오입한 것도 죄가 된단 말이야? 그 짓을 해도 이젠 당신들한테까지 신고를 해야 돼?"

백동혁이 힐끗 김칠성을 내려다보았다가 그가 잠자코 있자 반걸음쯤 다가섰다. 그의 입술 끝이 비틀어져 있는 것이 보였다.

"시간이 없다고 말했는데, 이 쥐새끼 같은 놈. 잔머리 굴리지 마라."

백동혁의 손이 갑자기 코트의 주머니에 들어가자 김동천은 흠칫 상체를 뒤로 젖혔다. 그가 목검을 빼 두들기는 솜씨는 말로만 들었다가 오늘 새벽에 체험을 했다. 백동혁은 주머니에서 무언가를 한 주먹 꺼내어 김동천의 무릎 위로 떨어뜨렸다. 과자나 사탕 같았지만 조금 무거운 것들이 무릎과 허벅지를 때리며 굴러떨어졌다.

시선을 내려 무릎 위를 바라본 김동천의 두 눈이 번쩍 뜨였다. 손가락 두어 개가 허벅지 위에 떨어져 있었다. 두어 개는 의자의 귀퉁이에 떨어져 있는 것이 보였다.

"이번에 크리스틴호텔에 갔던 안막수의 손가락이다. 그놈은 손가락 여덟 개를 1분 간격으로 잃어버렸지. 두 개를 남겨 놓고 8분 만에 불었다."

백동혁의 낮은 말소리가 방 안을 울렸다.

"넌 몇 분 견디는가 보자. 손가락 다음에는 발가락, 그다음에는 코, 귀, 그리고 네 가운뎃다리다. 마지막에는 목을 쳐 줄 테니까."

백동혁이 손목시계를 내려다보았다.

"자, 묻는다. 누가 그 짓을 시켰지?"

"그건 자세히 몰라. 난 사장이 시킨 대로 했을 뿐이야."

1분 안에 답을 맞혀야 하는 퀴즈에 나온 사람같이 김동천이 서둘러 대답했다. 머리 회전이 재빠른 그는 튕겨서 자신에게 득이 될 것이 없다고 즉각 판단한 것이다.

시계를 내려다본 채 백동혁은 머리를 들지 않았고 입도 열지 않았다. 그리고 김동천을 더욱 조급하게 하는 것은 김칠성이었다. 그는 이쪽에 시선을 준 채로 이제까지 한 번도 입을 열지 않았다.

"사장이 애들 서른다섯 명만 추려서 크리스틴호텔로 가라고 했어. 8시에 당신들이 이철우 가족을 데리고 오는데 치고 빼앗으라고 한 거야."

백동혁이 머리를 들었다.

"이철우의 가족을 죽인 것은 누구야?"

"말도 안 되는 소리 말어! 우리가 왜 그 사람들을 죽인단 말이야?"

목에 핏줄을 내보이면서 김동천이 눈을 치켜떴다.

"찾아오려고 갔는데 죽일 리가 있어? 너희들이 한 짓이지."

"무조건 대답만 해도 안 돼, 이 쥐새끼 같은 놈아."

그러면서 백동혁이 코트의 주머니에서 꺼내 든 것은 나뭇가지를 자르는 정원용 가위였다. 그는 손을 뻗어 김동천의 한 팔을 움켜쥐어 올렸다. 무의식중에 다른 팔로 그의 손을 떨어내려던 김동천은 비명을 질렀다. 부러진 팔에 극심한 통증이 왔던 것이다. 그의 얼굴에서 땀방울이 흘러내렸다.

백동혁은 가위를 김동천의 주먹 끝에 대었다. 손가락을 잡히지 않으려고 김동천이 주먹을 쥐었기 때문인데 가위가 활짝 날을 벌리자 그것은 손가락 두어 개를 한꺼번에 삼킬 수 있는 크기였다.

"그렇다면 한꺼번에 잘라 주마. 과연 두목이라 다르구만."

백동혁이 가위에 지그시 힘을 주자 금방 손가락 끝에서 피가 배어 나왔다. 새끼손가락과 넷째, 셋째 손가락까지 가위에 물려 있었다.

"난 몰라! 나는 정말로, 으아악!"

반쯤 몸을 일으킨 김동천이 온 얼굴에서 땀을 쏟으며 비명을 질렀다. 가위는 이미 깊숙이 물려져 있어서 손등에서 피가 흘러나왔다.

"가족들을, 가족들을 인수해 간다고 세 명이 따라왔었어! 그후로 그놈들을 만나지 못했는데!"

김동천이 비명처럼 소리치자 가위의 힘이 조금 약해졌다.

"세 놈이라니? 누가 보낸 놈이야?"

팽팽한 목소리로 백동혁이 다그쳐 묻자 손가락을 내려다본 채 김동천이 서둘러 말했다.

"그것은 몰라. 나도 처음 보는 놈들이었어. 호텔에서 만났으니까."

백동혁이 힐끗 김칠성을 내려다보았다. 이제 김동천의 시선도 김칠성 쪽으로 돌려졌다.

"나는 놈들을 모릅니다, 형님. 그놈들이 버스 안으로 들어가는 것만 보았습니다. 우리들은 싸우느라고 정신이 없었어요. 그놈들은 인수해 가는 놈들이었고."

"그놈들은 어디 있어?"

김칠성은 입을 열지 않았고 백동혁이 다시 물었다

"몰라, 호텔 앞에서 헤어져 버렸으니까."

"……"

"도망치면서 그중 한 놈한테 얼핏 들었는데 버스에 들어가니까 가족들은 이미 죽어 있더라고, 당신들 부하들이 미리 해치웠더라고."

김칠성이 자리에서 일어섰으므로 김동천은 눈을 부릅떴다. 시선이 마주치자 땀으로 범벅이 된 온몸의 피부가 냉기를 쏘인 것 같은 느낌이 들었다. 그러나 김칠성은 시선을 거두고는 몸을 돌렸다. 그가 방을 나가자 김동천은 어깨를 늘어뜨리면서 백동혁을 바라보았다.

"내가 알고 있는 것은 다 이야기했어. 난 우리 사장의 지시만 받았을 뿐이야. 그러니까……"

김동천의 시선이 자신의 왼손으로 옮겨졌다. 정원용 가위는 손가락 세 개를 나뭇가지처럼 물고 있었다.

"내 별명이 개백정이야. 너, 알고 있지?"

백동혁의 말에 김동천이 얼굴을 굳혔다. 반쯤 입을 벌리고 눈을 치켜뜬 얼굴로 그는 백동혁을 올려다보았다.

"나는 이제까지 개를 설잡아 본 적이 없어."

"이, 이것 봐, 난 다 불었어. 약속을 지키란 말이다!"

"개한테 약속한 적도 없단 말이다!"

백동혁이 와락 가위를 잡은 손에 힘을 주자 손가락 두 개가 나뭇가지처럼 떨어져 나갔다. 가운뎃손가락은 거죽이 다 잘리지 않아서 손바닥에 매달려 있다.

"으으으악!"

방 안이 떠나갈 듯한 비명을 지르면서 김동천이 의자에 주저 앉았으나 조준을 잘못했으므로 방바닥에 엉덩이를 찧으며 의자와 함께 넘어졌다.

"아이고! 아이고! 내 손가락!"

손을 흔들자 가운뎃손가락이 대롱거리며 흔들렸다. 백동혁이 입맛을 다시며 잠자코 그를 내려다보며 서 있었다.

*   *   *

탁자 위로 담배 연기가 부옇게 떠 있었다. 회의실에 앉은 사내들은 제각기 이야기를 나누고 있었으나 가끔씩 눈을 돌려 문 쪽을 바라보았다. 상석과 마주 보는 자리에 앉은 사내는 안기부장 이찬형이었고, 그의 옆에서는 제3차장인 고성섭이 서류를 뒤적이고 있었다. 그의 옆에 앉은 사내는 치안감 박동호였고, 앞에는 경찰청장인 하석재, 그의 옆은 검찰총장인 이인영이었다.

장관 회의실이었으나 타원형의 긴 탁자와 10여 개의 의자 외에는 장식물이 없어서 소박하다기보다 황량한 느낌이 드는 방이었다. 강한석의 성격이 그대로 반영되는 곳이었다. 그는 필요 없는 가구나 인물은 그냥 두지 못하는 성품이었다.

그는 일을 벌여서 잘못한 것은 자신이 책임지고 공은 대통령에게 돌린다는 확고한 의지와 충성심이 있는 인물이었다. 이윽고 방문이 열리면서 장관이 들어서자 이찬형을 제외한 사내들이 자리에서 일어섰다. 이찬형은 허리만 비틀어 그에게 묵례를 보냈다.

"이거 늦어서 미안합니다. 각하께서 여러 가지 말씀을 하시는 바람에 예정보다 늦어졌습니다."

이찬형을 향해 말하며 강한석이 자리에 앉았다. 3공에서 5공까지의 시절만 해도 안기부는 권부의 핵이었으나 이제는 장관급으로 격하가 되었다. 이찬형이 머리를 끄덕였지만 입을 열지는 않았다. 그는 서열에 연연하는 사람이 아니었는데 그러한 성품을 존경하는 부하들도 있었지만 안타까워하는 부하도 있었다. 고성섭이 힐끗 자신의 상관인 이찬형의 눈치를 살핀 것은 그가 후자의 범주에 든다는 것을 나타내는 행동일 것이다.

"저어, 회의를 하기 전에 먼저 각하께서 내리신 말씀을 전해 드리고 싶습니다."

강한석이 갖고 들어온 노트를 펼쳤다.

"우선 김원국의 조직을 원천적으로 뿌리 뽑아야겠다는 말씀을 하셨습니다. 그런 잔인한 만행이 다시는 일어나지 않도록 하라는 말씀이셨고."

노트에서 머리를 든 강한석이 이찬형을 바라보았다.

"이철우에 대한 조사는 중지시키는 것이 낫지 않겠느냐는 생각이십니다. 여러 가지 정황도 있고, 또 이번 가족 살해 사건으로 여론도 만만치 않아요."

이찬형이 잠자코 머리를 끄덕였는데 알았다는 표시인지 그렇게 하겠다는 의미인지 알 수가 없었으나 강한석은 말을 이었다.

"이제 어떻게 정리를 할 것인가, 그 방법론인데, 우선 국세청으로 하여금 그들 조직의 세무 조사를 일제히 실시해서 일차적으로 걸러내는 방법이 있습니다. 아마 그들 조직 소유의 업체들 반 이상이 세금을 얻어맞으면 국가로 귀속이 되겠는데."

모두들 잠자코 그를 바라보았다. 그러나 그것까지 대통령의 말씀이냐고 물어보는 사람은 없다. 강한석이 다시 노트를 보았다.

"나머지 업체들은 재조사를 실시하면 배겨낼 수 없습니다."

"······."

"조웅남은 병원에 있으니까 빼놓고. 강만철, 김칠성이 살인교사 혐의로 이미 수배 중이니까 조직은 곧 와해되겠지요."

강한석이 주위를 둘러보았다.

"의문이 나는 사항이나 보완할 사항이 있습니까?"

"저어······."

제3차장인 고성섭이 상체를 바로 세웠다. 이찬형은 앞쪽 벽을 바라보고 있었다.

"각하께서 이미 결정하신 사항이긴 합니다만, 만일의 경우가 생겨 각하께 누가 될지도 모르는 일이어서요."

그는 머리를 박동호에게 돌렸다.

"우리는 수사 내용을 자세히 모르는데, 김칠성의 부하들이 자백했습니까?"

"했습니다."

박동호가 커다랗게 머리를 끄덕였다.

"잡혀 온 열 명 중에서 세 명이 자백했습니다. 나머지는 모르겠다고 하고. 그건 김칠성이 따로 불러서 지시를 했기 때문입니다."

"고태석이는 뭐라고 합니까?"

"모르겠다고 합니다."

검찰총장인 이인영이 헛기침을 했으므로 사람들의 시선이 그쪽으로 모였다.

"증거는 충분합니다. 더구나 현역 경찰청 요원 세 명이 증인이 되어 있어요. 빠져나갈 수가 없습니다."

머리를 끄덕이는 강한석의 시선이 이찬형에게서 머물렀다.

"부장께서는 하실 말씀이?"

"국가에서 압류할 김원국의 업체들 말씀인데요."

이찬영이 가라앉은 목소리로 말을 이었다.

"수백억, 아니 현 시가로 따지면 수천억이 넘습니다. 그걸 공매 처분하시겠단 말입니까?"

"그것은 그들 조직이 업체 주인들로부터 강탈해 간 검은 돈으로 세운 것들 아닙니까? 아마 그런 의미에서 생각하시는 게 나을 겁니다. 공매 처분을 하든, 기증을 하든 간에."

이찬형이 퍼뜩 눈을 들어 강한석을 바라보다가 머리를 돌리고는 다시 물었다.

"그렇게 되면 당장에 실업자가 수천 명 생깁니다. 그 여파로 유흥 업체 등의 경기가 폭락하면 그것도 경제에 큰 영향을 미치게 됩니다. 지난 정권 때에도……."

강한석이 손을 저으며 웃는 얼굴을 보였으므로 이찬형이 말을 멈추었다.

"부장님, 그건 내무장관인 제가 해결할 수 있을 것 같은데요. 저는 유흥 업체의 영업시간 단축 제도를 철폐할 생각입니다. 밤의 세계에 폭력 조직이 없어진 마당에 시민이 제한 없이 즐기도록 해야지요. 아마 유흥 업체의 경기는 올라갈 겁니다."

이찬형이 입을 다물고 물끄러미 강한석을 바라보았다. 그러자 헛기침을 한 하석재가 입을 열었다.

"그렇다면 김원국 조직의 업체들 주변에 경찰을 배치하도록 하지요. 이왕 시작할 것이라면 하루라도 빨리 진행시키는 것이 낫습니다. 다른 업체들에게는 배치시키지 않겠습니다. 망하게 하려면 빨리해야 후유증이 적습니다."

박동호가 머리를 끄덕였다.

"그들의 조직력은 아직도 막강합니다. 중간 보스급이 몇 명 살아남아 있는데 그들의 행동을 면밀히 감시하도록 하겠습니다. 발악적인 행동으로 나올지 모르니까요."

강한석이 머리를 끄덕이자 박동호가 다시 말을 이었다.

"김원국이가 지금은 인도네시아의 섬에 있지만 이 사실을 알게 되면 어떻게 나올지 모릅니다. 직원을 몇 명 출장 보내서 밀착 감시하도록 해야 합니다."

이찬형이 잠자코 그를 바라보았고 강한석은 그를 향해 머리를 끄덕였다.

"그렇군요. 박 국장이 주도해서 일을 진행하세요. 만사를 철저히 대비해야 합니다."

고성섭이 소리 죽여 숨을 내쉬자 이찬형이 힐끗 그를 보았다. 시선을 느낀 고성섭이 머리를 돌렸지만 이미 이찬형의 시선은 벽을 향해 옮겨진 후였다.

식당을 나온 이재영은 코트의 깃을 세우고는 주차장을 향해 걸었다. 요즘 들어 흔하게 보이는 대형 음식점이어서 주차장이 넓었으나 승용차들은 빈틈없이 들어차 있었다.

"몇 번이시지요?"

주차장 관리인인 젊은 사내가 다가왔다.

"5228번요. 흰색 엘란트라."

사내는 말없이 몸을 돌리더니 주차장의 한쪽 구석으로 향했는데 그쪽에 자신의 승용차가 주차되어 있는 것이 보였다.

밤 9시 반이면 음식점이나 술집이 가장 붐비는 시간이다. 지금도 음식점 안에는 사회부 기자들의 술 파티가 계속되고 있었다. 오늘은 사회부 회식이 있는 날이다.

승용차가 앞으로 오더니 멈춰 섰다. 사내가 내리더니 그녀의 옆에서 주춤거렸다. 이재영은 모른 척 그의 옆을 지나 운전석에 올랐다. 이곳에서까지 팁을 뿌릴 생각은 없다. 갈비값은 턱없이 비싼 데다 설탕만 많이 넣어서 고기는 달기만 했고 뒷맛이 좋지 않았던 것이다.

이재영은 음식점의 입구를 천천히 빠져나와서는 큰길로 들어섰다. 오늘은 일찍 들어가 쉴 생각이었다. 매일 철야 근무를 하다시피 해서 남자들은 술로 스트레스를 푸는 모양이었으나 그녀는 잠으로 해결할 작정인 것이다.

이재영은 속력을 내었다. 아파트가 바라보이는 사거리에서 붉은 신호등에 차를 세운 이재영은 시계를 내려다보았다.

10시 반이 되어 있었다. 이제 좌회전하여 이 차선의 도로를 200미터쯤 가다가 우회전하면 아파트의 입구가 나온다. 좌측 신호가 켜졌으므로 이재영은 차를 좌측으로 회전시켰다. 맨 앞에 대기하고 있던 참이라 앞을 가로막고 있는 차도 없었으므로 그녀는 가속기를 밟아 속력을 내었다. 200미터를 곧장 달려 다시 우측으로 회전해 들어가는데 갑자기 뒤쪽에서 커다란 충격이 오면서 요란한 소리가 났다.

핸들을 움켜쥔 이재영은 무의식중에 브레이크를 힘껏 밟았는데 뒤쪽에서 다시 충격이 왔다. 승용차는 타이어의 마찰음을 내면서 길가에 멈추어 섰다. 이재영이 문을 열고 밖으로 나오자 뒤차 운전석에서도 사내가 내리는 것이 보였다.

9인승의 승합차였고, 모자를 눌러쓴 작업복 차림의 사내였는데 짜증 난 듯 자신의 승합차 앞부분을 살펴보고는 이재영의 승용차 뒷부분으로 머리를 돌린다.

"이것 봐요, 당신 음주 운전이에요?"

허리에 팔을 댄 이재영이 날카롭게 소리치자 사내가 퍼뜩 시선을 들었다.

"차도 없는 곳에서 그렇게 바짝 따라와 받다니, 당신……."

그러다가 이재영은 생각난 듯 주위를 둘러보았다. 길가의 상점에서 사람들이 모여들었고 행인들도 걸음을 멈추고 서 있다. 여자가 운전하는 차만 골라서 사고를 일으키고 금품을 갈취한다는 무리들이 있다고 들었다. 그러나 이런 곳에서 그렇게 하지는 못할 것이다.

"아저씨, 경찰에 신고 좀 해주세요. 사고 났다구요."

이재영이 가게를 향해 소리치자 안면이 있는 과일 가게 주인이 몸을 돌려 가게로 들어갔다.

"브레이크가 말을 안 들어요, 똥차라."

모자를 벗어 손에 쥔 사내가 짜증 난 얼굴로 말했다.

"지난번에도 몇 번 혼이 났는데 기어이 일 났네, 젠장."

승용차의 뒷부분은 범퍼가 아래쪽으로 휘어져 내려온 데다 트렁크 부분이 안으로 쭈그러들었고 뚜껑은 구부러져서 열려 있는 상태였다.

"저, 견적 내면 수리해 드릴게요. 보험 들어 있으니까요."

사내가 이재영을 바라보았다. 30대 후반이나 30대 초반쯤으로 보이는 순박한 얼굴의 사내였다.

"배달이 바빠서 속력을 내었는데, 모두 제 잘못입니다. 수리해 드릴 테니까……."

경찰에 신고해서 귀찮게 하지 말아 달라는 말이었다. 이재영은 입맛을 다시며 시계를 보았다. 10시 40분이었고 시간이 아까웠다. 구경꾼들은 이제 발길을 돌리기 시작했다.

"좋아요, 저기 건너편에 자동차 수리 공장이 있는데 지금도 문을 열었는지 모르겠네."

마지못한 이재영이 아파트 옆쪽을 가리키며 말했다. 재수가 없지만 차는 고쳐야 하는 것이다.

"가까운 곳이면 아무 곳이나 상관없습니다."

사내가 모자를 눌러쓰더니 운전석에 올랐으므로 이재영은 몸을 돌렸다. 가게 주인이 다가왔다.

"차 번호하고 운전자 이름을 알아 놓으라는데요. 지금은 올 수가 없대요, 사람이 없어서."

"됐어요. 지금은 수리소로 가니까 내버려 두세요. 고마워요, 아저씨."

"잘 해결되었어요?"

사람 좋아 보이는 가게 주인이 그녀를 바라보았다.

"네, 저 사람이 변상해 준대요, 자기 잘못이라고."

"그럼요, 그리고 병원에 가서 정밀 검사도 받아 봐요. 후유증이라는 것도 있다고 합디다."

"고맙습니다."

그렇게까지 할 필요는 없다고 생각한 이재영이 건성으로 웃어 보이고는 차에 올랐다. 수리 공장은 아파트에서 100미터쯤 떨어진 곳에 있었다. 이재영이 자주 들르는 곳이어서 믿고 일을 맡길 수 있는 곳이다.

아파트를 지나 수리 공장으로 향하는 좌측 길로 접어들자 뒤에서 따라오던 승합차가 속력을 내어 그녀의 차를 스치고 지나더니 앞을 가로막고 멈추어 섰다. 하마터면 승합차의 뒷부분을 들이받을 뻔한 이재영이 브레이크를 밟아 차를 세웠다. 승합차에서 사내가 내려 이쪽으로 다가왔다. 수리 공장은 이제 20미터밖에 떨어져 있지 않았다.

"왜 그래요?"

짜증이 난 이재영이 다가온 사내에게 소리쳐 물었으나 사내는 대답하지 않았다. 퍼뜩 얼굴을 굳힌 이재영이 손을 뻗어 기어를 쥐었을 때 사내의 손이 차 안으로 들어와 키를 뽑아내었다. 엔진이 멈추었고, 사내는 차의 문을 열었다.

"당신, 왜 이래?"

이재영이 소리치듯 물었으나 긴장했기 때문인지 목소리는 잠겨 있었다.

"조용히 따라와. 소리쳐 봤자 소용없어."

사내가 이재영의 옷깃을 움켜쥐고 끌어내면서 말했다. 그러자 두 명의 사내가 이쪽으로 다가왔다. 운전자 외에는 아무도 타고 있는 것 같지 않던 승합차에서 나온 것이다. 그들은 이재영의 좌우에 붙어서 각각 한쪽 팔을 끼었다.

좁은 길이었고 한쪽은 아파트의 담인 데다 다른 한쪽은 빌딩 공사를 시작하고 있는 어두운 공사장이다. 이재영은 머리를 돌려 뒤쪽을 바라보았다. 큰길에는 차량의 행렬이 이어지고 있었다. 그러나 이쪽으로 꺾어 들어오는 불빛은 없다.

"사람 살려!"

몸부림을 치면서 이재영이 공포에 가득 찬 비명을 지르자 앞서가던 사내가 몸을 돌리더니 주먹으로 배를 쳤다.

온몸을 굳힌 이재영은 쓰고 신 위액이 역류해 입안에 가득 고이는 것을 느꼈다. 두 팔이 사내들에게 들려 두 다리가 질질 끌리던 그녀의 몸은 열려진 승합차 안으로 던져지듯 넣어졌다.

입안에 고인 위액을 차 바닥에 겨우 뱉은 이재영은 두 손으로 의자를 움켜쥐고는 몸을 일으켜 세우려고 힘을 썼다. 그러나 배의 고통으로 아직도 하반신이 말을 듣지 않는다.

승합차의 문이 닫히고 사내들이 들어서자 이재영은 가늘게 신음 소리를 내었다. 사내에게 멱살을 잡힌 순간부터 사내들의 정체에 대해서는 짐작이 갔다. 그림자처럼 어른거리기만 하고 실체를 보이지 않던 조직이 그녀의 눈앞에 나타난 것이다.

의자를 움켜쥔 이재영은 기를 쓰고 몸을 의자에 올려놓았다. 사내들이 무표정한 얼굴로 그녀를 바라보았다. 승합차는 수리 공장을 지나 이제 큰길로 향하는 중이었다.

"받아! 앞바퀴를 받아버려. 그게 낫다."

이강일이 손잡이를 움켜쥐며 소리쳤다.

"빨리 밟아, 이 새끼야!"

핸들을 잡은 오덕호가 액셀러레이터를 힘껏 밟으면서 차를 반대편 차선으로 집어넣었다. 이제 50미터만 더 가면 큰길인데 승합차는 5미터 앞쪽에 있다. 반대편 차선에서 차가 달려온다면 정면충돌을 할 판이었으나 이쪽 길로 들어서는 차량은 없었다. 술집의 대리운전사 경력이 2년이나 있는 오덕호였다. 중형 승용차는 탄력을 받아 승합차와 나란히 달리게 되었고, 조금 앞서가는가 싶은 순간 오덕호는 핸들을 오른쪽으로 와락 꺾었다.

눈을 부릅뜬 이강일은 승용차의 범퍼가 정확하게 승합차의 앞바퀴에 부딪치는 것을 보았다. 강한 충격이 왔고, 뒷좌석에 타고 있던 부하들이 그 충격으로 앞쪽 좌석에 몸을 부딪쳤다.

승합차는 뒷부분을 빙글 회전하면서 수리 공장의 담벼락에 뒤쪽의 한 부분을 부딪치더니 반대쪽으로 머리를 돌리면서 멈추어 섰다.

승용차도 충돌과 동시에 오른쪽 몸통을 승합차에 부딪치면서 승합차와 함께 돌았으므로 이제는 모두 반대 방향으로 머리를 향하고 멈춰 서게 되었다. 차체가 승합차에 붙어 있어서 문을 열 틈이 없다는 것을 알아차린 이강일은 오덕호가 빠져나간 운전석으로 몸을 굴렸다.

차를 빠져나간 부하들이 승합차에 달라붙어 있었다. 승합차의 운전자가 문을 열고 나왔다가 부하가 휘두른 야구방망이에 어깨를 얻어맞고는 땅바닥에 주저앉았다. 부하 두 명이 승합차의 문을 열어젖히는데 갑자기 총소리가 밤하늘을 울렸다. 야구 방망이를 움켜쥔 부하 한 명이 두어 걸음 뒷걸음질을 쳤고 나머지 부하 한 명이 이미 열려진 문 쪽으로 와락 다가갔다. 그의 손에 쥐어진 긴 작대기 같은 것이 보였는데 공기총이었다.

탕. 탕. 탕. 탕.

불쑥 총구를 차 안으로 들이민 부하가 쏘아대는 공기총의 발사음이 들렸다. 반대편의 창가로 오덕호가 다가가더니 차의 유리창을 공기총의 개머리판으로 깨뜨리고는 총구를 집어넣었다.

탕. 탕.

그가 두어 방 쏘아 대자 안에서 사내들의 비명 소리가 났다.

"쏘지 말아요! 쏘지 말아요!"

갑자기 날카로운 여자의 목소리가 들렸으므로 그들은 움직임을 멈추었다.

이재영은 차가 부딪칠 때의 충격으로 뒤쪽의 의자 사이로 굴러 있다가 총소리에 놀라 겨우 정신을 차린 참이었다. 이제 앞자리로 굴러가 있던 사내들이 의자에 엎드려 신음 소리를 뱉고 있는 중이다. 열려진 문으로 사내들이 뛰어 들어왔다 그들은 사내들을 차 밖으로 서둘러 끌어내고 있었다. 그러다 사내 한 명이 그들 사이로 몸을 내밀고 그녀를 바라보았다.

"이 기자님, 어서요! 어서 내리세요."

낯선 얼굴이었으나 그들이 누구인지를 이재영은 금방 알아차렸다. 경찰이 아니다. 이 상황에서 자신을 보호해 줄 수 있는 조직은 단 하나밖에 없었다.

*   *   *

　이맛살을 찌푸린 유혁근은 주머니에서 담배를 꺼내 물었다. 밤이 깊어서 줄이 쳐진 현장 근처를 지나는 행인들은 없었지만 수리 공장의 공원 서너 명은 아예 팔짱을 끼고 서서 이쪽을 살펴보는 중이었다. 강 형사가 비닐봉지 하나를 손에 들고 다가왔다.

　"탄피를 하나 찾았습니다. 주민의 신고가 맞기는 맞는 모양인데, 권총 탄피 같습니다."

　다가선 그가 봉지를 넘겨주자 유혁근은 끄덕이며 점퍼 주머니에 쑤셔 넣었다.

　차가 충돌하고, 총소리가 났고, 사내들이 싸웠다는 신고를 받은 파출소는 아예 경찰서에 보고부터 했던 것이다. 경찰서는 경찰청에 즉각 보고했는데, 그것은 요즘 상황이 심상치 않았기 때문이기도 했다.

　우물거리며 보고를 늦추다가는 어떤 벼락이 떨어질지도 모르는 상황이었다.

　유혁근이 현장에 도착한 것은 사건 신고 후 한 시간 반쯤이 지났을 때였는데 엄명을 받은 파출소와 경찰서의 담당 경찰들은 주변을 통제만 하고 현장에 손을 대지 않고 있었다.

　"어두워서 내일 해가 뜨고 나야 더 자세히 조사할 수 있을 것 같습니다."

강 형사가 눈을 껌벅이며 그를 바라보았다. 새벽 2시가 넘어 가고 있었다.

"좋아. 여길 통제하고, 내일 아침까지 경비를 서게 하라구. 우 린 그동안 차 번호를 조회해 보도록 하지."

유혁근이 어깨를 움츠리며 말했다. 5월이 되었지만 새벽 공 기는 아직 차가웠다.

"계장님, 그렇다면 저쪽에 부서진 채 서 있는 엘란트라도 조 사를 해봐야 하지 않겠습니까?"

강 형사가 턱으로 수리 공장 쪽을 가리켰는데 작업복 차림 의 청년 한 명이 주춤거리며 다가왔다. 가까운 곳에 서 있었기 때문에 그들의 말을 들은 것 같았다

"저, 아저씨. 내가 저쪽 엘란트라 주인을 아는데요."

"어, 그래? 그게 누구여?"

강 형사가 턱을 들고는 건성으로 물었다

"대한일보 기자입니다. 여기자인데, 키도 크고 예쁩니다. 젊 고요."

수리 공장 공원은 나름대로의 추측을 하고 있는 것 같았다.

유혁근의 눈썹이 추켜 올라갔다. 그가 한 걸음 다가서자 사 내는 침을 삼켰다.

"이름이 뭔지 아시오?"

"저, 이름은 모르지만 성이 이 씨라는 것은 압니다. 이 기자 라고 하던데요."

유혁근이 눈을 치켜떴다.

"이 근처에 삽니까?"

"네, 저기 아파트에."

몸을 돌린 유혁근이 강 형사를 바라보았다.

"대한일보 이재영 기자의 집 전화번호를 알아내어 집에다 연락을 해 봐, 지금 당장. 사회부 기자야."

"이재영 기자라고 하셨습니까?"

"그렇다니까!"

유혁근의 기세에 놀란 듯 강 형사가 서둘러 몸을 돌렸다. 주변에 서 있던 수리 공장의 직원들이 주춤거리며 물러서더니 공장 쪽으로 사라져 갔다. 파출소에서 파견된 순경 한 명이 현장에 둘러쳐진 줄을 고쳐 매고 있는 것이 보였다. 경찰서에서 나온 형사 두 명은 조금 떨어진 곳에서 담배를 피우며 이쪽을 힐끗거렸다.

유혁근은 수리 공장 쪽의 좁은 길과 이쪽의 부서진 차들을 번갈아 바라보았다. 놈들이 이재영을 총까지 쏘면서 납치했다는 것이 이해가 되지 않는 것이다. 전화를 하려고 승용차에 돌아갔던 강 형사가 서둘러 다가오고 있었다.

"계장님, 집이 이쪽 아파트가 맞습니다. 차도 흰색 엘란트라 맞구요. 그런데 집에 돌아오지 않았습니다. 11시쯤 오겠다고 연락이 왔었다는데요."

퍼뜩 눈을 들어 그를 바라보던 유혁근은 발을 떼어 자신의 승용차로 다가갔다. 차 안에서 무선전화기를 집어 든 그는 다이얼을 누르면서 뱉듯이 중얼거렸다.

"내 언젠가는 이럴 줄 알았다, 이놈들이."

"뭘 말씀하시는 겁니까?"

"아냐, 아무것도."

저쪽으로 신호가 갔으므로 유혁근은 전화기를 힘주어 잡았다.

"나, 유 계장이야."

─네, 계장님.

본부의 일직 형사는 유혁근의 목소리를 알아들었다.

"서울을 빠져나가는 모든 도로의 검문을 강화해라. 이것은 B급 경계야. 납치된 여자를 찾아야 한다. 이름은 이재영, 신분은 대한일보 기자다. 그리고 신장은 168센티미터 정도, 용모는 미인형이다."

─언제부터 발령입니까?

다소 느긋한 목소리가 흘러나왔으므로 유혁근은 버럭 소리를 질렀다.

"지금 당장!"

─알았습니다.

스위치를 끈 유혁근에게 강 형사가 한 걸음 다가왔다.

"일직이 과장님께 연락을 할 겁니다."

"나도 과장한테 할 것이야. 걱정 말어."

"그 기자라는 여자, 납치당했는지 어쨌는지 본 사람도 없지 않습니까?"

"글쎄, 이 사람이 오늘따라 웬 잔소리가 이렇게 많아?"

유혁근이 버럭 소리를 치자 강 형사가 입맛을 다셨다.

경찰서 근무를 할 때부터 손발을 맞춰 온 부하인 강 형사였다.

지금까지 크고 작은 사건을 막론하고 그에게 상의하지 않은 것이 없었지만 요즘 유혁근의 태도는 뭔가 미심쩍은 구석이 많았다. 유혁근이 전화기를 들고 차 안으로 들어가 문을 닫아 버리는 것도 그렇다.

강 형사는 다시 입맛을 다시면서 몸을 돌렸다. 어쨌든 이쪽도 유혁근과 손발을 맞추어야 했다. 파출소 순경이 들고 있는 무전기로 각 경찰서에 연락을 해서 B급 경계를 확인시켜 주어야 했다.

이재영은 자신이 타고 있는 승용차가 바닷가를 달려 우측의 낮은 능선을 끼고 꺾어져 들어가는 것을 보았다.

밖은 검정 페인트를 뒤집어씌운 것같이 어두웠지만 전조등에 비치는 길가의 지형이 낯익었다. 승용차는 김원국의 저택을 향해 달려가고 있는 것이다.

온몸이 쑤시고 아직도 몸을 움직이면 뱃가죽이 아파 왔으나 이재영은 팔을 들어 시계를 내려다보았다. 새벽 2시가 조금 넘어 있었다.

"다 왔습니다."

조수석에 앉은 이강일이 머리를 돌려 그녀를 바라보았다. 그는 어디로 간다고 이야기를 해주지 않았으나 이재영도 묻지 않았던 것이다.

그녀도 집으로 들어갈 수 없다고 생각하고 있었다. 오빠와 언니는 결혼하여 분가해 나갔으므로 정년퇴직한 아버지, 그리고 어머니와 그녀 셋이 살고 있는 집이었다. 놈들은 가차 없이 집으로 찾아올 것이고, 집에 있다가는 부모님에게 누가 될지도 몰랐다.

승용차는 낮은 언덕을 넘어 대문 쪽으로 다가갔다. 뒤쪽에서 따라오던 차가 회전해 대문 근처를 불빛이 휘익 훑고 지났는데, 나무 기둥처럼 어둠 속에 서 있는 사내들이 드러났다.

짙은 숲에 싸여 한쪽은 바다를 내려다보도록 만들어진 별장이다. 밤과 숲, 그리고 정적에 싸여서 이곳을 바라보고 서 있는 사내들의 분위기는 차갑고 날카로웠으나 이재영의 가슴은 반대로 차분하게 가라앉아 갔다.

승용차는 건물의 현관 앞에 멈추었고 이강일이 뛰어나가 그녀를 위해 문을 열어주었다. 현관 안으로 들어서자 이제는 낯익은 백동혁이 다가왔다. 집 안이어서인지 걸레같이 보였던 바바리코트는 벗고 산뜻한 셔츠에 바지 차림이었다.

"오늘은 피곤하실 테니까 큰형님께서 주무시라고 하셨습니다. 저, 이쪽으로."

싸움에는 선수일지 몰라도 접대에는 어울리지 않는 몸짓이었다. 구부정하게 허리를 숙인 백동혁이 휘적거리며 앞장을 섰다. 그의 뒤를 따르던 이재영의 머리에 문득 김선주의 얼굴이 떠올랐다. 그녀가 이 남자를 증오한다고도 했는데 그 반대의 상황임에 틀림없었다. 증오와 애정은 손바닥과 손등처럼 언제 어떻게 내밀어질지 모르는 것이다.

"여기, 이 방입니다."

잔뜩 예의를 차린 듯 백동혁이 방 앞에 멈춰 서서 그녀를 바라보며 말했다.

이재영이 아랫입술을 깨물며 눈을 치켜떴다.

"큰형님께서는 편찮은 곳이 있으시냐고 물어보라고 하셨는데."

"괜찮아요, 이젠."

침을 삼킨 그녀가 억눌린 소리로 말하자 백동혁은 허리를 숙였다.

"그럼 안녕히 주무십시오."

처음에는 그의 달라진 태도에 다소 당황했지만 곧 자신이 김원국의 손님으로서 대접받고 있다는 것을 깨달았다.

"고맙습니다."

그에게 머리를 숙여 보인 이재영은 방 안으로 들어섰다. 스무 평도 넘어 보이는 아늑한 방이었다. 사각형의 방에 소파와 침대, 옷장과 화장실의 입구가 삼면에 배치되어 있었는데 가구는 신품이었고 색깔은 밝았다. 바닥에는 크림색 양탄자가 깔려 있어서 포근하면서도 따뜻한 느낌을 주었다.

소파에 앉은 이재영은 머리를 등받이에 기대고는 눈을 감았다. 온몸의 힘이 풀려 나가면서 뼈마디가 저려 왔다. 승합차가 충돌하였을 때 충격을 받았기 때문일 것이다.

이내 그녀의 머리에 안청준과 유혁근의 얼굴이 차례로 떠올랐다. 서류를 보여준 것은 그 둘밖에 없었다.

안청준의 긴장한 얼굴이 먼저 떠올랐고, 이어서 몸조심하라고 말하던 유혁근의 얼굴이 떠올랐다.

『밤의 대통령』 2부 2권에 계속…